DU MÊME AUTEUR

Aux Éditions Chiron

- *Quel jour sommes-nous ? La maladie d'Alzheimer jour après jour*
- *Rendez-vous à Pristina - récit de l'intervention humanitaire*

Aux Éditions du Palémon

Rééditions

n°1 - La Neige venait de l'Ouest
n°2 - Les disparues de Quimperlé
n°3 - La Belle Scaëroise
n°4 - Étape à Plouay
n°5 - Lanterne rouge à Châteauneuf-du-Faou
n°6 - Coup de tabac à Morlaix
n°7 - Échec et tag à Clohars-Carnoët
n°8 - Peinture brûlante à Pontivy
n°9 - En rade à Brest
n°10 - Drôle de chantier à Saint-Nazaire
n°11 - Poitiers, l'affaire du Parc
n°12 - Embrouilles briochines
n°13 - La demoiselle du Guilvinec
n°14 - Jeu de quilles en pays guérandais
n°15 - Concarneau affaire classée
n°16 - Faute de carre à Vannes
n°17 - Gros gnons à Roscoff
n°18 - Maldonne à Redon
n°19 - Saint ou Démon à Saint-Brévin-les-Pins
n°20 - Rennes au galop
n°21 - Ça se Corse à Lorient
n°22 - Hors circuit à Châteaulin

Nouveautés exclusives Palémon

n°23 - Sans Broderie ni Dentelle
n°24 - Faites vos jeux
n°25 - Enfumages
n°26 - Corsaires de l'Est

Retrouvez ces ouvrages sur www.palemon.fr.
Le blog de l'auteur : **www.firminlebourhis.fr**

FIRMIN LE BOURHIS

Menaces

1. Attaques sur la capitale

ÉDITIONS DU PALÉMON
ZA de Troyalac'h - 10 rue André Michelin - 29 170 Saint-Évarzec

La totalité des droits d'auteur de cet ouvrage et des volets suivants sera versée à l'action concernant les trois principales maladies neuro-dégénératives que sont Alzheimer, Parkinson et la Sclérose en plaques et autres maladies auto-immunes.

CE LIVRE EST UN ROMAN.
Toute ressemblance avec des personnes, des noms propres, des lieux privés, des noms de firmes, des situations existant ou ayant existé, ne saurait être que le fait du hasard.

REMERCIEMENTS :

À mon épouse, pour sa patience habituelle lors de la relecture et des corrections, sans oublier mes deux filles, Nathalie et Gwen et bien sûr mes petits enfants, Clémence, Lukas et Nino…

À mes gendres, Sébastien Godard et Philippe Bozzi ainsi que Pascale, sœur de Philippe, pour ses informations sur Londres où elle réside.

À mon ami, Pascal Vacher, Officier de Police Judiciaire, pour ses précieux renseignements techniques.

À Lionel Collet, déjà complice dans une précédente enquête et à son ami instructeur de vol d'ULM qui m'a beaucoup appris et fait partager sa passion.

BIBLIOGRAPHIE :

Pourquoi des kamikazes ? Les raisons d'un désastre.
Avishai Margalit et Amos Elon
Éditions Les empêcheurs de penser en rond

VOL moteur - 1er magazine ULM
Parution le 10 de chaque mois

Connaître l'enquête policière
Stéphane Berthomet et Patrick Mauduit
Collection Métier Journaliste - Victoires Éditions

Carte VFR France AVION-JOUR
VFR Visual Flying Rules

La théorie du Chaos
Vers une nouvelle science.
James Gleick
Éditions Champs-Flammarion. N° 219. Août 2004

La Banque.
Comment Goldman Sachs dirige le monde.
Marc Roche
Éditions Albin Michel. Septembre 2010

Préambule

Dans la nuit du dimanche 1er mai 2011, soixante-dix-neuf membres des *Navy Seals*, les commandos d'élite de la marine américaine, arrivent à Abbottabad au Pakistan à bord de quatre hélicoptères.

Dans un raid audacieux de quarante minutes, orchestré par la CIA, ce commando militaire des forces spéciales américaines va investir la résidence bunker du chef d'Al-Qaïda. L'homme le plus recherché au monde, Oussama Ben Laden, sera éliminé au bout d'une longue traque de près de dix ans après les attentats du 11 septembre 2001.

Quatorze ans après le 11 septembre 2001 et quatre ans après la mort de Ben Laden, le monde n'en a pas fini avec la menace djihadiste, bien au contraire…

La nébuleuse Al-Qaïda a muté, secrétant de multiples métastases : Al-Qaïda au Maghreb islamique, Boko Haram, Ansar al-Charia, Front al-Nusra, Daesh ou État islamique qui prend désormais progressivement le leadership… Toutes se sont lancées à l'assaut de nouveaux territoires, en Afrique du Nord, au Sahel, en Syrie, en Irak et dans la péninsule arabique, toujours animées par la haine de l'occident et prêts pour perpétrer des attentats qui frapperont des victimes innocentes. On découvre ainsi que la question du terrorisme reste loin d'être réglée. D'autant que la révolte des pays arabes a ouvert le champ à d'autres perspectives, très éloignées du seul souci de démocratisation qui avait pu séduire les pays européens, dans un premier temps... Et chaque jour l'occident le voit bien, que ce soit en Libye, Égypte, Syrie, Irak...

Pour les puissances occidentales, Daesh bouscule les positions acquises... La naissance d'un califat à cheval entre la Syrie et l'Irak doté d'un chef autoproclamé établi à Mossoul constitue une véritable boule de feu qui confirme une crainte présente dès le début du printemps arabe. Celle de voir le renversement de certains régimes autocratiques produire davantage un délitement des institutions que l'avènement d'une démocratie. Et cela au profit de forces mortifères prêtes à reprendre la croisade abandonnée par Al-Qaïda en menaçant la France et les autres pays occidentaux, en globalisant la terreur. Le danger vient notamment de la légion étrangère de ce groupe terroriste, venue d'Europe. Son effet dévastateur n'est plus à démontrer. Décapitations d'otages occidentaux, massacre de civils qui refusent de se soumettre à sa « lecture » du Coran, massacre de cent quarante-huit enfants par les Talibans dans une école à Peshawar au Pakistan, près de deux mille personnes tuées par Boko Haram au Nigéria, assassinats des intellectuels, destructions de monuments historiques et de pièces liées à la culture et de tout ce que représentent les forces de l'ordre... Leur comportement porte le signe de la folie et de la barbarie...

La décomposition de la Syrie et de l'Irak et le caractère contagieux du phénomène ont pour effet de nouer des solidarités qui étaient inenvisageables il y a encore ne serait-ce que quelques mois. Aux temps chauds, certains avaient vendu un peu vite la peau d'Assad au nom de la liberté, avant de devoir maintenant frapper ses ennemis, au nom de la sécurité… Tout comme un certain ministre iranien subitement très sollicité par les Britanniques et les Français voire un ministre saoudien, l'ennemi juré mais non déclaré. Et tout cela avec pour toile de fond l'embrasement de Gaza et le trouble jeu de la Russie en Ukraine…

Le plus inquiétant dans l'immédiat dans un monde globalisé et médiatiquement hystérisé, c'est que le front est potentiellement partout. À Sydney, Bruxelles, Canada, Paris, Copenhague, Tunis ou Peshawar…

Le plus inquiétant dans l'immédiat étant que de nombreuses cellules dormantes, peu structurées, surtout en Europe, sont prêtes à agir et parfois peuvent être déclenchées par des groupes d'individus peu scrupuleux seulement soucieux de tirer des ficelles à des fins personnelles bien éloignées de l'idéologie dont ils se réclament afin de manipuler et faire agir des kamikazes ou des poseurs de bombes… voire des personnes isolées formées en Afghanistan ou au Pakistan et bien sûr en Syrie et en Irak qui, à tout moment, pour des raisons imprévisibles, commettront les pires actes…

La France n'a pas été épargnée par les attentats ces dernières années : en juillet 1995 dans une rame de RER à la station Saint-Michel, ou dans le RER B à la station Port-Royal en décembre 1996, ou encore les 11 et 15 mars 2012 à Montauban et à Toulouse, le mercredi 7 janvier 2015, l'attentat contre le journal *Charlie Hebdo* qui fit douze morts et une dizaine de blessés graves. L'on comptait dans les victimes d'illustres dessinateurs caricaturistes comme Charb, Cabu, Wolinski, Tignous... Deux frères déclenchèrent la tuerie et un troisième individu du même groupe s'engagea conjointement dans un massacre dans un hyper Cacher après avoir sauvagement abattu une policière municipale en lui tirant dans le dos. Le bilan final sera de dix-sept morts plus les trois terroristes et de nombreux blessés...

Un attentat se produira un peu plus tard en février à Copenhague, un autre en mars, dans le Musée du Bardo à Tunis...

C'est là ce que recherchent les esprits détraqués mais diaboliquement efficaces du nouveau terrorisme. Faire savoir qu'un attentat peut survenir à toute heure et partout. Faire croire qu'un djihadiste sommeille potentiellement en tout Musulman. Aussi, il s'en est suivi une chasse aux djihadistes de retour de Syrie dans tous les pays européens à commencer par la Belgique réputée pour être la plaque tournante des arrivées massives d'armes de guerre. C'est ainsi que les 15 et 16 janvier 2015, la police fédérale de Belgique s'est affrontée avec ceux-ci lors d'une découverte de planque alors qu'ils s'apprêtaient à commettre un raid imminent contre les forces de l'ordre... Même démantèlement par la police en Allemagne. Car tous ces attentats sont aussi un piège politique comme une bombe à fragmentation dont l'effet sur nos sociétés occidentales déjà sous tension serait d'allumer la haine entre les peuples et on mesure bien l'ampleur diabolique de ce piège, celui de désigner les ennemis de l'Islam…

Terreur sans frontière et crime sans guerre vont continuer à se propager dans notre propre domicile par la télévision et Internet…

C'est dans cet état d'esprit que s'inscrit le premier volet d'une série de thrillers qui posera les bases d'une équipe internationale dont l'objectif sera de traquer partout dans le monde ceux qui se cachent derrière cette folie meurtrière dont le paravent est l'extrémisme religieux et une lecture particulière du Coran…

Le deuxième volet s'appuiera sur celui-ci et vous conduira de Paris au Caire en passant par l'Italie pour un sujet bien différent… Chaque tome traitant d'un nouveau thème avec un même but, la traque et l'arrestation des commanditaires…

L'homme a créé des dieux,
L'inverse reste à prouver.

Serge Gainsbourg

I

Paris. Fin mai 2015.

Aucun d'entre eux ne ressentait le froid vif qu'un vent incisif amplifiait en permanence, giflant brutalement les silhouettes sombres des arbres. Curieusement, l'hiver jouait les prolongations tardives... il avait mis si longtemps à démarrer et le printemps s'impatientait. Concentrés et tendus à l'extrême, comme lors de chaque intervention, les hommes du GAO[1], cagoule rabaissée, tout de noir vêtus, attendaient dans leurs véhicules le signe du coup d'envoi à l'heure légale. L'action devait se dérouler dans des immeubles de standing parisiens, tous situés dans des quartiers résidentiels huppés, loin des cités pourries. Tout était silencieux ; le calme avant la tempête.

---

1. Groupe d'Appui Opérationnel de la DGSI.
DGSI : Direction Générale de la Sécurité Intérieure, elle a été créée le 12 mai 2014 et s'est substituée à la DCRI, Direction Centrale du Renseignement Intérieur née en 2008 de la fusion de la DST - Direction de la Surveillance du Territoire - et des RG, Direction Centrale des Renseignements Généraux. La DGSI n'est plus placée sous la tutelle de la Direction Générale de la Police Nationale mais sous celle du Ministère de l'Intérieur. Le siège est situé 84, rue de Villiers à Levallois Perret (Hauts de Seine). Les activités de la DGSI sont secrètes, elle dispose d'un groupe d'intervention propre, le GAO, et de sept zones de renseignement territorial : Paris plus six directions locales (Lille, Rennes, Metz, Bordeaux, Marseille et Lyon).

Au même moment, dans six autres villes de province, Lille, Metz, Rennes, Lyon, Bordeaux, Marseille, se préparaient les hommes des différents GIR[2] du GIGN ou du RAID. Depuis l'attentat contre le journal *Charlie Hebdo* de janvier 2015, les forces d'intervention coopéraient de plus en plus, l'objectif étant le même…

Ils guettaient le signal. Pas un bruit. Tout devait se commander par gestes. En habitués des interpellations difficiles, ils savaient, mieux que quiconque, comment se mouvoir, se placer et agir avec efficacité et rapidité, ce qui n'était plus à démontrer depuis les récents succès de leurs interventions. Chacun repensait à tous ces gestes techniques mille fois répétés à l'entraînement. Il s'agissait d'avoir le bon comportement si une fusillade venait à éclater.

Puis, le top général fut donné à tous les groupes simultanément. Les premiers hommes arrivaient déjà face à la porte prévue. Ils sonnèrent au cas où les occupants de l'appartement viendraient ouvrir spontanément, ce qui fut le cas pour certains d'entre eux. Face à la porte concernée par la huitième intervention, ils donnèrent un deuxième coup de sonnette rapide, puis des coups répétés de la main sur la porte, tendant l'oreille pour tenter de percevoir ce qui se tramait de l'autre côté… Des bruits de pas et de la précipitation devinrent perceptibles dans l'appartement. Après une sommation itérative, sur ordre donné d'un signe, un policier se plaça face à la porte et, à l'aide d'un *door-breaker*, l'enfonça immédiatement. L'entrée dans les lieux se fit en un éclair, comme à l'entraînement. Par binômes, les

2. Groupements d'Intervention Régionaux.

policiers se placèrent pour contrôler chaque pièce. Un homme fut immédiatement arrêté et menotté sans qu'il oppose la moindre résistance, surpris et hébété par la force et la rapidité de l'intervention.

Dans les différents appartements, des ordres furent donnés pour que femmes et enfants s'habillent et soient regroupés dans une seule pièce. Cris et pleurs créèrent une curieuse ambiance dans ces logements si tranquilles encore quelques minutes auparavant. Ici ou là, une femme repoussée sans brutalité mais fermement protestait à grandes envolées d'injures et de lazzis ; animée par la haine qui se lisait dans ses yeux, elle maudissait le chef du commando et ses séides. La fureur est un combustible inépuisable… Puis, s'isolant dans un malheur qu'elle croyait unique, elle se calma, refrénant sa rage. Une autre s'était même lancée dans une bordée d'injures comme ils en avaient rarement entendu.

L'opération se déroula parfaitement et de manière assez identique dans les huit lieux d'intervention. Huit hommes furent arrêtés et conduits vers les commissariats centraux des villes respectives : quatre sur Paris, quatre en province, car dans deux logements, il n'y avait que des femmes et des enfants. Ces derniers furent aussitôt dirigés sur Paris.

Dès lors, les perquisitions commencèrent dans chaque logement, interminables et minutieuses. Durant de longues heures, les enquêteurs examinèrent toutes les affaires et les documents présents, rédigèrent sur place les procès-verbaux et procédèrent aux saisies et scellés judiciaires, rassemblant pêle-mêle téléphones portables, ordinateurs et cartes bancaires…

Dans le même temps, des hommes de la Brigade Financière et de la Brigade de Recherches et d'Investigations Financières[3] accompagnaient des inspecteurs des impôts du « Château », du groupe régional d'enquêtes économiques, ainsi dénommés car ils étaient installés rue du Château des Rentiers à Paris dans le XIIIe. Ils appuyaient les officiers de police judiciaire de la DCPJ sur une opération dans les luxueux bureaux du siège social de l'O.S.M.[4], installée dans un quartier chic d'un arrondissement huppé de Paris.

Bien avant la fin de la journée, les bureaux de certains OPJ étaient occupés par les interpellés et par les scellés fraîchement collectés. Une course contre la montre s'engageait afin d'exploiter le temps des gardes à vue tout en assurant la rédaction des procès-verbaux des interpellations, des notifications de garde à vue et des auditions d'identité…

Le responsable de cette action, le commissaire Franck Waltersen, rendait compte à son supérieur direct, patron de la DCPJ, puis il appellerait le directeur de la DGSI au fur et à mesure des premiers résultats obtenus lors de cette vaste opération nationale :

— L'effet de surprise a été total. Les arrestations se sont faites en douceur. De nombreux documents nous laissent déjà penser que « la pêche » sera fructueuse et nous n'avons pas encore commencé à travailler sur les disques durs des ordinateurs, les téléphones portables ou fixes, les cartes bancaires et autres pièces à conviction. Dans quelques jours,

---

3. BRIF.

4. Organisation Syncrétique Mondiale.

nous devrions voir plus clair et déférer les premières mises en examen.

Le responsable venait de parler en affectant l'optimisme.

— Très bien. Compte tenu de la personnalité des interpellés, il est indispensable qu'il n'y ait ni bavure ni le moindre vice de forme. Calez-vous bien sur les délais légaux de garde à vue et respectez leurs droits, je veux une application stricto sensu de la procédure pénale. Ils parlent tous français ?

— Oui, oui, tous. Pas de problème pour leur signifier leurs droits. Nous avons respecté l'appel à avocat, à médecin, l'accès au téléphone…

— C'est en effet très important car, sans tarder, nous pouvons nous attendre à devoir faire face à des avocats et pas des moindres… Inutile de leur concéder de la matière quand nous pouvons l'éviter.

— J'avais donné des instructions très strictes en ce sens.

— Parfait. Il ne reste qu'à attendre tous les résultats…

Le patron de la DCPJ raccrocha et l'image du commissaire Franck Waltersen s'imposa encore quelques secondes. Il l'appréciait pour son implication totale, mais s'inquiétait car il considérait qu'il travaillait trop au risque de nuire à sa santé. Depuis que son épouse l'avait quitté, il devait le forcer de plus en plus à prendre ses congés et il considérait que ce n'était pas une bonne chose… Son poste exigeait d'avoir un esprit clair en toutes circonstances.

Les interrogatoires commençaient avec vigueur du côté des officiers de police judiciaire et étaient subis avec fébrilité, du côté des interpellés.

Quadragénaire ou quinquagénaire, chacun d'eux occupait une place en vue : tantôt chef d'entreprise performante, tantôt homme politique élu avec de nombreux mandats d'administrateur d'institution consulaire, de banque ou de compagnie d'assurances, voire encore directeur de services de grandes administrations. En fait, ils profitaient tous de postes clés de décideurs en plus de la direction de l'O.S.M., cette association dont il restait encore à percer tous les secrets.

Si les interrogatoires ne livrèrent que peu d'informations au cours de la nuit, documents et disques durs d'ordinateurs se montrèrent plus bavards. Le blanchiment caractérisé de capitaux devenait évident, même s'il restait à approfondir et à clarifier, car il s'ouvrait sur de multiples ramifications internationales. Que dire enfin des nombreuses malversations et infractions de toutes sortes relevées dans le fonctionnement de l'O.S.M. ? Il fallait désormais évaluer les responsabilités de chacun. De même, une grande quantité de tracts et ouvrages saisis au siège de l'association laissaient entrevoir une activité subversive voire à tendance sectaire dure.

Au petit matin, officiers de police judiciaire et interpellés étaient exténués par ces vingt-quatre heures d'enquête sans relâche. À l'aube de cette nouvelle journée, ils atteignaient la fin de la garde à vue. En raison de la notoriété des personnes interpellées, au moment le plus crucial, des avocats réputés entraient en scène et tous les médias exploitaient le scoop. Les arrestations et les perquisitions faisaient grand bruit et tous les feux de l'actualité étaient désormais braqués sur l'O.S.M.

Cette association avait déjà défrayé la chronique à de multiples reprises durant ces dernières années. L'Organisation Syncrétique Mondiale s'efforçait de se montrer vertueuse, s'affirmant ouverte à toutes les religions ; pourtant, ici ou là, certaines associations de défense la considéraient comme une secte et réclamaient, à cor et à cri, qu'elle soit condamnée, dissoute et interdite en France. Mais les huit dirigeants avaient, jusque-là, toujours réussi à faire fi de ces attaques en règle et, bien conseillés par leurs avocats, contre vents et marées, avaient su au contraire s'imposer et se développer de façon extraordinaire en France, mais aussi de manière significative aux Pays-Bas, en Belgique, au Luxembourg et en Allemagne. L'objectif avoué de l'organisation était de conquérir l'Union Européenne, elle assurait d'ailleurs être déjà représentée dans chacun des pays membres, puis elle s'implanterait dans le monde entier.

Cette nouvelle association brouillait les repères que tout le monde croyait acquis et son organisation était caractéristique de celle d'une secte voire d'une société secrète... Tous les membres de cette synarchie allaient donc devoir s'expliquer sur les objectifs poursuivis.

Le commissaire Franck Waltersen, Alsacien d'origine, proche du patron de la DCPJ et du directeur de la DGSI car ce dernier service n'était plus sous la tutelle de la DCPJ mais dépendait depuis mai 2014 du ministère de l'Intérieur, approchait de la cinquantaine, mais il semblait plus âgé, sans doute à cause de son visage froissé par l'anxiété et la pression de sa charge. Il avait toujours forcé le respect de ses hommes de par sa droiture, son courage et sa compétence.

Grand, les cheveux poivre et sel, il restait impassible comme d'habitude. Ce qui l'intriguait le plus était un ouvrage, sorte de Bible de l'O.S.M., découvert chez chacun des membres. Depuis quelques années, il avait beaucoup entendu parler de cette association et de certains de ses disciples extrémistes voulant créer un monde nouveau, une terre idéale. La police avait toujours craint que la discrétion dont ils faisaient preuve ne soit proportionnelle aux désastres qu'ils complotaient. Rassemblés en salle de réunion autour de ce manifeste, les dirigeants s'étaient exclamés :

— Cela fait longtemps que nous aurions dû prendre d'assaut les places fortes de ces types !

— Mais sur quelles présomptions ? avait rétorqué le commissaire.

— Avec des cinglés comme eux, nous ne devrions pas avoir besoin de présomptions !

Le commissaire se contenta de hausser les épaules en signe d'impuissance.

— Écoutez, plusieurs personnes, voisines de ces énergumènes, prétendent qu'il se passe vraiment des trucs bizarres chez eux, des personnes étrangères et de toute évidence peu recommandables vont et viennent ! rajouta le plus entêté d'entre eux.

— Les gens pensent toujours qu'il se passe « des trucs bizarres chez leurs voisins » dans la mesure où ils ne vivent pas comme eux ou ne pensent pas comme eux, tout simplement… répondit le commissaire.

— Quand on voit des personnes, disons, douteuses, aller et venir de façon incessante…

— Pourtant, les états qui nous ont été remontés ne nous ont jamais permis de considérer cette association comme une secte ou quoi que ce soit de ce type ni qu'elle puisse être en quelconque infraction. Nous n'avons jamais obtenu d'informations formelles prouvant que leurs adeptes pouvaient donner dans l'occultisme, dans une idéologie politique subversive voire quelque forme d'extrémisme que ce soit. Ils condamnent notre façon de penser et seraient ravis d'imposer leur utopie et leur propre Dieu ou ce qu'il est censé représenté à leurs yeux, c'est tout.

Chacun méditait, faisant passer l'ouvrage de main en main.

— De quel genre de Bible s'agit-il ?

— Pas le genre que vous emmenez à la messe !

— Satanique ?

— Non, même pas. Il n'y a là-dedans rien sur le culte satanique ni les symboles qui y sont associés. Ces hommes se considèrent inspirés par un Dieu unique pouvant rassembler des courants de pensée, aussi bien chrétien que juif ou musulman, beaucoup de leurs concepts proviennent du soufisme et du salafisme. Disons tout de même que la dominante se trouve être à caractère islamique radical… Est-ce l'arbre qui cache la forêt ?

— Ils ratissent large. C'est comme en politique aujourd'hui, on gouverne en prenant à droite, à gauche et au centre ! s'exclama l'homme en éclatant d'un rire communicatif.

— Oui. Sauf qu'ici tout est exprimé sous forme de paraboles, de proverbes et de prophéties empruntés à toutes les religions. Les pages sont truffées de personnages et d'images qui pénètrent au plus profond de la conscience et la mission des disciples consiste à procéder à une nouvelle inquisition, si nous pouvons la définir de la sorte… Ils doivent suivre l'élu dans toute sa gloire et, si nécessaire, jusque dans la mort, jusqu'à l'anéantissement des résistances à nos croyances. S'ensuivent toutes sortes de prophéties apocalyptiques et autres runes, toujours à caractère islamique radical, ce qui me faisait dire tout à l'heure ce que je pensais…

— La seule idée qu'il puisse exister parmi nous des gens capables de tels délires me rend malade !

*

Répliques médiatiques.

Les réactions des médias ne tardèrent pas. Déjà les avocats des personnes arrêtées ne se privaient pas pour s'exprimer publiquement, réagissant contre la mise en examen éventuelle de leurs clients.

— Beaucoup de bruit pour rien ! L'éventualité d'une détention signifierait qu'elle soit totalement à charge, car la notion de secte ou d'organisation effectuant du blanchiment de capitaux nous paraît absolument ahurissante ! Les seules charges réelles pourraient viser les idées de nos clients car elles ne seraient pas partagées par le pouvoir en place, ce qui, en aucun cas, ne peut être considéré comme un crime ou une infraction, que je sache ! s'exclama l'un d'entre eux.

Un autre l'appuyait en ce sens :

— Tout est exagéré, comme l'intégralité de ce dossier. Nous ne sommes pas en présence d'un gigantesque complot qui menacerait la République !

Il n'y a ni trouble à l'ordre public ni victime. Posséder des écrits, fussent-ils révisionnistes, ce qui n'est pas le cas, n'est pas un délit à partir du moment où ils ne sont pas diffusés. Je regrette vivement la publicité désastreuse faite à ces personnes connues. On donne à cette affaire un retentissement sidérant !

Interrogés sur l'activité de l'association, les avocats faisaient chorus pour donner une réponse semblable à une leçon bien apprise :

— C'est, avant tout et uniquement, un groupement intellectuel très actif qui rassemble plusieurs concepts religieux et qui, en même temps, défend des valeurs morales contre la fausse justice de la raison d'état. Leur attrait est dû à l'intérêt qu'elle porte à chaque être humain, et à la possibilité d'effectuer un travail sur soi permettant à l'individu de tirer le meilleur profit de sa vie ici-bas. Il apporte un « mieux-être » aux personnes insatisfaites par leur situation actuelle et Dieu sait que les sujets d'insatisfaction ne manquent pas ! Voilà précisément sur quoi repose l'activité de cette association… En réalité, rien de répréhensible !

Malgré les propos tantôt véhéments, tantôt apaisants, rapportés par les médias, tous les officiers de police judiciaire concernés par cette affaire travaillaient sans relâche à la recherche d'indices qui permettraient de mettre en examen les huit hommes qui conduisaient et administraient cette association. Ils se défoulaient sur leur clavier avec une irritation croissante tout en effectuant leur travail consciencieusement.

La façade de l'organisation incriminée commençait à se fissurer, des lacunes incontestables apparaissaient dans la gestion. Quant à la réalité de l'objectif de l'association, il dévoilait huit riches dirigeants plus frustrés par ce qu'offrait la société civile actuelle que menés par une réelle motivation spirituelle et désintéressée. Ceux-ci se consacraient, de fait, à des activités autres qu'économiques sans toutefois constituer ni une mafia ni une réplique de la franc-maçonnerie, quelle que soit leur obédience… On aurait pu dire que cette association ressemblait vaguement à l'église de scientologie, cette entreprise capitaliste ultra-sophistiquée, tout en recherchant, cependant, à jouer, en finalité, un rôle politique, religieux, économique et culturel. Bref, l'O.S.M. semblait vouloir obtenir le pouvoir par tous les moyens et imposer ses idées… Idées ou pensée unique, dont les traits principaux restaient inspirés de l'islamisme radical!

*

DCPJ[5].

Le lendemain matin, après une deuxième nuit blanche ou presque, le commissaire Franck Waltersen fit le tour de son équipe interne d'officiers de police judiciaire. C'était un ancien homme de terrain qui avait atterri derrière un bureau, sans perdre son tranchant. Animé par une éthique et des convictions, il ne se dérobait pas derrière un double langage.

— Alors les gars, où en êtes-vous?

— Heureusement que nous possédons des écrits et des documents, car ils ne sont pas bavards, les

5. *Direction Centrale de la Police Judiciaire.*

bougres ! Ils sont tous visiblement bouffés par la haine du monde. Quand je dis du monde, je devrais dire de notre monde occidental. Quant à nos questions, elles ne nous conduisent nulle part. C'est à se taper la tête contre les murs… mais y a-t-il encore des choses à comprendre ?

— C'est pas sûr ! Nous ne vivons pas sur la même planète…

— En revanche, ce qui est étonnant chez eux, c'est qu'ils se comportent avec l'assurance des types qui ne craignent rien, comme s'ils bénéficiaient de protections. J'ai parfois du mal à supporter leur arrogance et leurs sarcasmes.

— Peut-être sont-ils protégés, mais, de toute façon, quand on dépasse « une ligne blanche » continue, on est verbalisé, et eux, ils l'ont dépassée ! Tout le monde connaît l'expression : au-delà de cette limite, votre ticket n'est plus valable ; eh bien, ils en sont là… Ah, autre chose ! Je ne voudrais pas que soit divulgué le moindre détail de cette affaire aux médias. Pour chacun d'entre nous, le message de la grande direction est très clair, nous devons nous en tenir aux communications faites par notre représentant et pas un mot de plus !

Ils s'isolèrent un instant tous ensemble dans la salle de repos pour prendre un énième café et apaiser l'excitation qui les animait, comme après chaque longue épreuve d'interrogatoires lourds. Ils se retrouvaient alors perdus dans leurs pensées. Des pensées chaotiques et fortement troublées par la fatigue dans un esprit au ralenti. C'était généralement un moment où les officiers de police judiciaire dormaient encore moins que les personnes en garde à vue ! Aussi aimaient-ils parcourir les quotidiens étalés sur la table qui venaient d'arriver et s'informer de l'état général du monde, de la région et de la ville. Ils appréciaient tous cette heure qui précédait le lever du jour. C'était un instant d'intimité bien qu'immergé dans la réalité sociale du moment. La nuit continuait à s'accrocher aux toits de la ville, les réverbères dans la rue plus bas étaient encore allumés, mais la première lueur de l'aube avait déjà commencé à traiter de transparence les couches supérieures de l'atmosphère…

*

Franck Waltersen, privé.

Le portable privé de Franck Waltersen sonna. Amélie, le prénom de sa fille, s'affichait à l'écran. Il décrocha en prenant son verre en plastique empli de café et revint s'asseoir à son bureau afin d'être plus tranquille pour lui parler quelques instants.

— C'est moi, papa !

— J'ai bien vu. Alors ma grande, quoi de neuf, qu'est-ce qui t'amène ?

— Je voulais savoir pour le week-end prochain, est-ce qu'on se retrouve toujours comme prévu ?

Il connaissait parfaitement sa fille et sentit tout de suite au ton de sa voix que la question devait cacher quelque chose, voire souhaiter une réponse autre que celle qui s'imposait, puisqu'ils devaient passer le week-end ensemble, comme prévu de longue date. Mais, sous le coup de cette affaire importante, il se laissa aller au jeu de sa fille, cette jeune fille qui était l'être qu'il adorait le plus au monde.

— Pourquoi ? Tu as un empêchement ? Pour moi, il n'y a rien de changé !

— C'est-à-dire que… je ne voudrais pas te contrarier ou te faire faux bond… mais je voulais savoir si tu ne voyais pas d'inconvénient pour qu'on reporte notre rencontre…

— Je vois… J'ai de la concurrence ! Il y a une histoire de petit copain là-dessous !

— Heueueu… non… Je veux dire, pas vraiment… Enfin, si, un peu quand même, mais rien de bien sérieux, pour l'instant.

— D'accord. Je sens que je dois céder ma place, à contrecœur, mais l'amour n'attend pas ! C'est bien ça ?

— C'est vrai ? Tu es bien d'accord ?

— Accordé ! Mais, pas de relâche sur les études, c'est l'année de la maîtrise.

— Non. Non. Tu sais bien que tu peux me faire confiance ! Je n'ai rien loupé jusqu'à présent, que je sache !

— C'est vrai ! Tu me rappelleras après le week-end pour me dire comment c'était ? De toute façon, ce sera toujours plus drôle que de retrouver son vieux père. Vous allez faire quoi au juste, si ce n'est pas indiscret ?

— Les parents de Fabien ont face à la mer, à Cabourg, un appartement qu'ils louent en saison. Comme dans le moment il est libre, on voudrait en profiter un peu, tout en révisant, car nous sommes dans la même promo.

— D'accord, ainsi l'élu du moment, et mon adversaire, s'appelle Fabien… L'ai-je croisé ou ses parents ?

— Non. Car il n'est là que depuis cette année, il a fait sa licence ailleurs, ses parents ont été mutés, enfin bref… rien de spécial.

— Tu en as parlé à ta mère ?

— Non, pas encore. Je n'arrive pas à la joindre. Mais, de toute façon comme c'était avec toi que je devais me trouver, je voulais ton accord avant de l'appeler.

— Eh bien, il me reste à te souhaiter de passer un bon week-end et tu donneras le bonjour à ta mère quand tu l'auras !

— Pas d'problème, papa, je t'adore ! Merci et je te fais de gros bisous !

Franck Waltersen raccrocha avec le sourire. Chaque fois qu'il entendait sa fille, il la voyait, comme si elle se trouvait devant lui. Il existait toujours une très grande complicité entre eux et encore plus depuis que son épouse l'avait quitté, cela faisait neuf ou dix ans à présent, peut-être plus… Il ne s'en souvenait plus très bien. Son boulot et ses horaires abominables avaient eu raison de son couple. Ils n'avaient jamais divorcé, ils n'en avaient pas trouvé le temps sans doute, car son épouse travaillait dans une importante entreprise de négoce et elle assumait le rôle de directrice commerciale, en étroite collaboration avec son Président Directeur Général… si étroite qu'un jour elle avait oublié de rentrer et… le PDG l'avait emporté…

Il ne lui en voulait pas. C'était la vie ! « Quand les passions du métier sont trépidantes et prennent le dessus, c'est ce qui arrive »… se disait-il souvent. Bien que très éloignés l'un de l'autre, leurs relations restaient saines. Amélie fut l'unique enfant du couple, choyée des deux côtés ; même si elle souffrait de la situation, elle ne le montrait pas. Elle semblait croquer la vie à pleines dents et réussissait ses études de droit avec bonheur. Ses notes avaient toujours été excellentes. Elle apprenait tout avec une facilité déconcertante et visait l'École Nationale de la Magistrature de Bordeaux…

« Déjà en maîtrise »… se dit-il en la regardant sur la photo qui se trouvait toujours sur son bureau. À vingt ans, Amélie faisait plus que son âge. Aujourd'hui, elle en avait vingt-deux ; un mètre soixante-dix, élancée, les cheveux châtains qu'elle avait depuis quelques mois éclairés de mèches blondes… Elle ressemblait à sa mère, belle, déterminée et vive. Franck Waltersen se demandait souvent s'il aimait toujours son épouse. Cette question restait sans réponse. Toujours est-il qu'il n'avait plus jamais eu de relations sérieuses ni durables avec une autre femme depuis qu'elle l'avait quitté. Son métier et sa fille étaient toute sa vie. Il savait cependant que sa fille prendrait un jour son envol et qu'il devrait peut-être envisager de penser à sa vie privée… le métier n'offrant pas tout. Chaque fois qu'il y pensait, cette idée s'imposait comme une évidence et pourtant, il ne changeait rien à son quotidien pour aller dans ce sens et cela lui faisait plutôt froid dans le dos…

*

Retour aux gardés à vue.

Les huit hommes arrêtés faisaient la une. Le débat était ouvert sur leurs activités et celle de l'O.S.M. Certains journaux se montraient prudents tandis que d'autres déclaraient que l'association était une secte et la condamnaient avec virulence, s'insurgeant et s'interrogeant sur l'activité « d'élu » ou « de décideur » des personnes concernées pour mettre en avant leur infiltration dans tous les systèmes de la société civile… Des attentats mettaient une fois de plus le monde en émoi à Bagdad en Irak, en Afrique du Nord, au Liban, à Bombay en Inde, la capitale du Maharashtra, et, plus près de nous, à Marrakech au Maroc où de nombreux Français se comptaient parmi les victimes.

En Israël, un kamikaze venait de se faire sauter dans un café à une heure de grande affluence. En France, ce n'était guère plus réjouissant : hold-up sanglant dans une agence bancaire, un gang vidait les bureaux de tabac tandis qu'un autre semblait s'être spécialisé dans le vol de métaux de toutes sortes, la hausse des cours des matières premières jouant à plein… Sans oublier les actes répétés des mafias de l'Est spécialisées en vols de moteurs de bateaux[6], de tracteurs, sans oublier toutes les voitures… pompant délibérément des centaines de millions d'euros dans les richesses de la France. Puis, au fil des pages, suivait la longue liste des faits divers habituels… Encore une fois, rien ne venait remonter le moral du lecteur pour cette nouvelle journée.

Les motifs de mise en examen s'accumulaient au fil des heures et, au terme des quarante-huit heures, le patron de la DCPJ demanda au commissaire Franck Waltersen de rassembler tous les mandats, il devait rendre compte à sa hiérarchie. Cet homme de l'est de la France avait acquis une solide réputation grâce à ses capacités de meneur et à son efficacité.

6. *Voir* Corsaires de l'Est, *même auteur, même maison d'édition.*

— Nous sommes bien face à une affaire de blanchiment de capitaux et de malversations diverses : détournement d'actifs, abus de biens sociaux et j'en passe, avec, pour l'instant encore, peu d'éléments au regard de ce que nous pouvons imaginer découvrir lorsque nous aurons véritablement reconstitué tous les organigrammes de leur organisation et les nombreuses interférences d'associations et de sociétés dont le siège se situe pour la plupart dans des pays où la fiscalité est « allégée » et dont les dirigeants sont peu regardants quant à l'origine des fonds versés et des opérations effectuées…

— Je vois… mais vous détenez bien des preuves certaines et non discutables ?

— Absolument !

— Il ne faut pas que, dès demain, les avocats viennent nous brandir des éléments contradictoires démontrant que tout a été monté à charge dans le seul but d'inculper les huit hommes !

— Non, non, aucune crainte ! Ceci ne les empêchera pas, bien sûr, de s'égosiller pour tenter de diffamer la police comme d'habitude en pareil cas. Mais, la loi étant la même pour tout le monde, le calme suivra la tempête médiatique actuelle. Pour tous les officiers de police judiciaire en charge de ce dossier, il est déjà parfaitement clair que nous nous trouvons au tout début d'une énorme affaire dont personne aujourd'hui ne peut imaginer la portée !

Compte tenu de l'importance de l'affaire, un magistrat du TGI de Paris avait été désigné et se trouvait auprès du patron de la DCPJ.

Les mises en examen furent confirmées dans les minutes qui suivirent.

La lumière pâle se colora au fil des minutes, réveillant progressivement les perspectives éblouissantes de la capitale. En cet instant très matinal, le calme régnait.

Pour les huit hommes, l'existence avait été ainsi faite de croisements et de choix qui les emportaient sur une route autre que celle qu'ils avaient imaginée. Ils voulaient garder leurs secrets. Mais, n'en est-il pas ainsi pour chacun d'entre nous ? Chaque individu étant conduit par l'aveugle qui se trouve en lui, la vie avance de cette manière. Au fond, leur choix n'était-il pas qu'une illusion ? Était-il infléchi par l'histoire, les traditions, la géographie, les racines, les croyances, ou alors était-il simplement le fruit du hasard ?

Les huit hommes prirent la nouvelle de leur mise en examen avec une sombre résignation, presque comme un affront personnel, dans un silence lourd de réprobation, soudain submergés de tristesse et de colère ; leur regard trahissait une douloureuse inquiétude et une réelle haine envers les OPJ. Certains firent quelques commentaires sarcastiques, mélange d'incrédulité, d'amusement et de mépris avec, cependant, une pointe d'agressivité dans leurs admonestations.

Comme des enfants rebelles, ils invoquaient le châtiment et considéraient les policiers comme inaptes à comprendre ne serait-ce qu'une infime partie de ce qu'ils représentaient, se réclamant d'une supériorité intellectuelle à laquelle ne pouvait prétendre le commun des mortels.

C'était comme si eux-mêmes, et pas seulement leurs idées, avaient été profanés.

Dans la journée, un communiqué officiel préparé par la direction centrale de la Police Judiciaire fut présenté aux médias, mettant un terme à toute interprétation sur les huit arrestations et mises en examen. Ce communiqué n'excluait pas d'autres interpellations dans les jours à venir. Des rapprochements s'effectuaient dans le même temps avec les polices d'Angleterre, d'Allemagne, d'Espagne, des Pays-Bas, de Belgique et du Luxembourg.

Pour tout le monde - police, justice et médias - l'affaire était désormais entendue. Les dirigeants de l'O.S.M. auraient à s'expliquer sur les activités réelles de l'association et surtout sur les malversations qu'ils avaient été amenés à opérer… Nul doute qu'ils auraient le temps nécessaire à la réflexion dans leur geôle.

II

Même jour… sud de Londres.

Dans le petit matin, deux fourgons aménagés, transportant des personnes en fauteuil roulant, faisaient leur entrée sur le petit aérodrome de Redhill, situé à une trentaine de kilomètres de la capitale britannique.

Des pilotes d'ULM[7] s'activaient autour de leurs machines et s'apprêtaient à les sortir des hangars qui les abritaient. Il ne s'agissait plus de ces appareils pendulaires que beaucoup de personnes conservaient encore en mémoire, car ils avaient vu passer à basse altitude ces drôles d'engins le plus souvent mus par des moteurs dont le bruit rappelle celui des moteurs de tondeuses à gazon. Non. Désormais, ce club était doté d'appareils qui s'apparentaient davantage à des petits avions de tourisme. Ce qui, cependant, différenciait ces appareils des avions était le poids : ces ULM multi-axes, de type trois, ne doivent pas excéder une masse de quatre cent cinquante kilogrammes pour les biplaces ; d'autre part, leur vitesse n'était pas la même.

7. *Ultra léger Motorisé.*

Chaque pilote tirait derrière lui son biplace pour le positionner sur le tarmac. En couleurs vives, un nom et un dessin étaient apposés à l'arrière de chaque fuselage : *Coyote* et la tête de l'animal pour l'un, *Rider* et une silhouette d'écuyer sur le suivant, ou encore *Pink Lady* orné d'une jolie pomme rose ou *Ladybird* d'une coccinelle... Autant de distinctions qui leur donnaient une touche de légèreté, d'invincibilité, voire de frivolité parfois...

Ces ULM étaient constitués d'une tubulure métallique enveloppée d'une toile en Dacron thermo-tendue et rétractable. De loin, ils ressemblaient à s'y méprendre à des avions avec leurs couleurs chatoyantes, leur simulacre de cabine de pilotage, leur hélice centrale à l'avant. Chaque pilote inspectait une fois encore son appareil, en faisant le tour, touchant minutieusement les moindres recoins extérieurs, ailes, hélice, roues, toile, tandis que, tout près, les fauteuils roulants descendaient l'un après l'autre, précautionneusement, la rampe métallique arrière de chaque fourgon.

Ce matin, le ciel d'un bleu pur était tout en légèreté et transparence. La température avait remonté de quelques degrés, le monde semblait plus clair. Le sud de Londres serait épargné par la pluie aujourd'hui !

Le sourire rayonnait sur le visage de chaque jeune fille dont l'âge variait entre vingt et vingt-cinq ans. Elles étaient huit et toutes atteintes de sclérose en plaques ou de troubles apparentés. Les deux chauffeurs des fourgons jouaient le rôle d'accompagnateurs. Leur pathologie avait privé ces jeunes filles de leurs capacités à marcher à l'âge où elles ne demandaient qu'à courir. Issues de familles aisées, elles poursuivaient toutes des études supérieures dans un établissement privé réputé de Londres. Un nouvel horizon venait de s'ouvrir à elles depuis quelques mois : leur établissement avait été contacté par le *ULM Flying Club* dont le siège social se situait dans le prestigieux quartier de la finance et des affaires de Londres.

Un des objectifs de cet établissement d'enseignement supérieur était d'offrir à ses élèves la possibilité de découvrir toutes sortes d'activités au cours de leurs études, afin de les aider à surmonter leur handicap et de leur permettre de se découvrir une passion dans laquelle elles pourraient ensuite s'investir. De telles activités participaient généralement à une meilleure réussite de leurs études et soutenaient leur détermination pour affronter leur vie et leur carrière professionnelle. Certaines élèves étaient ainsi devenues co-pilotes de rallye, basketteuses ou encore jockeys…

Aux États-Unis et dans plusieurs pays d'Europe de l'Ouest, de nombreuses expériences avaient démontré que des malades atteints de ce type de pathologie voyaient leurs crises s'espacer, leur traitement médicamenteux se réduire et souvent leur état physique s'améliorer dès lors qu'ils se passionnaient pour une activité, et le vol en ULM occupait à ce titre une des meilleures places. Une vingtaine de jeunes filles s'étaient donc intéressées à cette offre mais seulement moins d'une dizaine en était devenue accro. Il en restait désormais huit qui se retrouvaient une journée entière toutes les deux semaines sur cet aérodrome de Redhill. Pour chacune d'entre elles, voler incarnait la sensation de liberté par excellence, une manière d'oublier leur handicap. Assise à côté du pilote, chacune s'initiait au fil des heures de vol au pilotage à commandes manuelles spécifiquement adaptées à sa situation, en VFR[8].

Les retrouvailles s'annonçaient toujours joyeuses, chaque pilote avait coutume de venir à la rencontre de sa co-équipière. Rires et blagues diverses donnaient une impression de bonheur et de joie partagés.

Annabel était la boute-en-train du groupe qu'elle irradiait de sa présence et son entrain. Jeune fille à la grâce de naïade, aux cheveux ondulés et souples, la plus jolie aussi, elle affichait ses vingt-deux printemps avec arrogance et volait sur *Pink Lady* avec Kevin, un beau jeune homme brun de type oriental. Chaque rencontre les rapprochait un peu plus. Si Kevin s'efforçait de garder une certaine distance, Annabel dissimulait très mal ses sentiments à son égard, s'attardant, à chaque fois qu'elle le pouvait, avec lui, se trahissant sans arrêt par des petits gestes ou des effleurements qui n'avaient rien d'anodin…

Chaque pilote conduisait le fauteuil roulant sous l'aile de l'appareil, tout à côté de la portière en plexiglas laissée ouverte. Une barre métallique chromée, spécialement installée, permettait à la personne handicapée de se soulever à la force des bras avec un minimum d'aide pour s'installer sur le siège, mais Annabel ne l'utilisait guère.

— Annabel, on se lève et on reste debout !

— Pas d'problème ! J'y arrive de mieux en mieux ! Si ça continue, j'y viendrai bientôt en marchant, quitte à me faire aider de béquilles dans un premier temps.

---

8. Visual Flying Rules.

— Mais, j'y compte bien !

Tandis qu'Annabel se tenait debout près de l'appareil, Kevin replia le fauteuil qu'il fixa derrière les deux sièges ainsi que, pour la première fois, le panier de pique-nique.

— Allez, hop, on s'installe et on y va…

C'était un moment privilégié pour Annabel qui en profitait toujours pour enlacer Kevin en s'attardant un peu plus que de raison. Les bras puissants du jeune homme l'aidaient ensuite à se placer sur le siège du co-pilote. Il refermait la porte, contournait l'ULM et s'installait à son tour. Le temps de mettre son casque, de vérifier que la communication au micro était bonne entre eux car c'était leur seul moyen de se parler en vol et déjà on entendait les premiers ULM démarrer et prendre tout doucement la direction de la piste d'envol. Comme presque toujours, Francesca et Steve partaient les premiers sur *Coyote*…

— Ces deux-là, ils sont toujours aussi pressés de s'envoyer en l'air ! lança Annabel dans un grand éclat de rire.

Kevin ne releva pas le propos chargé de sous-entendus. Elle lui jeta un coup d'œil. L'écoutait-il seulement ? Et, même s'il avait entendu, avait-il compris l'allusion ?

Annabel et Francesca étaient les meilleures amies depuis qu'elles étaient entrées le même jour dans l'établissement universitaire privé qui les accueillait. Elles faisaient tout de la même manière comme deux sœurs jumelles, même si elles ne se ressemblaient pas du tout. Cette fois encore, elles étaient tombées toutes les deux amoureuses de leur instructeur-pilote respectif, ce qui n'était pas le cas de leurs six autres collègues. Francesca, vingt-trois ans, était brune; ses cheveux mi-longs et ses yeux marron noisette; sa peau mate lui donnait toujours l'air d'être bronzée à souhait.

Très sérieusement, Kevin égrenait sa check-list habituelle:

— Freins: ok; verrière: verrouillée; pression de l'huile: ok; température de l'eau: ok; essence: ouverte et suffisante; radio: ok…

L'adrénaline montait aussitôt chez Annabel durant ces quelques minutes, tant elle était excitée à l'idée de côtoyer les oiseaux et de se retrouver seule avec Kevin. « Ah! si seulement… » se disait-elle à chaque fois.

L'appareil avançait déjà lentement vers la piste d'envol et se trouvait en dernière position. Kevin faisait à présent chauffer les moteurs comme pour une Formule 1 sur la ligne de départ, puis l'ULM se positionna. Devant eux, la piste semblait se dérouler à l'infini car on n'en apercevait pas le bout, elle semblait mener droit dans un ciel bleu azur sans nuage comme ils avaient eu rarement l'occasion d'en connaître jusque-là. Merci à l'anticyclone qui se situait juste au-dessus du sud de l'Angleterre!

L'ULM prenait de la vitesse… Un dernier tremblement dû au roulement sur le sol et il décollait. Des rêves plein les yeux, Annabel se tourna vers Kevin toujours très concentré sur son pilotage, il s'en aperçut, se tourna vers elle et lui fit un clin d'œil accompagné d'un sourire qui la combla de bonheur. Altitude: six cents pieds, vitesse: cent trente kilomètres à l'heure… Elle regarda vers le sol, les maisons, les champs, les routes, tout semblait posé sur une maquette topographique. Annabel était libre, heureuse et si éloignée du handicap qui la condamnait au fauteuil roulant ! Ses rêves avaient changé depuis qu'elle volait en ULM. Elle s'identifiait de plus en plus souvent à un albatros, si majestueux dans les airs et si désemparé au sol…

Aujourd'hui, la balade s'annonçait plus belle que d'habitude avec une destination mythique, l'île de Wight. Ils volaient en direction de Southampton qu'ils devaient contourner par la droite et dont ils apercevaient le grand port maritime, puis ils passèrent non loin de Bournemouth et Poole afin de venir se poser sur l'aérodrome de Sandown HN sur l'île de Wight.

Habituellement, les fourgons venaient les rejoindre pour les emmener déjeuner dans une auberge à proximité. Pour une fois, en raison du caractère insulaire de leur destination, il était convenu qu'ils pique-niquent ensemble sur place. Tous souhaitaient goûter au plaisir de la découverte de l'île et espéraient partager l'émotion d'une époque qu'ils n'avaient pas connue mais dont leurs parents respectifs s'étaient souvent fait l'écho, l'époque *Peace and love* de la fin des années soixante, soixante-dix, même si tous ces jeunes de l'époque, à l'âge adulte, s'étaient écartés de cette mouvance pour entrer sagement dans le rang de la société anglaise… La nostalgie restait tenace et se parait encore des fleurs et des rêves de ces fabuleuses années.

Un petit tour au-dessus de l'île qui ne présentait rien d'exceptionnel, vu du ciel, et les premiers ULM amorçaient leur descente. Pour une fois, Annabel s'impatientait de regagner la terre ferme à l'idée de ce déjeuner collectif en pleine nature, caressant l'espoir de pouvoir se retrouver, à un moment ou à un autre, seule avec Kevin…

Quelques minutes plus tard, les ULM étaient parfaitement alignés sur le tarmac et le groupe s'était formé ; chaque pilote accompagnait sa protégée vers la sortie. Le gardien de l'aérodrome leur avait suggéré de rejoindre un terrain situé non loin de là, qui permettait de jouir d'une vue superbe sur la mer. Ils n'éprouvèrent aucune difficulté pour s'y rendre. Des tables en bois fixées au sol et équipées de bancs proposaient aux promeneurs de passage de se reposer et d'apprécier le point de vue.

Chacun sortit son panier et tout le groupe occupa rapidement les trois tables. Une ambiance estudiantine régnait, rires et blagues fusaient. En fermant les yeux, il eût été impossible d'imaginer que ces jeunes filles ne se déplaçaient qu'en fauteuil roulant… Le repas terminé, certains équipages optèrent pour une promenade, d'autres préférèrent rester sur place… Annabel suggéra à Kevin qu'ils aillent se promener, mais « sans les autres ! » avait-elle insisté discrètement et proposa une direction qui leur permette de se retrouver, pour une fois, tous les deux, seulement.

Ils quittèrent donc le groupe ; après quelques centaines de mètres, ils n'entendaient plus ceux qui étaient restés sur l'aire de pique-nique. Enfin, Annabel pouvait goûter au plaisir d'un peu d'intimité. Kevin marchait lentement en poussant pour la première fois le fauteuil d'Annabel pour cette promenade bucolique. Un petit chemin permettait d'accéder à la côte, ils l'empruntèrent et purent se retrouver sur une petite crique déserte. En clignant des yeux, la main en visière, Annabel vit, éblouie, le ciel qui rejoignait la mer bleu turquoise, frangée d'écume.

Ils s'installèrent sur l'estran près d'un rocher. Kevin s'assit à même le sable, fin et immaculé à cet endroit, le dos contre la roche, tandis qu'Annabel s'allongeait et, d'autorité, posait sa tête sur les cuisses de Kevin. Elle avait temporairement renoncé aux interdits habituels. La journée était splendide, l'anticyclone leur offrait un ciel parfaitement bleu, à peine zébré par quelques mouettes rieuses. La brise sentait l'été et la mer…

— Cela me fait tout drôle d'être sur cette île aujourd'hui… mon père m'en a tellement parlé…

— Pourquoi ? Il y est venu également ?

— Bien sûr ! Août 1970 ! Le festival pop, le mouvement hippie ! Tu ne connais pas ?

— Non. Désolé. Je n'en ai jamais entendu parler !

— Mais c'est incroyable, tout le monde connaît ça ! Le 28 août 1970, les jeunes sont venus de tout le pays, mais aussi de France, d'Allemagne, de Hollande ou d'Italie pour une grande kermesse de trois jours. Mon père avait vingt ans, il m'a dit que le bateau qui reliait l'île ressemblait à un *Mayflower* sans voile, emportant vers le Nouveau Monde la foule sereine des *Founding children*…

— Et en quoi consistait ce mouvement hippie ?

— Je suis vraiment sidérée que tu n'en aies jamais entendu parler !

Annabel s'était relevée légèrement, prenant appui sur un coude pour le regarder, intriguée.

Elle poursuivit :

— Après 68, le mouvement regroupe les adeptes d'une éthique fondée sur la contestation de la société industrielle, la société de consommation, sur l'aspiration à la liberté intégrale dans le costume, les mœurs et la vie sociale. Toute une génération pavée de bonnes intentions, une jeunesse révoltée qui avait pris ses délires pour des réalités. Le mot d'ordre était de faire ce qu'on lui interdisait et prônait surtout la non-violence…

— La non-violence, dis-tu ? Mais ce devait être formidable… Pourquoi cela n'a pas continué ?

— Après cette « révolution » et ce fameux slogan *Peace and love*, les étudiants ont repris leurs chères études et sont rentrés dans le rang bien sagement… Je sais que lorsque mon père y pense encore, son esprit reste chargé de souvenirs pittoresques et d'émotions tendre comme la mousse… Comme j'aurais aimé vivre cette époque ! rajouta-t-elle, des rêves plein les yeux, en s'allongeant et reprenant sa position. L'année précédente, en 1969, il y avait eu le festival hippie de Woodstock dans l'état de New York du 15 au 18 août, mon père n'ayant pu y participer, faute de moyens, il ne voulait pour rien au monde rater celui de l'île de Wight ! Toujours selon mon père, le monde entier avait parlé de Woodstock. Il avait rassemblé plus de quatre cent mille jeunes. Tu te rends compte ? Plus de quarante groupes de musiciens participaient à cette grand-messe psychédélique et fraternelle… C'est là que Jimi Hendrix, ce chanteur et guitariste légendaire, un parfait rebelle, avait ridiculisé l'hymne américain et proposé une critique virulente de l'engagement des États-Unis au Vietnam dans son célèbre *Hey Joe*… D'ailleurs, sa disparition serait, paraît-il, suspecte…

Annabel continuait à parler, évoquant tout ce qui avait marqué cette époque, sans noter l'air absent de Kevin. Après un long monologue, inquiète de ne pas l'entendre réagir à ses propos, elle se releva une nouvelle fois sur un coude pour le regarder.

— Tu m'écoutes toujours ?

— Hmm, hmm… répondit-il, visiblement absorbé par ses pensées.

— Je ne comprends pas… reprit aussitôt Annabel. Pourtant, ton père devrait être à peu près du même âge que le mien, non ?

— Oui. Mais ma famille vivait au Moyen-Orient. Elle n'est venue s'installer en Angleterre qu'au début des années 80 et je suis né à ce moment-là…

— Ah bon… Tes parents retournent de temps en temps dans leur pays ?

Il garda un long silence avant de répondre :

— Ils y sont retournés il y a quelques années et mon père et mon frère ont été tués… Il ne reste là-bas que ma mère, âgée et en mauvaise santé.

Il laissa échapper un soupir qu'elle ne put interpréter.

— Désolée ! Je suis vraiment désolée. Excuse-moi !

Il se contenta de secouer négativement la tête, sans prononcer le moindre mot. Un long silence s'installa qui les gêna tous les deux et qu'ils s'employèrent à rompre. Kevin parla le premier :

— Décidément, les États-Unis ont toujours été prêts à tout, même à faire disparaître un artiste pour ses idées, afin de toujours imposer leur hégémonie !

— On n'a jamais su ce qui était arrivé à Jimi Hendrix, il a seulement été dit que sa disparition avait paru suspecte…

— Oh, on sait bien ce que ça veut dire ! Mais ce que je n'arrive pas à comprendre, c'est… comment ton père et tous ces jeunes de l'époque ont autant changé… La non-violence, c'était bien comme idée.

— C'est la vie…

— Que fait-il aujourd'hui ?

— Il est un important cadre de direction dans une société financière internationale qui intervient à la City.

— Rien que ça ! Et il a bien sûr fait partie de ceux qui ont soutenu le gouvernement de Blair pour être aux côtés de Bush dans la guerre en Irak…

Elle approuva de la tête, sans répondre.

— Où résidez-vous ?

— À Mayfair, dans le centre ouest de Londres.

— Je vois…

Annabel fut alors surprise par le regard de Kevin. Son visage portait une expression énigmatique et désespérée tout à la fois. Annabel fut déconcertée et le désarroi, l'espace d'un instant, la bouleversa jusqu'aux larmes, elle qui ne pleurait jamais ou rarement… Elle regrettait cette tournure de leur conversation et souhaitait vivement changer de sujet.

— Tu crois en Dieu ? lui demanda Kevin avec des yeux qui la transperçaient.

Elle avait rougi jusqu'au bout des oreilles. Une chose était sûre, elle ne priait plus depuis la déclaration de sa maladie, pourtant elle avait été une fervente croyante avant. La vie l'avait fait changer d'avis, encore qu'elle pensât y croire toujours. Elle se montra hésitante et finit par répondre :

— Heu… oui. Enfin, je veux dire que je n'aime pas trop les religieux, ceux qui représentent la religion… mais je serais plutôt croyante… chrétienne, et toi ?

— Je suis musulman et je n'ai qu'un seul ami, DIEU ! Car, au fond, Juifs, Chrétiens, Musulmans, quelle différence, si on se comporte avec foi et bonté, les valeurs les plus nobles ? Nous devons faire en sorte que subsistent en nous une petite étincelle d'humanité et une petite étincelle d'altruisme…

— Tu as raison.

Elle était atterrée par la triste situation de Kevin…

— Tu penses souvent à ta famille ? reprit-elle avec compassion.

— Tout le temps. Parfois, nous croyons que les êtres ont disparu… mais, en réalité, ils sont toujours là et nous appellent. Il n'y a pas que les relations intellectuelles qui importent, les échanges spirituels sont pour moi plus importants… Nos défunts, souillés par le mal dont ils sont morts, échappent à l'horreur par l'immortalité du souvenir que nous gardons d'eux.

Elle ne comprenait pas bien ce qu'il entendait par ces propos. Le sujet déplaisait à Annabel qui voulut à tout prix provoquer une diversion :

— En dehors d'instructeur de vol, tu exerces un autre métier ?

Il se montra hésitant, embarrassé, comme s'il recherchait une réponse qui soit satisfaisante aux yeux d'Annabel.

— Heueueu… oui, oui, bien sûr… Dans un hôpital… Voilà, j'exerce dans un hôpital. J'y travaille tout en étudiant au… heueueu *Royal Free Hospital*… lâcha-t-il enfin, soulagé par sa réponse.

— Ah, bravo ! Et quel genre d'études poursuis-tu ?

— En fait, je voudrais m'appuyer sur les connaissances médicales pour proposer une tout autre approche afin d'aider les malades en dehors d'une médecine qui ne sert qu'à enrichir l'industrie pharmaceutique, notamment, dans les pays qui ne sont pas aussi industrialisés que ceux de l'Europe de l'Ouest.

— C'est-à-dire?

— Dans une telle approche, une maladie n'est pas un ennemi à combattre mais une information à décrypter. Nous devons identifier le problème que nous avons à résoudre pour retrouver notre essence par une sorte de décodage biologique des maladies. Dans cet exercice, la volonté et le psychisme sont déterminants.

— Comment ça?

— L'esprit est tout. Ce que tu penses, tu le deviens. Toute notre vie n'est que le fruit de notre pensée. Défaite et victoire dépendent de ta manière de penser et d'agir, Annabel. Ta santé aussi en dépend. Ne laisse pas les pensées négatives s'ancrer dans ton esprit. Les vérités sont souvent invisibles…

Intriguée, Annabel se releva partiellement pour s'asseoir auprès de lui. Elle lui prit la main. Il ne chercha pas à la retirer cette fois. Son langage ésotérique, son regard hypnotique et son magnétisme faisaient de lui un personnage hors du commun, tel qu'elle ne l'avait jamais perçu auparavant. L'assurance transparaissait dans ses yeux noirs si sérieux. Son visage recelait une volonté tranquille et inflexible: la détermination de ceux que rien ne peut ébranler. Il paraissait absent. Quelque chose le rongeait et tout en lui criait silencieusement.

— Cela signifierait-il que tu pourrais nous apporter quelque chose de plus que la médecine… à moi et mes copines, par exemple?

— Assurément. Le magnétisme, l'hypnose, l'acupuncture et bien d'autres moyens permettent de freiner, voire de réduire ou de supprimer, telle ou telle maladie, que ce soit différentes formes de cancer ou des maladies auto-immunes comme celle qui te concerne. Mais pour cela, il faut avoir la foi, y croire et ne jamais faiblir…

— C'est vrai ! lui lança-t-elle, rayonnante comme elle ne l'avait encore jamais été. Quand commençons-nous ?

— Plus tard, pas aujourd'hui car, dans quelques instants, nous devrons aller rejoindre les autres pour nous préparer au départ. Il faut d'abord que tu y penses, que tu te conditionnes et que tu aies cette volonté de guérir…

— Whaou ! Tu seras mon sauveur, lui cria-t-elle en tentant de lui enlacer le cou de ses deux bras.

Il évita ses lèvres de justesse et se contenta de la serrer quelques secondes, joue contre joue, avant de l'écarter doucement.

Il avait été sidéré par la vivacité de son geste et de son regard où toutefois semblait flotter une sorte de tristesse passagère qu'il attribua à son handicap. Annabel avait un visage plutôt ovale aux traits réguliers et au nez effilé. Il n'était pas insensible à ses lèvres divines et s'avouait séduit par son sourire, la fluidité de ses gestes, cette sorte d'élégance indéfinissable, comme par cette capacité à analyser sereinement les choses. À l'harmonie parfaite de son visage s'ajoutait le charme de ses cheveux ondulés qui cascadaient sur ses épaules. En s'asseyant, elle avait ouvert un bouton supplémentaire à son chemisier blanc qui laissait entrevoir une poitrine fière.

Il sentait à présent son parfum velouté et musqué à la fois, nettement oriental.

Ils se considérèrent un instant en silence, incapables d'évaluer la distance qui les séparait.

Le visage d'Annabel se détendit d'un coup, comme si toute leur discussion n'avait pas eu lieu. Son rire malicieux fusa ; puis, soudain, elle fouilla dans son sac et en sortit triomphalement une brosse à cheveux.

— Quand j'étais plus jeune, bien avant ma maladie, j'adorais que ma mère me brosse les cheveux, cela ne s'est pas produit depuis des années ! Mais j'en garde toujours un souvenir ému. Acceptes-tu de le faire ?

Sans attendre de réponse, elle lui avait tendu la brosse et lui tournait légèrement le dos. Durant quelques secondes, on n'entendit plus que le glissement de la brosse sur la chevelure épaisse dont les ondulations s'assouplissaient au fur et à mesure, harmonieusement étalées sur les épaules. Les yeux fermés, elle vit alors défiler dans son esprit des images, lentes et lyriques. Des scènes dansaient sous ses paupières et elle retrouva, comme lorsqu'elle était petite fille, cette sensation d'être bercée doucement… Comme lorsqu'elle n'était pas encore malade ou qu'elle ne savait pas encore ce qui allait lui arriver… Elle se laissait aller au rythme de ses gestes lents et se replongeait en silence comme par magie au plus profond de sa vie intérieure. Néanmoins, de temps à autre, elle précisait :

— Plus fort ! Appuie !

— C'est que je n'ai pas l'habitude et je ne voudrais pas te faire mal !

— J'aime quand on appuie fort !

Annabel ferma les yeux et jouit durant quelques minutes d'un véritable moment de bonheur si étranger à son quotidien... Kevin la regardait pendant qu'elle poursuivait son babil, un peu vide pour lui, et il s'appliquait à garder le contrôle de ses mains. Chaque fois qu'elle levait la tête légèrement, elle lui offrait un regard d'une vénération toujours plus profonde. Annabel aimait ces moments où le temps lui appartenait, cette solitude dans laquelle venait s'immiscer une présence. Le clapotis des petites vagues sur le sable et, de loin en loin, le cri de quelques mouettes rieuses venaient tout juste pénétrer cet espace-temps jusqu'au moment où ils entendirent :

— Annabel ! Kevin ! Où êtes-vous ? Annabel ! Kevin !

Francesca et Steve apparurent au même instant sur le chemin qui descendait vers la petite crique. Ils avaient l'air joyeux et sans doute plus amoureux que jamais l'un de l'autre. Francesca, les pommettes toutes rouges, exultait dans son fauteuil et conservait la main de Steve dans la sienne sur son épaule. Kevin se leva aussitôt pour répondre à l'appel tandis qu'Annabel ramassait sa brosse et ses affaires et, s'appuyant au rocher, s'appuyant au rocher pour se relever, s'asseyait dans son fauteuil. Les deux couples échangèrent quelques mots et reprirent le chemin inverse en roulant côte à côte. Francesca jeta un clin d'œil inquisiteur à Annabel, impatiente de la retrouver à un moment ou à un autre dans sa chambre et de parler de leur journée. Ils arrivèrent à l'aire de pique-nique où régnait une certaine animation annonçant le retour du groupe vers l'aérodrome. Ils furent accueillis par des cris de joie.

Les appareils décollèrent les uns après les autres, comme d'habitude, contournant l'île de Wight par la droite afin de survoler la rive gauche de l'estuaire vers Southampton puis prendre la direction du sud de Londres et de l'aérodrome de Redhill qu'ils devaient rejoindre dans la soirée.

Avant de se séparer, Annabel fit promettre à Kevin de la revoir un jour, en dehors de leur sortie habituelle, afin qu'ils fissent plus ample connaissance et qu'il lui expliquât en quoi il pouvait l'aider à surmonter, au moins partiellement, sa maladie…

Il accepta. Restait à fixer ce jour. En la regardant dans les yeux, il lui avait parlé de cette voix douce des promesses et des confidences. Annabel en avait profité pour lui demander d'échanger leur numéro de portable, numéro qu'il refusa dans un premier temps de lui communiquer mais il céda rapidement au sourire enjôleur d'Annabel.

III

Quelques jours plus tard… en France.

Une grande conférence de presse rassemblait la direction de la DCPJ, celle de la DGSI, ainsi que la DGSE[9] et le Service de Coopération Technique Internationale de Police. Elle avait pour objet de rendre hommage à l'excellent travail de coordination des différents services qui avait permis de mettre fin aux agissements de l'Organisation Syncrétique Mondiale dont le caractère sectaire et l'activité de blanchiment de capitaux ne faisaient plus aucun doute. Cette association serait dissoute. La justice poursuivait son cours afin de condamner les différents responsables qui avaient été écroués. La DGSE et le Service de coopération technique internationale de police se chargeaient dans le même temps de travailler avec leurs collègues d'Angleterre, d'Espagne, de Belgique, des Pays-Bas et d'Allemagne afin d'y démanteler également les ramifications de cette association et de bloquer les importantes masses de capitaux en circulation…

9. DGSE: Direction Générale de la Sécurité Extérieure depuis le 2 avril 1982 sous l'autorité du ministre Français de la défense. Siège: 141, Boulevard Mortier à Parie XXe.

Ce grand coup médiatique mettait sous les feux de l'actualité l'efficacité des services de police tant sur le territoire national que dans l'espace européen, qui, au terme de cette série d'arrestations, allait permettre à la justice de travailler désormais sereinement. Comme en janvier 2015, tous les États avaient démontré leur capacité à faire bloc et à agir dans le même sens. Ce triomphalisme n'échappa à personne, il reprenait le ton donné par le ministère de tutelle fraîchement nommé. Chaque ministère s'efforçait désormais de faire valoir ses succès au vu des autres ministères et de la population ; le président de la République, quant à lui, avait à cœur d'être omniprésent. Le leitmotiv était désormais l'action et l'obligation de résultats par tous les moyens. Une effective dynamique semblait animer le pays, serait-elle suivie des effets escomptés ?

*

Résidence de membres d'un corps diplomatique.

Au même moment, dans un hôtel particulier d'un quartier chic de Paris, résidence de certains corps diplomatiques, un homme, confortablement assis dans un fauteuil en cuir face à un imposant bureau en bois précieux, discutait au téléphone. Assis derrière un pareil meuble, on devait légitimement se sentir hors d'atteinte et à l'abri de bien des choses… Dans cette vaste pièce, une grande bibliothèque tapissait un des murs.

Il s'agissait d'un Afghan en costume traditionnel, issu d'une longue lignée de nomades pachtouns, il s'exprimait en pachto. Le nom d'Ayman Al-Fadira figurait sur un cavalier en ivoire placé devant son sous-main ; un Coran usagé était posé à côté de celui-ci. Grand et nerveux, sans être particulièrement musclé, il dégageait une force certaine. Le turban afghan parfaitement drapé sur son crâne, le visage fin, le teint cireux, la peau tannée, un regard intelligent illuminait son visage. Il devait avoir la cinquantaine.

Debout à côté de lui se tenait un autre homme, à peu près du même âge, leur ressemblance était frappante autant par les traits physiques que par la tenue. Plus grand peut-être, il était aussi plus maigre. Le visage de cet homme, tout au long de l'entretien téléphonique, resta impassible. Il se nommait Souleyman El-Moktar. D'une fidélité à toute épreuve à Ayman, il jouissait, c'était évident, de son rôle de cerbère. Le son d'un poste de radio diffusait tour à tour des chants liturgiques pachtounes et des commentaires d'un *speaker* en dari, une langue vernaculaire des villes afghanes.

Les échanges téléphoniques paraissaient fermes. L'entretien terminé, les yeux d'un brun sombre d'Ayman étaient pensifs, tandis que l'attention de Souleyman, debout à côté, se faisait suspicieuse. Sans prononcer le moindre mot, il attendait, immobile, ses yeux noirs brillant d'un éclat dur.

Tant que Souleyman restait dans l'immeuble, il portait toujours le *shawar kamiz*, pantalon bouffant traditionnel, et une longue tunique. Quant au turban, seul un œil exercé pouvait savoir qu'il était waziri, c'était en effet un souvenir du Waziristan, une région du nord-ouest du Pakistan.

Quoi qu'il fît et qu'importât le lieu où il se trouvait, il revoyait les montagnes qui se dressaient à l'ouest de la route qui va de Peshawar au Pakistan à Jalalabad en Afghanistan. Elles semblaient dresser comme une barrière entre les deux pays. Il se souvenait de la vie dans cette vallée comme la période la plus heureuse de son existence.

Puis Ayman se tourna légèrement pour fixer du regard son fidèle ami et il lui dit d'une voix où le velours masquait le fer :

— « Ils » ont décidé. Il était de toute façon exclu de ne rien faire face à ces arrestations. Nous allons demander gentiment à la police française de libérer nos hommes... Son triomphalisme outrancier devant les médias - ne serait-ce que cela - mérite une leçon, mais nous ne nous en tiendrons pas là... « Ils » vont voir quels moyens mettre à notre disposition... et nous agirons ensuite.

Souleyman eut un sourire narquois de vieux filou, qu'il s'empressa de dissimuler derrière un froncement de sourcils.

— Dans quel ordre allons-nous procéder ?

— D'abord, nous allons leur adresser un message clair les invitant simplement à libérer les huit hommes qu'ils viennent d'arrêter, dans les quarante-huit heures.

— Et après ?

— Suivront des mesures de pression jusqu'à leur libération ; à défaut, ils le paieront... cher... très cher...

Il n'y avait pas de colère dans sa voix ni même de reproche, seulement de la détermination.

Ayman Al-Fadira donna ses ordres et communiqua le code qui permettrait d'identifier le message dont le premier envoi se ferait de Paris, les suivants de Bruxelles puis de Francfort. Pour la suite, il faudrait attendre les réactions et s'adapter, s'était-il contenté de rajouter.

Ils descendirent au sous-sol dans une petite pièce peinte en noir, sans ouverture mais puissamment éclairée par des néons.

Dans cette lumière pâle, ils se mirent au travail et préparèrent l'enregistrement du message au moyen d'un caméscope posé sur son trépied afin d'obtenir une image fixe sur l'emblème de l'O.S.M. et ainsi de bien définir l'objet de leur démarche, tout en laissant planer des menaces sans en évoquer les modalités, et pour cause, ni l'un ni l'autre ne les connaissaient encore.

Aucune trace d'empreinte ni de marque de salive ou autre signe distinctif ne devait leur échapper pour éviter tout risque de remonter à l'un des acteurs.

Le premier contact direct consistait en un message bref informant par téléphone la Direction Centrale de la Police Judiciaire d'une demande de libération sous quarante-huit heures des huit personnes interpellées dans le cadre de l'enquête sur l'O.S.M., il annonçait l'envoi d'un enregistrement sur CD par courrier.

L'appel serait passé dans une cabine téléphonique publique située dans le quartier des ambassades à Paris. Le message avait été préparé puis dicté par Ayman et enregistré par Souleyman.

Il avait pour objet de souligner leur détermination. À défaut d'obtenir satisfaction, il annonçait clairement qu'aurait prochainement lieu un passage à l'acte mettant en péril la sécurité des Français, les dirigeants du pays en porteraient la responsabilité…

*

QG de la DCPJ.

Dans les heures qui suivirent, la DCPJ reçut donc cet appel téléphonique annonçant une demande de libération des huit membres de l'O.S.M. arrêtés. La communication était assortie de menaces à peine voilées et de l'envoi d'un CD authentifiant cette demande.

Surpris par l'appel, les services de la DCPJ firent aussitôt le nécessaire afin de le localiser, pensant dans l'immédiat qu'il s'agissait d'un canular ou de la manipulation d'un groupe voulant faire parler de lui en s'appuyant sur les récentes et médiatiques arrestations des membres de l'Organisation Syncrétique Mondiale.

L'incrédulité régnait dans les services de la DCPJ. Pour l'instant, chacun s'accordait à croire qu'il ne pouvait s'agir que d'une sinistre plaisanterie. Néanmoins, toutes les instances supérieures et celles concernées par l'affaire furent informées. Il allait aussi de soi que les huit personnes arrêtées devaient désormais faire l'objet d'une attention et d'une surveillance de tous les instants. Dans le doute, la prudence s'imposait.

*

Franck Waltersen, privé.

Il n'avait pas eu de nouvelles de sa fille depuis le week-end. Il s'en inquiéta et l'appela sur son portable. Elle décrocha rapidement :

— Papa ?

— Alors, on m'oublie ?

— Non, non…

— Je vois, tu ne peux pas me parler. Tu es en cours ?
— Heueu… non. Non.
— Dans ton appart ?
— Heuheu, non…
— Je vois, chez Fabien, c'est ça ?
— Oui. Alors comment vas-tu ?
— Bien. Mais n'ayant pas de tes nouvelles…
— Oui, je comprends. Mais, ça va, je vais bien, ne t'inquiète pas, le week-end était super, j'ai beaucoup aimé, et toi, ça a été ?
— Oui, oui, comme d'hab', la routine. Je sens que je dérange, je te laisse, j't fais de gros bisous !
— Moi aussi, à plus, je t'appellerai !

Cette communication ne faisait que renforcer son idée qu'un jour, elle ne serait plus à ses côtés, c'était la vie… Il était vraiment temps qu'il pense aussi à lui…

*

Résidence diplomatique.

Ayman attendait patiemment la réapparition de son homme de main pour connaître son compte rendu. Pendant ce temps, il vérifiait sur Internet le solde de comptes secrets domiciliés à la Banque Suisse détenus par une des sociétés de « l'organisation ». Dans l'attente de l'apparition des écritures à l'écran, il sentit les cheveux de sa nuque le « picoter ». Puis il fut soulagé : cent millions de dollars étaient bien partis en direction de la Banque Saoudienne de Riad. Même vérification pour une autre opération du même type en direction des Émirats Arabes Unis à Dubaï. Et de cette dernière place, un virement en faveur d'une université à Lutton en Angleterre et à l'association qui gère une mosquée, réputée pour ses idées radicales à Londres. Cette fédération leur offrait l'hospitalité, le temps de reprendre leur souffle. Il fallait s'écarter, au moins momentanément, d'Europe de l'Ouest, sauf de Londres, et répartir l'essentiel de leurs capitaux sur d'autres pays en attendant de mettre sur pied une nouvelle structure pour le compte de l'organisation…

Les Émirats Arabes Unis comprennent sept émirats dont nous ne connaissons généralement que trois, les plus riches : Dubaï, Abou Dhabi et Sharjah. Les quatre autres sont plus petits, plus pauvres et quasiment inconnus du grand public occidental. Dubaï, grâce à son pétrole, est le plus riche des sept. Ayman et Umm-Al-Quaiwain jouxtent celui-ci. Le septième, Ra's Al-Khayma dit Ras-Al-K, comme le savent les Occidentaux, est un foyer de fondamentalistes musulmans qui ne fait pas mystère de ses sympathies pour Al-Qaïda et le *djihad*…

Soudain, Souleyman apparut, il avait remis sa tenue habituelle, détestant la tenue de ville européenne. Cet homme dégingandé aux traits d'ascète, sombre et avare de ses mots, mais avec un regard de tueur, se posta à côté de Ayman Al-Fadira. Il avait de longues mains, des dents irrégulières, mais d'une netteté parfaite, visibles les rares fois où il souriait. Cet individu au ton résolu s'exprimait toujours sous forme d'entretiens brefs qui n'acceptaient pas de réplique. Le visage d'Ayman se détendit en le voyant ainsi vêtu venir près de lui.

— Alors ? demanda-t-il, l'air attentif.

— C'est fait… au mot près. J'ai glissé l'enveloppe contenant l'enregistrement dans la boîte de la poste située non loin de l'ambassade d'Arabie Saoudite, puis je suis revenu m'installer derrière la vitrine d'un café pour surveiller, à bonne distance, la cabine téléphonique que j'avais utilisée.

L'honorable Souleyman affichait une assurance sans faille pour raconter son odyssée. Ayman se contenta d'approuver de la tête sans prononcer le moindre mot.

— Ils ont mis plus d'une heure pour arriver à la cabine ! précisa-t-il en souriant. Je les ai vus relever indices et empreintes… Mais mes gants en latex et mon filtre à particules n'ont pas dû leur laisser beaucoup de matière à exploiter sur le combiné, me concernant, tout au moins !

— Normal. Pour l'instant, ils sont sous l'effet de surprise. Au fil des communications suivantes, nul doute que la panique s'installera et ce qui, pour eux, ne doit être qu'un épiphénomène local deviendra, jour après jour, une affaire d'état et de sécurité nationale !

Ils sourirent tous les deux, satisfaits de la tournure des événements.

*

QG de la DCPJ.

Le lendemain matin, la DCPJ s'anima sérieusement à l'arrivée du courrier annoncé. L'appel téléphonique de la veille ne semblait plus relever du canular. Il fallait rapidement décrypter l'enregistrement et le confier à des experts afin d'obtenir plusieurs avis sur l'origine de cette forme de chantage. D'où provenait-il ? Quel crédit y accorder ?

Dans l'heure suivante, un spécialiste considéra que le texte avait vraisemblablement été rédigé en langue étrangère puis traduit en français car, à l'analyse de celui-ci, il reconnaissait des tournures caractéristiques d'une langue orientale. Difficile cependant, pour l'instant, d'être plus précis. Il était à craindre que la menace ne s'arrête pas là et chacun pouvait penser que ces premières informations se confirmeraient, ce qui ne manquait pas d'inquiéter le patron de la DCPJ.

Dès lors, toutes les forces de la police nationale furent mises en état d'alerte et les instances supérieures également, même si, pour l'instant encore, rien ne s'était concrétisé. D'ores et déjà, on savait que deux hommes étaient intervenus, car la voix de l'appel téléphonique était différente de celle de l'enregistrement sur CD. On ne pouvait pas non plus exclure d'autres intervenants, comme des opérateurs, ce qui signifiait qu'on se trouvait bien en présence d'un groupe organisé.

Le commissaire Franck Waltersen appela le directeur de la DGSI.

— Alors, qu'avez-vous découvert en amont ou en aval de nos huit loulous ?

— Rien. Et c'est justement ce qui nous inquiète. Ou nous sommes confrontés à un groupuscule sans importance qui veut mettre un peu de pagaille, dépité d'avoir été arrêté dans son élan à la conquête du monde, ou nous nous trouvons face à une pieuvre internationale hyperstructurée, dont les relais sont quasi indétectables, et là, nous ne sommes pas sortis de l'auberge !

— Je n'sais pas… Tu pencherais pour quelle hypothèse ?

— Aucune pour l'instant. Dans le cas du groupuscule, nous arriverons assez rapidement à contrôler leur action. Dans l'autre, le risque est gros et nous ne pouvons en imaginer la portée. Et que donne le S.I.S.[10] ?

— Rien non plus. Cette association donne l'impression de fonctionner comme un électron libre ! Ce qui pour nous est d'autant plus inquiétant et rendra notre tâche plus difficile !

— Je m'en doute. Pour l'instant, j'ai donné l'alerte, mais si ça se complique, cette affaire va vite devenir notre priorité absolue…

Toutes les équipes restaient en état d'alerte maximum. En cas de nouvel appel téléphonique provenant d'une cabine publique, celles-ci étaient

10. Système d'Information Schengen. Au départ les contrôles étaient abolis aux frontières intérieures du Benelux (Belgique, Pays-Bas, Luxembourg). En 1984, l'Allemagne et la France décident de faire de même et le 14 juin 1985, un nouvel accord se signe dans le village luxembourgeois de Schengen. La convention « d'application » entre les divers services de sécurité ne sera signée qu'en 1990. C'est le SIS qui a réellement aboli les contrôles aux frontières en 1995. Depuis, au fil des années, de nouveaux membres ont signé cette convention, y compris la Suisse en 2004 avec application en 2008. Cette base de données regroupe les informations d'Interpol et a été créée en 1923 ; son siège se trouve à Lyon, elle concerne cent quatre-vingt-six pays et englobe les informations d'Europol, créé par le traité de Maastricht pour lutter contre la délinquance et la criminalité transfrontalière des vingt-sept pays européens, et basé à La Haye. Elle constitue une véritable tour de Babel avec ses cinq cent cinquante à six cents spécialistes, policiers, gendarmes, douaniers, informaticiens, experts et leurs dix-sept fichiers d'analyse, au sein de la SCCO-Pol, Section Centrale de Coopération Opérationnelle de Police, où quatre-vingts policiers, gendarmes et douaniers travaillent ensemble, mais également des magistrats assistés d'une dizaine de traducteurs. Cet immense centre est installé à la DCPJ.

en mesure d'intervenir très rapidement sur les lieux à n'importe quel endroit de la capitale. Même s'il subsistait un doute sur cette menace, rien ne devait être négligé, chacun devait se trouver prêt, à son poste, pour agir à tout moment.

*

Quarante-huit heures après... Résidence diplomatique.

Dans son bureau, Ayman Al-Fadira venait de terminer l'examen attentif des journaux. La radio ne diffusait plus de programmes afghans mais semblait branchée en permanence sur France Info. Il appela par l'interphone Souleyman El-Moktar qui se présenta presque aussitôt comme s'il attendait le signe du maître derrière la porte.

— Le délai étant passé, il semblerait qu'ils aient voulu ignorer notre demande et négliger notre menace, aussi allons-nous passer à la deuxième étape.

Souleyman se tenait droit devant le bureau de son maître, cet homme qu'il révérait comme un père. Ils se connaissaient depuis toujours et il avait cerné à travers ses attitudes, le ton de sa voix, la scansion de ses phrases, sa façon d'agiter les mains devant lui pour définir sa pensée, ce qui allait se passer et se réjouissait à l'avance d'exécuter ce que son maître lui demanderait.

— Nous allons effectuer un nouvel enregistrement, plus complet cette fois, plus précis, plus menaçant aussi...

— « Ils » vous ont donné les moyens d'agir ?

— Non. Pas encore, ce n'est plus qu'une question d'heures. J'ai longuement discuté avec eux hier soir. « Ils » sont décidés à frapper fort, un peu à l'image des attentats du 16 mai 2003 à Casablanca ou du 11 mars 2004 à Madrid, ou encore ceux de Bali, de juillet 2005 à Londres, d'Alger ou de Bombay… Nous voulons qu'ils comprennent que nous ne plaisantons pas ! Pas plus que ces chiens maudits d'États-Unis, ces pays de l'Europe de l'Ouest ne sont pas les maîtres du jeu et encore moins du monde ! Nous seuls détenons les cartes en main… Nous attendons seulement « qu'ils » sélectionnent l'équipe hors pair capable d'exécuter ce que nous voulons réaliser. « Ils » projettent d'utiliser un groupe dormant formé par nos amis talibans en Afghanistan, au Pakistan et, pour finir, en Somalie, Yémen, Syrie et Irak.

— À Mogadiscio ?

— Non. L'armée américaine a tout pilonné là-bas en janvier 2007, et justement à partir des bases françaises de Djibouti. Il faudra que la France paye aussi pour ça un jour, elle est descendue jusqu'à Afmadow et Badmado. Les centres de formation de nos jeunes se situent un peu plus bas, du côté de Kamboni, Jamaame et Kismaayo mais aussi au Yémen avant qu'ils ne reviennent en Europe de l'Ouest, après un passage par la Syrie et l'Irak, se fondre dans leur pays d'accueil. Ces activistes sont capables de vivre dans n'importe quel pays de l'Ouest et de se mêler à la population sans attirer l'attention.

Ce qu'Ayman-Al-Fadira omettait de préciser, c'est qu'ils étaient aussi formés pour obéir au doigt et à l'œil, étant à la fois des Musulmans intégristes et des kamikazes en puissance et que ces jeunes ne tenaient guère à la vie. Ils demandaient seulement à Allah de leur offrir une place au paradis et une chance d'emmener avec eux le plus possible d'Occidentaux ou amis d'Occidentaux, ce qui leur permettrait de mourir ainsi en *shajid*[11]. De nombreux mollahs et imams soutenaient et entretenaient dans diverses mosquées radicales l'engagement de ces jeunes…

Il rajouta simplement :

— Ce sont d'anciens cadres d'Al-Qaïda qui sont derrière eux et qui assurent le coup. Ils n'ont aucune difficulté, semble-t-il, à recruter dans les adeptes du *djihad*. L'Europe est une terre fertile en ce moment et tous les jours il y a des Britanniques, des Français et des membres de toute l'Europe de l'Ouest qui partent se former en Afganistan, au Pakistan, en Syrie, en Irak et sur tous les terrains propices pour nous revenir prêts et dispos pour intervenir sur un simple ordre sans que personne ne sache qui a donné cet ordre et si le djihadiste peut être rattaché à une organisation quelconque, l'objectif étant de laisser croire que c'est un acte isolé et qu'il y a des milliers de jeunes susceptibles d'intervenir partout et à tout moment… Nous allons leur servir de la terreur sans frontière et des meurtres à tout va et leur télévision et leur système Internet vont les gaver… Il faut qu'ils sachent que des attentats peuvent survenir à toute heure et en tout lieu, car les djihadistes sont partout…

Dans l'organisation, la règle voulait que seulement deux ou trois personnes soient au courant de chaque opération, car lorsqu'un plus grand nombre de personnes possédaient une information émi-

---

11. Martyr.

nemment intéressante, il s'en trouvait forcément une pour la laisser échapper. Ce n'était pas toujours intentionnel ni malveillant, mais l'expérience montrait que c'était quasiment inévitable. Cette règle et ce cloisonnement extrême avaient été leur force et leur invincibilité jusqu'à ce jour.

Souleyman esquissa un sourire, dissimulant mal la jouissance qui était la sienne à l'idée de punir un pays occidental. Il savait aussi que « l'organisation » ne serait satisfaite que lorsque le pays qui se dressait en travers de leur chemin souffrirait autant que lui-même avait souffert.

— Je peux me mettre en route dès l'enregistrement terminé…

— Comment préfères-tu te rendre à Bruxelles : en voiture ou en avion ?

— Non. Je préfère le train, plus simple, plus discret et aussi rapide.

— Comme tu veux. Voici le plan de Bruxelles. J'ai encerclé le quartier de l'ambassade des Émirats Arabes Unis. Tu iras leur rendre une petite visite de courtoisie et dire deux mots à certains de nos amis. Puis, comme d'habitude, tu interviendras à partir d'une cabine téléphonique publique.

— J'y suis déjà allé, je connais, ça ira…

— Bien. Avant de descendre, je vais demander à Yasmine de te réserver une place.

Yasmine Shakar était l'amie fidèle d'Ayman depuis tant d'années… Femme de l'ombre, elle était à la fois la confidente, la conseillère et le bras droit d'Ayman depuis que sa famille avait été anéantie en Afghanistan…

— Allons-y !

Ils se retrouvèrent une nouvelle fois dans la petite pièce du sous-sol. Le ton était plus grave et la menace, bien qu'encore imprécise, plus appuyée. Un nouveau délai était fixé au jeudi de la semaine suivante avec l'obligation pour la DCPJ de faire paraître une annonce dans un grand quotidien français. Ils réfléchirent et décidèrent que le journal *Libération* s'imposait par son titre. Ils proposèrent l'annonce suivante : « Décision prise : libération de nos huit protégés programmée tel jour », en cas d'accord. « Refusons de négocier et assumons », en cas de désaccord.

Étant bien entendu que les deux Afghans rappelaient dans leur message qu'aucune négociation de leur part n'était envisageable, la demande était à prendre en l'état ou à laisser ! En revanche, si pour le jeudi, aucune libération n'était effectuée ou engagée, il leur serait fait une démonstration de leur capacité à mettre à exécution une action importante, puis suivrait un nouvel ultimatum avec un compte à rebours programmé et immuable. La catastrophe qui se produirait alors « servirait de leçon au pays et à tous les pays qui décideraient d'agir comme vous l'avez fait… » était-il spécifié.

*

En route vers Bruxelles.

Quelques heures après, méconnaissable dans son costume de ville occidental, Souleyman voyageait dans le Thalys qui l'emmenait de Paris-Nord à Bruxelles-Midi… Les yeux clos durant une bonne partie du trajet, il s'évadait dans le passé qu'il affectionnait particulièrement et se laissait aller à la nostalgie de son pays. Il n'avait guère à creuser sa mémoire pour retrouver des souvenirs précis. Des images surgissaient, des sensations… Tantôt, douces-amères comme des traces de larmes séchées, l'écho lointain de sanglots étouffés. Tantôt, âpres et brutales et la sueur lui inondait soudain le dos. Il se réveilla, réalisant qu'il n'était qu'à mi-parcours, il bâilla et replongea illico dans ses souvenirs.

Souleyman effectua sa visite à l'ambassade et passa son appel téléphonique de Bruxelles conformément aux ordres d'Ayman Al-Fadira. Il glissa le pli contenant l'enregistrement sur CD dans une boîte aux lettres et vint se poster non loin de l'endroit où se situait la cabine téléphonique. Dans l'organisation, chacun devait à sa prudence d'être encore en liberté. Dans une action de ce type, l'usage de téléphone fixe ou de mobile présentait pour eux un danger mortel. La technologie d'interception, d'écoute et de décryptage était en effet devenue imparable.

Il patienta une heure et dut abandonner son guet pour rejoindre la gare et reprendre un train en direction de Paris, sans savoir si la coordination entre la police de Paris et celle de Bruxelles s'était établie.

Souleyman, factotum de son ami Ayman, adorait réaliser ce genre d'action qui le plaçait hors d'atteinte. Depuis l'occupation et les guérillas en Afghanistan, lors desquelles il avait vu périr ses proches, il était habité par la haine. Échappant le plus souvent à toute logique, sa haine n'avait parfois aucune raison d'être. Il en arrivait à haïr comme il respirait. Il se revoyait toujours, au soleil couchant, s'agenouillant à l'endroit où toute sa famille avait été ensevelie après les bombardements, se tournant vers La Mecque. Ce jour-là, ce ne fut pas sa prière habituelle qu'il prononça, mais la promesse solennelle d'une vengeance, d'un *djihad* qu'il mènerait jusqu'à la mort contre les Occidentaux qui avaient fait cela…

Cet ancien chien de guerre, en pleine reconversion, portait encore les stigmates des engagements et des violences qui l'avaient fait rêver. Après des coups tordus contre différentes armées sur des terrains difficiles d'extrême-Orient, il œuvrait désormais avec efficacité et discrétion dans le transfert de valises d'argent, la préparation d'actions dans les pays occidentaux, sans jamais se retrouver en première ligne… Mais il se comportait en toutes circonstances comme un authentique Pachtoune : il en avait le langage, la gestuelle, la façon de s'asseoir sur ses talons, de marcher, de faire sa prière et, enfin, l'accent caractéristique de ce peuple. Spécialiste du Coran, il s'exprimait de façon irréprochable.

De retour au bureau de son ami Ayman, Souleyman reprit sa place, comme si son intervention ne devait être qu'un intermède obligé pour poursuivre plus avant.

IV

DCPJ.

La DCPJ connaissait un branle-bas sans précédent. L'affaire venait de prendre une nouvelle tournure. L'enregistrement de l'appel ne posa aucun problème, le service était en attente, mais la localisation en Belgique prit tout le monde de court. Désormais, cette affaire devenait internationale. Elle l'était déjà partiellement par les implantations de la structure de l'O.S.M., mais, à présent, la DCPJ devait solliciter plus encore la DGSE. Impossible pour la police nationale et la DGSI de conserver la maîtrise de l'opération, la sécurité nationale imposait de mettre dans le coup une nouvelle structure : la SDAT[12].

Avant même de recevoir le courrier, il n'était plus question de prendre ces menaces à la légère d'autant que la voix de l'interlocuteur avait bien été identifiée comme étant celle du premier appel.

Désormais, il fallait considérer ces menaces comme émanant d'une organisation ayant pour

---

12. SDAT : Sous Direction de la lutte Anti-Terroriste qui remplace la fameuse DNAT Direction nationale de l'Anti-Terrorisme. La SDAT dépend de la DCPJ au même titre que l'UCLAT - Unité de Coordination de la lutte Anti-Terroriste - et est installée dans le même immeuble ultra sécurisé que la DGSI.

but de troubler gravement l'ordre public par l'intimidation ou la terreur. La SDAT devait être mise à contribution pour la recherche de renseignements et la mise en place d'une action répressive.

Devant l'évolution de cette affaire, les informations remontèrent donc aux plus hautes instances gouvernementales et une réunion exceptionnelle devait être organisée afin d'évaluer le risque potentiel de ce chantage.

*

Réunion exceptionnelle et rassemblement des forces concernées.

Cette première rencontre se déroula dans une vaste salle climatisée, autour d'une grande table ovale. Plus d'une trentaine de personnes y participèrent. Des tas de documents passaient de main en main, des assistantes allaient et venaient pour prendre ou donner tel ou tel message.

Sur la table de conférence, près d'un magnétophone portatif et de plusieurs micros, les moniteurs étaient éteints, ce qui signifiait que tous les outils de surveillance et d'enregistrements situés dans la pièce avaient été désactivés. L'objet du débat devenait assez sensible pour être classé « secret défense ». Les grilles antibruit fixées aux murs et au plafond absorbaient tous les bruits provenant de l'extérieur comme ceux de l'intérieur. L'échange se faisait à huis clos.

Se trouvaient autour de la table : le préfet de Paris, le magistrat au TGI de Paris, un haut fonctionnaire chargé de suivre l'affaire au cabinet du ministre de l'Intérieur et l'un des conseillers techniques et financiers du Président, Jean-Hervé de la Buissonnière. Côté opérationnel : le directeur de la DGSI, un Préfet chargé de mission par la Présidence, le responsable de la SDAT qui dépend de la DCPJ, un responsable de la DGSE, quelques responsables de divers services concernés en amont ou en aval par cette affaire et cinq membres de l'équipe de Waltersen.

Grand et d'imposante carrure, le commissaire Franck Waltersen portait un costume gris clair, le nœud de sa cravate bleue à rayures noires soulignait une pomme d'Adam saillante. Son attitude était distante, calme et déterminée. Il se leva, parcourant l'assemblée de ce regard bleu acéré qui ne laissait rien passer. Il résuma la situation, après un exorde qui menait au cœur du sujet :

— Permettez-moi de vous expliquer ce que nous possédons de plus que ce qui figure dans les documents que vous avez entre les mains. Tous nos moyens sont en alerte maximum pour tenter de savoir qui se trouve derrière ces menaces. Comme indiqué, les appels proviennent de cabines téléphoniques publiques. L'auteur de ces appels, un homme, nous a avertis du risque imminent d'un acte terroriste et des conditions permettant d'éviter un tel acte. Bien sûr, ordre a été donné de faire passer l'enregistrement de l'appel dans un analyseur d'intonations vocales pour établir la cartographie vocale de l'émetteur. L'homme de Paris est le même que celui de Bruxelles.

— La menace vous paraît-elle crédible ?

— Oui. Sans aucun doute. Des recoupements effectués à partir des dossiers de l'association nous ont apporté des révélations et démontrent un rapport évident avec des activités, disons, pour l'instant, occultes, pour ne pas dire encore terroristes. Au cours des deux dernières années, d'énormes sommes d'argent ont été virées sur une fourmilière de comptes et de sociétés dont le bien-fondé économique reste à prouver…

— Quels sont les pays en cause ?

— La toile est vaste. Nous pouvons dire que ces migrations s'effectuent en trois temps : d'abord, elles prennent leur essor à partir d'un certain nombre de paradis fiscaux. Ensuite, ces sociétés interviennent en Extrême-Orient où elles se développent, créant un semblant d'activité économique qui leur permet ainsi d'arriver en Occident, disons presque blanchies… Ceci nous inquiète. Certains paradis fiscaux pratiquent le secret bancaire et protègent de cette manière les malversations financières. Nous remontons ainsi, à partir de l'association en cause, vers des pays qui vont d'Antigua au Vanuatu en passant par les Bermudes et Kiribati, cette ancienne colonie britannique devenue indépendante en 1979. Certains ne sont que des confettis sur la carte du monde mais entretiennent une fraude massive en spectaculaire augmentation. Le principe est toujours le même : ces petits territoires de quelques dizaines de kilomètres carrés, sans économie visible, acquièrent un statut de place financière off-shore, de port détaxé, de pavillon de complaisance et une réputation, en général non usurpée, de « paradis de la contrebande » attirant une clientèle des plus douteuses.

— Il n'y a pas que des affaires douteuses, si on se réfère aux cumuls emploi-retraite d'anciens salariés de la SNCF ! lança une des personnes présentes autour de la table.

— En effet, dans l'affaire que vous évoquez, il s'agissait de certains salariés, le plus souvent conducteurs de trains, employés pour des missions d'encadrement à Taïwan, notamment par une société dont le siège social se trouverait sur l'île de Man. Ce petit îlot de 600 km^2, enkysté entre Grande-Bretagne et Irlande, est devenu un important centre financier et le seul port off-shore d'Europe de l'Ouest. Au-delà du cas qui nous préoccupe, chacun peut mesurer l'importance de ces paradis fiscaux dans les activités de toutes sortes… Mais revenons à notre hypothèse de travail. En réalité, pour ces sociétés, ces paradis fiscaux peu regardants constituent un passage obligé duquel elles veulent sortir au plus vite pour se mettre au soleil. Cette transition est assurée par les pays producteurs de pétrole, généralement des ploutocraties, comme l'Arabie Saoudite, les Émirats Arabes Unis et depuis quelques années la Russie avec toutes les mafias de l'Est, l'Asie et j'en passe : elles peuvent s'installer ensuite en Occident, Londres, Paris, Bruxelles, Francfort.

— Quel est le rapport avec nos arrestations ?

— Nous avons tout lieu de penser que les hommes que nous avons arrêtés appartiennent aux réseaux de trafic de drogue, de contrebande et autres, ces derniers leur permettent d'obtenir des fonds déposés dans les paradis fiscaux, transformés ensuite dans les pays d'Extrême-Orient pour enfin être blanchis dans les pays occidentaux. L'association et nos huit personnages en représentent la phase ultime en investissant dans l'immobilier, la Bourse et toutes sortes d'entreprises saines notamment sur le territoire national ou au sein de l'Union Européenne.

— Oui, mais, ils ont besoin de connaissances dans ce domaine…

— En effet, il leur faut donc des personnes compétentes en droit des affaires et en fiscalité ainsi que de bons financiers. Mais le plus inquiétant est que, quand nous rapprochons ceci de ce que nous pouvons appeler leur Bible, nous découvrons bien que la drogue et la contrebande sont les principales sources de leurs revenus. La drogue est exportée vers l'Occident dans le double but de détruire des vies et de générer des fonds pour leurs futures opérations basées sur la peur qu'ils veulent répandre par le terrorisme. À ce titre, nous pouvons craindre d'être aux prises avec une secte des plus radicales et intolérantes de toutes les mouvances islamiques intégristes connues à ce jour dont l'unique objectif est de soutenir Daesh, nous épluchons donc les écritures comptables, les portables, les ordinateurs et bien entendu le web et tout ce qui permet d'établir un contact nous aidant à remonter plus haut…

— Et qu'en pensent nos amis belges ? Ils doivent aussi se sentir concernés depuis le dernier appel passé de Bruxelles… D'autant qu'en janvier 2015, suite à l'attentat de Paris, c'est le pays qui a fait la chasse aux planques car ce pays est un peu la plaque tournante d'arrivée massive d'armes de guerre en Europe.

— Ils en sont au même stade que nous et partagent notre avis sur le fond, avec en plus, une certaine crainte. En effet, c'est en Belgique qu'outre l'arrivée d'armes de guerre, le nombre de passeports vierges volés est le plus important, ces dernières années. Ils pensent qu'un lien doit exister entre ces vols audacieux, les armes et cette pseudo-association dont les ramifications sont internationales…

— À qui avons-nous affaire exactement ?

— C'est tout notre problème… Il s'agit, pour l'instant, d'un groupe inconnu, ne se revendiquant d'aucune obédience particulière, ce qui ne nous permet pas encore d'orienter notre action. En bref, nous ne savons pas qui ils sont, quels sont leurs moyens, ni qui peut se trouver véritablement derrière eux, même si nous subodorons leur but final.

— Devons-nous céder au chantage dans ce cas ? demanda l'un des participants, créant un petit brouhaha dans la salle dont la tendance semblait s'opposer à cette éventualité.

La majorité estimait en effet qu'il n'était pas question de plier devant cette menace et qu'il convenait de négocier et de gagner du temps par tous les moyens, afin de réussir à en savoir plus sur eux, à les localiser et les mettre hors d'état de nuire. Ce fut cet avis qui l'emporta, malgré les réserves du directeur de la DCPJ et son scepticisme sur la réussite d'une telle façon de procéder. D'après lui, si on ne leur donnait pas ne serait-ce que l'impression de lâcher quelque chose ou d'aller dans leur sens, un passage à l'acte à la fin de l'ultimatum serait à craindre. Mais il ne fut pas suivi par le reste des personnes présentes à la réunion. Ceci lui valut même une estocade cinglante du représentant du ministère :

— D'accord ! À vous de nous convaincre, car nous avons tous ici des patrons politiques qui exigent de nous des résultats. Ce n'est certainement pas en cédant au chantage de ce groupuscule que nous gagnerons… bien au contraire, ce serait désormais la porte ouverte à tout type de dérapage et de chantage de toutes sortes !

Le représentant du ministère proposa de donner la parole à Jean-Hervé de la Buissonnière. Ce fut l'occasion pour ce dernier de se présenter et d'expliquer sa présence et ses moyens d'information.

L'homme paraissait charmant mais décidé et exigeant, du haut de son mètre quatre-vingt-dix. Athlétique, à l'épaisse chevelure blanche, coiffée vers l'arrière, et aux sourcils fournis au-dessus d'yeux pâles et perçants, autour de la table, chacun lui attribuait une certaine ressemblance à un ancien premier ministre du président Chirac, en disgrâce auprès du successeur de ce dernier président, mais dont on avait oublié l'intervention remarquable à l'ONU tant l'eau avait coulé sous les ponts et le changement de gouvernement avait modifié toutes les données depuis lors ! Il était vêtu d'un costume sombre et d'une chemise d'une blancheur immaculée sur laquelle ressortait une cravate d'un rouge profond. Son visage et son allure séduisaient par leur dynamisme et attiraient immédiatement la sympathie.

Dès le début de la crise de 2008, il était devenu le conseiller personnel du président de la République de l'époque ; très écouté, l'homme en imposait, tout en se situant dans une totale discrétion médiatique. En 2007, juste avant la crise financière qu'il avait estimée inéluctable et de longue durée, il avait cédé son empire industriel pour se consacrer à ce qui lui plaisait le plus, la présidence d'une banque d'affaires reconnue sur le plan international malgré sa petite taille. Il n'ignorait rien des fonds souverains, qu'ils soient asiatiques, norvégiens, arabes ou russes, ni de toutes les nébuleuses économico-financières, alimentées par des fonds occultes provenant aussi bien de trafics de drogue que de trafics de laboratoires médicaux mondiaux dans la contrefaçon de médicaments qui ne contiennent le plus souvent aucune molécule active ou de divers trafics dans le monde.

Il avait vu sa confiance reconduite avec le nouveau président de la République et avait de ce fait toujours suivi les affaires d'attentat et de prises d'otages et était aussi proche des grandes instances financières internationales que du président de la Banque Centrale Européenne, notamment au moment des pressions exercées sur la Grèce, l'Irlande, l'Espagne, le Portugal ou encore l'Italie. Il confirma son rôle d'acteur incontournable lors de la présidence française du G20. Jean-Hervé de la Buissonnière était devenu un homme clé, cependant tout le monde ignorait son nom et son rôle de premier plan.

Son regard parcourut son auditoire et il attaqua aussitôt :

— Je partage totalement le point de vue que vient de vous présenter le commissaire Waltersen. Les transferts de capitaux constatés ces derniers temps nous laissent bien penser que nous sommes en présence d'une puissance redoutable dont une infime partie peut être découverte sur notre territoire, au regard des virements SWIFT[13] c'est-à-dire le système d'information qui permet aux banques

13. Society of Worldwilde Interbank Financial Telecommunication.

de réaliser leurs transferts de liquidités. Aussi faut-il éviter de recourir à la force et tenter de désamorcer la situation plutôt que d'exacerber la tension. Nous ne savons pas qui se trouve derrière, mais nous allons tout faire pour analyser et éplucher tous les comptes off-shore de certains membres de l'organisation de l'O.S.M…

— Avez-vous des éléments qui nous concernent ? demanda le directeur de la DGSI.

— Oui et non. Je m'explique. Oui, car comme lors de tous les précédents attentats, nous avons constaté une recrudescence de virements interbancaires. Et, non, car ceci ne nous apporte aucune preuve d'un lien direct quelconque avec notre affaire. Il existe un cloisonnement redoutable dans leur organisation.

Il marqua un court instant de silence et, après réflexion, poursuivit son intervention :

— Prenons un attentat qui a touché le sol européen, celui de Stockholm. Constat habituel de virements via la City de Londres, mais cette place est si importante qu'il est difficile de suivre telle ou telle opération financière à chaque fois, et surtout d'en connaître à l'avance l'objet réel. Nous ne découvrons ce qui s'est passé qu'après et en déduisons les raisons de ces transactions, car ces organisations ne laissent aucune trace en dehors du ou des kamikazes, comme si l'individu ou le groupe agissait seul. Même chose lors de l'attentat déjoué contre le journal danois, le *Jyllands-Posten*, qui avait publié les caricatures de Mahomet en 2005. Les polices danoise et suédoise ont réussi à arrêter les cinq suspects qui préparaient cet attentat au

Danemark contre le quotidien. Même mode opératoire, mêmes transactions financières en amont.

— Et vous pensez que quelque chose se trame en ce moment visant Paris ?

— Nous avons tout lieu de le penser.

— Pourquoi ?

— Parce que Londres, surtout, à son insu, entretient un certain nombre de « cellules dormantes », c'est-à-dire des personnes qui ont reçu un enseignement religieux leur prédisant l'accès au paradis si elles commettaient une action en faveur du *djihad*. Regardez ce qui s'est passé dernièrement… le kamikaze de Stockholm a vécu en Suède puis s'est retiré à Londres en attendant un signe. Les hommes de main ne sont que des pions formés par l'organisation pour servir sa cause le moment venu ; pour les motiver, il suffit de trouver un mobile qui les conduira à passer à l'acte sur ordre. Et derrière, que trouvons-nous ? RIEN ! Même chose pour tous les actes qui se sont déroulés en France récemment… Ainsi, ce qui m'inquiète dans notre cas, c'est qu'il se peut très bien que l'organisation, dont l'O.S.M. n'est qu'une petite branche, se serve du problème rencontré en France pour activer des cellules dormantes, vraisemblablement du côté de Londres qui est leur place forte et leur base de départ vers toute l'Europe.

— Mais pourquoi Londres ?

— D'abord parce que la langue anglaise est devenue internationale et ensuite et surtout, parce qu'à une époque, certains gouvernements de l'Angleterre en particulier ont accueilli à bras ouverts des tas de communautés, notamment à Londres.

Aujourd'hui, celles-ci se sont enkystées et certaines sont extrémistes radicales, mais le pays ne peut plus rien pour s'en défaire. Car, il faut bien savoir qu'une cellule dormante est toujours représentée par des personnes bien intégrées dans leur lieu de vie et a priori bien sous tout rapport… jusqu'au jour où on la réveille !

— Pensez-vous que notre crainte peut aussi venir de Londres ?

— C'est vraisemblable ! Mais elle peut partir aussi bien de Bruxelles voire des Pays-Bas !

— Il suffit alors de redoubler de prudence aux aéroports, contrôler les transports maritimes et l'Eurotunnel pour canaliser les entrants et déjouer leur attentat !

— Il faut faire le maximum, mais je ne suis pas sûr que cela suffise, vous avez affaire à des individus intelligents et redoutables dans leur détermination. Et ils agiront là où on ne les attend pas, en utilisant des moyens auxquels nous n'avons pas forcément pensé !

Un silence de cathédrale s'était installé et tous prenaient des notes. Il termina son exposé en persuadant chacun de l'enjeu de ce qui allait se passer dans les jours à venir…

Ensuite, après un long débat, et parfois des échanges vifs, sur les différentes hypothèses, les délibérations du groupe chargé de l'affaire O.S.M. s'achevèrent tard dans la soirée. Comme on était vendredi, ceci fit voler en éclats quelques week-ends amoureusement préparés. L'affaire était prise très au sérieux par tous et il convenait de déclencher, pour les uns l'alerte rouge, pour les autres le plan vigipirate dans le degré le plus élevé avec risque d'attentat imminent et d'autres mesures de surveillance et de protection du territoire.

Les participants s'en allèrent les uns après les autres, ne restèrent que le commissaire Waltersen, deux membres de son équipe et Jean-Hervé de la Buissonnière. Celui-ci s'approcha de Waltersen pour poursuivre le dialogue avant de conclure sur la nécessité de garder le contact car cette affaire à leurs yeux était loin d'être terminée…

Jean-Hervé de la Buissonnière rajouta :

— Nous avons intérêt à travailler étroitement sur ce dossier, cette menace, je ne la sens pas…

Cette réflexion ne dissimulait pas son inquiétude. L'homme se détendit.

Waltersen fut agréablement surpris par les propos de Jean-Hervé de la Buissonnière qui, après avoir discuté fermement de l'affaire, s'était montré très différent et soucieux de retrouver, pour le week-end, son épouse et ses deux filles… Il fut même surpris par sa question :

— Vous avez des enfants, commissaire ?

— Une fille… qui est toute ma vie en dehors de mon travail car je suis séparé de mon épouse…

— Pour une charge comme la vôtre, un bon environnement familial est important, même si cela est vrai pour tout le monde, il ne faut pas le négliger… on ne vit qu'une fois, on ne meurt qu'une fois, vous savez… Pour ma part, je me suis séparé de mon groupe industriel, lorsque j'ai réalisé que je n'avais pas vu mes deux filles grandir et que je vivais « à côté » de mon épouse. Désormais, j'ai levé considérablement le pied pour être le plus souvent auprès d'elles. Sinon, on meurt avant d'avoir vraiment vécu ! Vous savez, ne serait-ce qu'une escapade de deux ou trois jours et on voit la vie autrement !

— Je m'en doute… C'est vrai.

— Mes « trois femmes », car c'est ainsi que je les appelle, sont très attirées par l'Est de l'Europe et la Russie et elle m'ont fait découvrir en juin dernier, le temps d'un long week-end, la magie de Saint-Pétersbourg au moment des nuits blanches ou plus récemment encore, lors d'un week-end hivernal, les charmes de Vienne ! J'ai désormais libéré du temps pour ma famille, ma vie a complètement changé et il m'arrive même d'éprouver une peur rétrospective à l'idée que j'aurais pu passer à côté de la vraie vie ; quand j'y pense, j'en ai froid dans le dos !

Ils se quittèrent sur ces confidences… qui touchaient intimement le commissaire Waltersen.

*

Franck Waltersen, privé.

Il appela sa fille Amélie dès qu'il le put. Impossible de la joindre malgré les messages qu'il laissa sur la boîte vocale. Il dut passer par le SMS, ce qu'il n'aimait guère. Enfin sa fille le rappela :

— Alors papa, que se passe-t-il ? s'enquit-elle, sans doute un peu inquiète de ces appels à répétition.

— Je vais être surbooké pendant quelques jours et, le week-end prochain, je ne peux pas me rendre disponible, est-ce que ça te pose problème ?

Amélie eut du mal à masquer son plaisir en apprenant la nouvelle.

— Non, non, ne t'inquiète pas… Pas d'problème, tu as bien fait de me prévenir, j'me débrouille !

— Sinon, tu peux voir avec ta mère…

— Non. C'est bon !

— Alors, avec Fabien, le grand amour ?

— Faudra voir avec le temps… Du coup, je pense que je vais repartir avec lui à Cabourg !

— Profite de la mer, cela te fera du bien pour finir l'année dans de bonnes conditions.

— Oui, merci, j'te laisse, on m'attend, bisous bisous…

Il raccrocha et ne cessait de penser à la réflexion de Jean-Hervé de la Buissonnière. Comment un homme qui avait été aussi occupé avait-il su ménager, dorénavant, une vraie vie de famille ? Ses dernières paroles lui revenaient en boucle « on ne vit qu'une fois, on ne meurt qu'une fois… j'ai une peur rétrospective à l'idée que j'aurais pu passer à côté de la vraie vie… » et effectivement, à cette idée, il en eut froid dans le dos. Aussi décida-t-il que, le soir même, il irait faire un peu de sport et se ménagerait une petite sortie…

*

Vendredi soir au centre universitaire privé de Londres.

Depuis la sortie à l'île de Wight, Annabel n'avait pu partager un moment d'intimité avec son amie Francesca pour parler avec elle des choses les plus importantes du moment à leurs yeux… leur idylle naissante, pour l'une comme pour l'autre, avec leur instructeur-pilote de vol.

La préparation de leurs examens ne leur laissait, il était vrai, que peu de temps libre. Elles ne suivaient pas le même programme et leurs studios se trouvaient éloignés l'un de l'autre dans l'immense bâtiment. Aussi rien n'était-il simple. Mais en raison des révisions, elles avaient fait le choix de ne pas rentrer dans leur famille ce week-end, cela leur laisserait plus de possibilités pour parler longuement ensemble, comme elles adoraient le faire en s'isolant.

Une fois qu'elles furent certaines d'être toutes les deux à l'abri des oreilles indiscrètes, elles se livrèrent à leurs confidences :

— J'ai vu l'autre jour que Steve et toi, ça avait l'air d'aller…

— Hum hummm… Mieux que ça ! En principe, nous devons nous revoir dans les jours à venir, peut-être m'emmènera-t-il à l'hôtel…

— Tu es prête à y aller ?

— Et pourquoi pas ? C'est pas parce que j'suis en fauteuil que je ne peux pas baiser, non ? dit-elle d'une voix au ton de laquelle on devinait aisément sa détermination.

— Toi, alors ! Mais tu le connais à peine !

— L'autre jour, nous avons parlé… beaucoup parlé même. Mon handicap, ce n'est vraiment pas un problème face aux sentiments. Sais-tu qu'il travaille, tout comme ton Kevin d'ailleurs, dans une importante société financière de la City ?

— Pour Steve, je ne sais pas… En tous les cas pour Kevin, c'est perdu, il travaille tout en poursuivant ses études médicales, au *Royal Free Hospital*.

— Non, non, je t'assure, Steve m'a dit qu'ils travaillaient ensemble…

— Qu'ils travaillaient, sans doute, mais pas ensemble, ni dans la même entreprise. Kevin m'a même dit que, lorsque nous nous reverrions, il m'expliquerait l'objectif de ses études et m'apprendrait les moyens qui peuvent m'aider… nous aider… à mieux lutter contre notre maladie…

— Je ne vois pas comment…

— Si, si, il m'a parlé d'une prise en charge personnelle basée sur la volonté d'auto-guérison dans le cadre d'une maladie auto-immune…

Francesca n'écoutait plus son amie, contrariée par cette information contradictoire. Pourquoi Steve lui avait-il dit que Kevin travaillait avec lui, si ce n'était pas vrai ? Ceci venait perturber les deux amies, si heureuses de se retrouver et, pour ne pas gâcher cette fête, elles décidèrent de mettre ce point de côté et de le tirer au clair lors de leur prochaine rencontre.

— Tu savais que Kevin et Steve ne sont que leurs noms de code en vol ?

Francesca reprit la main après la déconvenue précédente et fit durer le suspense. Annabel ne trouva rien à répondre.

— Connais-tu leur vrai nom ?

— Non ! répondit Annabel, surprise et embarrassée.

— Kevin… je l'ai noté, c'est Habib Mourrashak et Steve, Mohammed Askenazi.

— Peu importe au fond, pour nous, ils seront toujours Steve et Kevin !

Puis, comme deux adolescentes, elles échangèrent sur leur ressenti amoureux. Se laissant aller à des fous rires sur leurs attentes, l'une et l'autre prêtes à céder voire à provoquer l'amour physique. Ces deux hommes avaient véritablement mis le feu en elles… Se stimulant l'une et l'autre, elles décidèrent même de les appeler afin de convenir d'un rendez-vous dans la semaine à venir. La fin de l'année universitaire arrivant à grands pas, il n'y avait guère de temps à perdre… l'amour ne pouvait pas attendre davantage.

Elles les appelèrent donc tour à tour, sans trahir la présence de l'autre. Elles durent insister vivement pour obtenir une rencontre, tant Steve que Kevin s'efforcèrent en effet sous divers prétextes fallacieux de repousser le rendez-vous. Mais, à force de persuasion, la partie fut gagnée pour les deux jeunes filles. Francesca retrouverait Steve mercredi soir du côté de Trafalgar Square dans un pub bien connu et très fréquenté par les jeunes. Annabel avait rendez-vous, quant à elle, dans un restaurant situé non loin de l'hôpital où travaillait Kevin, mais ce dernier l'informa qu'il ne pourrait pas rester trop longtemps avec elle en raison de sa charge actuelle de travail…

Cette petite contrariété de dernière minute fut vite oubliée pour laisser place au bonheur d'avoir obtenu l'une et l'autre leur rendez-vous. Restait à présent à mettre un petit stratagème en place pour justifier leur absence auprès de l'établissement sans que leurs parents n'en soient avertis. Mais elles ne doutaient pas d'obtenir l'autorisation de sortir, vu le caractère exceptionnel de leur démarche et leur comportement irréprochable.

V

Franck Waltersen, privé.

Cela faisait très longtemps que Franck Waltersen ne s'était accordé un week-end de décompression. En effet, dès le vendredi soir, après avoir quitté son boulot, il avait regagné la salle de sport qu'il avait assidûment fréquentée quelques mois plus tôt. Sa dépense physique lui avait fait le plus grand bien et par bonheur, il avait retrouvé des amis et notamment une amie qu'il avait côtoyée à une époque et qu'il avait perdue un peu de vue au fil des semaines et des mois, toujours trop pris par son travail…

À la sortie de la salle de gym, ils avaient décidé spontanément de passer la soirée ensemble… qu'ils prolongèrent toute la nuit… Le samedi matin, presque naturellement, ils profitèrent toute la journée de ces retrouvailles providentielles et ne se quittèrent pas.

Enfin, pour une fois, avait-il réussi à oublier le quotidien pour quelques heures voire quelques jours et il en était très heureux… Et, au fond de lui-même, il remerciait Jean-Hervé de la Buissonnière de l'avoir interpellé.

Mais, curieusement, durant la journée de dimanche, il se sentit anormalement fatigué et dut faire face à de gros « coups de pompe », et il rapprocha cette situation à celle qu'il avait insidieusement remarquée depuis plusieurs semaines. Il venait de constater un phénomène étrange. Ce même jour, après avoir pris sa douche, il avait ressenti une impression particulière, une sorte de fourmillement dans les pieds un peu comme s'il avait du sable dans ses chaussures… il avait retiré chaussures et chaussettes… RIEN.

Cette sensation curieuse ne le quittait pas, il n'en dit rien à son amie et en rentrant chez lui, dès le dimanche soir, il constata qu'elle persistait au point qu'il ressentit comme une impression d'insensibilité aux deux pieds et que celle-ci remontait sur chaque jambe pour atteindre à présent le genou. Inquiet, il avait appelé son ami d'enfance médecin qui lui avait obtenu pour le lundi matin première heure, avant le début des consultations et des examens, un rendez-vous pour un test d'effort et un examen cardiologique… Sa nuit fut agitée, une petite crainte commençait à l'habiter…

Dès le lundi matin, il réalisa les examens… ceux-ci ne donnèrent rien…

Les symptômes évoqués présentaient plus l'impression d'un problème neurologique que cardiologique. Son ami médecin l'invita à passer voir un neurologue de sa connaissance dans le service, entre deux rendez-vous, tandis qu'il se trouvait encore à l'hôpital.

Après les premiers tests cliniques de sensibilité, celui-ci lui avait évoqué :

— Au vu des résultats de mes collègues en cardio et des tests que je viens de faire, je pense que vos problèmes sont effectivement plutôt d'ordre neurologiques…

— À quoi pensez-vous docteur ?

— A priori, pour faire simple, deux hypothèses se présentent : soit votre anomalie concerne le système nerveux central et il faut que vous fassiez une IRM[14] cérébrale, une IRM médullaire qu'il faudra peut-être appuyer d'une ponction lombaire…

— D'une ponction lombaire ? Pourquoi ?

— Je dirais pour éliminer l'aspect Sclérose en Plaques, bien qu'à votre âge, plus de cinquante ans, ce soit peu fréquent. Soit vos troubles concernent le système nerveux périphérique et là, il faudra faire un électromyogramme pour cerner l'une des pathologies de type syndrome de Guillain-Barré par exemple ou une autre maladie auto-immune, mais une fois encore, il est bien trop tôt pour penser réellement à telle ou telle piste, sans élément fiable pour affirmer un diagnostic. Il existe de nombreuses maladies auto-immunes ou virales qui peuvent se traduire par ce type de phénomène d'insensibilité… Vous n'avez rien remarqué au niveau des membres supérieurs ?

— Non.

— Et concernant votre vue ?

— Non, plus.

— Rencontrez-vous des problèmes urinaires, sexuels ?

— Non, aucun à ce jour…

— Bon. Quoi qu'il en soit, vous ne devrez pas tarder à réaliser tous les examens que je vais vous

---

14. Imagerie par Résonance Magnétique.

prescrire et je vais faire en sorte que vous puissiez les effectuer rapidement…

Quand Franck Waltersen avait regagné son poste en fin de matinée, une petite lumière rouge s'était allumée au fond de son cerveau, un peu comme s'il se trouvait en sursis de quelque chose, qu'il ne savait pas définir… mais, elle n'était pas près de s'éteindre…

*

Lundi, fin de matinée.

À Paris, l'affaire étant suffisamment avancée, le magistrat spécialisé au TGI de Paris avait nommé un juge d'instruction, Gérard de Kerbonnec de Silijou. Car il avait été décidé de constituer une cellule de crise « Spécial O.S.M. » qui réunirait le responsable de chaque service concerné autour de ce juge, homme fort du moment qui s'était fait distinguer dans des affaires des plus épineuses. Il bénéficiait de la confiance du chef de l'État. Il s'agissait désormais de prendre ces menaces très au sérieux.

Les heures s'égrenaient, contrôles et surveillances ne donnaient rien, au point que le climat virait à la frustration générale. Le commissaire Franck Waltersen était bombardé de demandes d'informations de toutes sortes afin de calmer la nervosité de Matignon et de l'Élysée par le biais du ministère de l'Intérieur.

Il s'agissait de ne pas céder au chantage, gagner du temps et essayer par tous les moyens de mettre la main sur ce groupuscule. Force était cependant de constater qu'on ne disposait toujours de rien de précis permettant de cerner ces maîtres chanteurs. Cette affaire rappelait à Franck Waltersen une autre opération terroriste qui les avait tenus en alerte maximum en mars 2004 lorsqu'un groupe inconnu qui se faisait appeler « Groupe AZF » avait pratiqué le chantage au terrorisme sur les trente-deux mille cinq cents kilomètres de voies ferrées françaises… Et si c'était du même acabit ? Nul doute, dans ce cas, qu'ils n'avaient pas fini de rester en alerte !

Au centre de détention, les huit hommes incarcérés s'étaient installés dans un mutisme total, même avec leurs avocats, comme s'ils connaissaient l'action mise en place à l'extérieur pour tenter de les sortir de prison. Tout ceci augmentait la colère des uns et des autres dans cette affaire.

*

Appel surprise.

Dans l'après-midi de lundi, Paris reçut un appel du commissariat central du deuxième arrondissement de Marseille, communément appelé « l'évêché » en raison du nom de la rue où il se trouvait et qui lui avait été donné au XVIIIe siècle, après la construction du palais épiscopal.

— Nous venons d'arrêter un jeune homme pour trafic de drogue et, à force de le cuisiner, il vient de nous lâcher qu'il dispose d'infos sur l'existence d'un réseau terroriste composé d'individus du Maghreb et d'Extrême-Orient, on a pensé que ça pouvait vous intéresser…

— Et comment ! Pourquoi a-t-il balancé ?

— Pour tenter de négocier un allègement pour lui, mais aussi et surtout, pour son jeune frère que des collègues ont arrêté à Lyon, il travaillait pour le même réseau de trafic de drogue que celui de Marseille.

— Je vois… Qu'est-ce qu'il dit ?

— Les deux frères ont été approchés par ce réseau, il y a moins d'un an. Objectif : procéder à des actes de terrorisme, essentiellement en France, Belgique et Allemagne.

— Intéressant ! Quel genre ?

— Bombes et attentats à la demande, la logistique étant fournie.

— Et alors, pourquoi n'ont-ils pas suivi ?

— Ils ont d'abord contribué à trois petits coups. Nous avons vérifié, ils ont bien eu lieu. Ils ont aussi participé, mais de façon plus distante, à la tentative d'attentat lors de la Coupe du monde de football de 1998, les détails fournis nous laissent penser qu'ils y participaient effectivement. Puis ils ont eu peur qu'un jour ils partent avec une charge plus forte que d'habitude et que leurs collègues les fassent sauter à distance quand ils seraient sur place. Il semblerait que ce soit arrivé à des personnes qu'ils connaissaient. La trouille les a pris, ils ne voulaient pas devenir kamikazes malgré eux, si tu vois c'que j'veux dire… Bref, ils se sont tirés de Paris, il y a un an environ, pour monter un petit trafic de drogue sur Lyon et sur Marseille. Nous venons de serrer toute la chaîne qu'ils avaient mise en place. C'est du petit boulot, mais astucieux tout de même !

— OK, allons-y, de qui s'agit-il ?

— Le chef serait un certain Brahim Choukroune, trafic d'armes, d'explosifs… Avec lui, Izmat Razak et Muhammad Youssouf ; c'est le trio qui gère le réseau.

Tous les autres ne sont que des petites mains, a priori sans envergure, selon nos deux clients. Tous « logés » dans la cité de la Goutte d'Or de la Seine-Saint-Denis dans le neuf-trois ! Nous vous communiquons leurs adresses. Ils travailleraient sur commande pour toutes sortes de groupes disons à caractère islamico-maffieux.

— Bien, merci, on s'en occupe immédiatement, j'avoue que ce genre d'info me plaît bien !

— Je m'en doutais ! Tu m'tiens au courant, pour ma gouverne ?

— Pas d'problème.

Franck Waltersen désigna aussitôt une équipe pour prendre en main les recherches sur ces trois hommes. L'équipe se mit illico sur le fichier Chéops, puis consulta le fichier du STIC afin de retrouver les antécédents judiciaires des prévenus. Ceux-ci éclairèrent immédiatement les OPJ sur leur « palmarès ». Actes de violence volontaires, port et détention illégale d'armes, implication dans un trafic d'armes, détention d'explosifs et d'un stock de détonateurs. Ils avaient écopé ferme et étaient sortis de prison depuis deux ans… Ils n'avaient pas traîné à se remettre au boulot. Puis la consultation du fichier de la SDIG fit apparaître des liens entre ces trois personnages et des groupes appartenant à la mouvance islamiste radicale. C'était ce qui les intéressait le plus.

Il n'en fallait pas plus pour que le patron de la DCPJ prenne les choses en main. Il voulut faire verrouiller ces renseignements et prit contact avec un collègue et ami basé à la DGSI à Paris. Son collègue de la SDAT confirma effectivement le risque islamiste radical dans cette affaire. Il ne restait plus qu'à aviser le procureur de la quatorzième section du parquet de Paris[15] et ouvrir une enquête préliminaire.

— Dieu seul sait dans quoi nous sommes en train de mettre les pieds, mais nous pouvons nous attendre à tout et à n'importe quoi ! lui avait alors dit le patron de la DCPJ.

Pendant ce temps, une équipe en civil venait de partir pour repérer les lieux, vérifier les adresses et relever la totalité des noms apparaissant sur les boîtes aux lettres. Pas question, pour eux, de traîner dans le quartier ni de se faire griller, on était dans une des rues chaudes de la Goutte d'Or. Ils revinrent aussitôt pour vérifier si, dans le même immeuble, il n'y avait pas d'autres noms connus des services de police.

Dans l'intervalle, on procéda à la découverte d'un téléphone portable au nom de Choukroune et d'un autre au nom d'Izmat Razak, rien sur Youssouf. S'il en détenait un, il était volé ou déclaré sous un faux nom. Une réquisition judiciaire fut faite pour obtenir la facturation détaillée et le suivi des portables. Toutes les voix possibles devaient être enregistrées afin qu'elles soient rapprochées de celle des maîtres chanteurs.

Il n'y avait pas de temps à perdre, il fallait les serrer le plus vite possible, faire tomber « la tête », pas question de laisser tout ce beau monde filer dans la nature, et ensuite rafler tout ce qui se trouvait en amont et en aval…

Franck Waltersen ouvrit une information afin d'avoir plus de moyens de coercition, car il était persuadé que, dans cette affaire, il y avait autre chose, il ne croyait pas au hasard. Il y eut donc remise

---

15. Section spécialisée dans l'antiterrorisme.

au magistrat et obtention, presque dans la foulée, d'une commission rogatoire visant des faits de trafic d'armes et association de malfaiteurs en relation avec une entreprise terroriste.

La procédure fut bouclée en un temps record, restait à traiter l'opérationnel.

L'intervention s'effectuerait le lendemain matin, heure légale. La DGSI participerait aux perquisitions en tant qu'observatrice. Comme, dans ce quartier, il était impossible de laisser qui que ce soit en planque sans se faire repérer puis assaillir, il n'y avait pas d'autre alternative que de revenir pour agir directement en espérant que le trio se trouvât bien là. Il fallait faire vite, être efficace, discret et ne pas s'éterniser dans les lieux, ce qui voulait dire disposer de beaucoup de moyens humains. Car tous les petits dealers de quartiers avaient vite fait de mobiliser des tas de jeunes et de mettre le quartier en chauffe… ce qui viendrait compromettre leur action. Tout le monde savait comment les banlieues s'enflammaient.

*

Mardi matin, heure légale.

Les véhicules arrivèrent au tout dernier moment, en « feuille morte », n'affichant aucun signe distinctif apparent. Les hommes se préparèrent et se positionnèrent pour intervenir à l'heure précise selon la procédure, mille fois répétée à l'entraînement.

La porte de l'appartement où devait séjourner le trio fut localisée. Sans faire le moindre bruit ni sonner à la porte, redoutant de se trouver face à des hommes armés, ils jouèrent l'effet de surprise total. La porte fut enfoncée à l'aide d'un *door-breaker*, elle ne résista pas plus de deux secondes et le groupe s'infiltra aussitôt, en un éclair, dans l'appartement. Chaque pièce fut sécurisée par un binôme.

Brahim Choukroune fut immédiatement arrêté avant qu'il ait eu le temps de se saisir de l'arme placée sous son matelas. Et pas n'importe laquelle : un Glock 26, 9 mm parabellum, une arme autrichienne redoutable et de plus en plus utilisée par les truands, car ultra légère, étant essentiellement constituée de polymère et matériaux composites. Démontée, son canon séparé, elle est pratiquement indétectable et ressemble à un jouet.

L'homme dormait seul. Nerveux, les yeux vifs, la quarantaine, il était taillé comme l'un de nos célèbres rugbymen français. Quelques secondes de retard à l'entrée et les hommes auraient pu aussi bien se retrouver devant un forcené capable de tirer à vue… Immédiatement neutralisé, il fut prié de s'habiller et aussitôt après, ses poignets furent menottés.

Izmat Razak dormait dans la chambre d'à côté avec une jeune femme plutôt jolie. La surprise fut totale, la femme se mit à crier tandis que lui sortait péniblement de son sommeil. De taille et de corpulence moyennes, brun, plus jeune que Choukroune, bien habillé, cet homme pouvait passer inaperçu. Il ne disposait pas d'arme à portée de main. Après avoir effectué les vérifications, il subit le même traitement que son ami.

Par contre, pas de trace de Muhammad Youssouf. Aucune fenêtre n'était ouverte, aucun balcon ne communiquait avec le logement voisin. Étant au quatrième, il ne pouvait pas avoir sauté. Les perquisitions commencèrent aussitôt. Un important stock d'armes de tous calibres fut découvert, ainsi que des substances entrant dans la composition d'explosifs et des dizaines de détonateurs dernier cri équipés d'un dispositif de déclenchement à distance à partir d'un portable, ainsi que du cordon détonant : au total, plusieurs centaines d'objets. Beaucoup d'argent liquide. Mise sous scellés de plusieurs téléphones portables. Pas de micro-ordinateur mais des carnets et des blocs-notes qui semblaient des mines de renseignements au vu de la liste de noms et de numéros de téléphone y figurant.

Puis le groupe quitta les lieux. La sortie de l'immeuble se fit sous les sifflets, les lazzis et les jets de pierres, de bouteilles et de canettes de toutes sortes, provenant des fenêtres de l'immeuble. En quelques minutes, les voitures avaient disparu, emportant les deux hommes et la jeune femme.

*

Interrogatoires.

Tout d'abord un mandat d'arrêt fut lancé contre Muhammad Youssouf avec aussi les caractéristiques du véhicule qu'il était supposé utiliser.

À peine furent-ils installés que les interrogatoires commencèrent. Enregistrement de l'état civil, du cursus avec antécédents, rapprochés de leurs éditions de fichiers, question de rafraîchir la mémoire des personnes interrogées, celles-ci ayant toujours une fâcheuse tendance à « oublier » des tas d'informations à communiquer, mais que la police n'ignorait pas ce qui permettait à chacun de se resituer.

Quant à la jeune femme, elle resta longtemps silencieuse, nerveuse. L'officier de police judiciaire, mû par un pur réflexe professionnel, bluffa pour voir l'effet produit en lui indiquant qu'on s'acheminait vers une fin tragique pour elle. Cette phrase ne fut pas anodine et, à moins qu'elle ne fût une excellente comédienne, elle marqua le coup. Pour finalement s'effondrer complètement et consentir à répondre aux questions.

Elle semblait ne pas connaître les activités réelles des deux hommes tant son attitude devint alors badine et les officiers de police judiciaires se demandèrent si elle jouait un rôle elle aussi. L'identité de cette jolie brunette de trente-cinq ans était totalement inconnue des fichiers. Salariée depuis de nombreuses années d'une grande surface, elle avait un bon travail et entretenait d'excellentes relations avec ses collègues et sa hiérarchie. Elle habitait seule depuis son divorce, une existence sans histoires apparemment. Un officier de police judiciaire lui servit un café chaud dans un gobelet, qu'elle accepta, ce qui eut le don de la rassurer et de la calmer. Habitant au deuxième étage, dans la même cage d'escalier, elle avait rencontré récemment Izmat en sortant de l'immeuble. Depuis, il lui arrivait de sortir de temps en temps et de passer la nuit avec lui, notamment quand Muhammad Youssouf s'absentait. Ce qui était le cas ce jour-là. Il était parti depuis deux jours… Pour le reste, elle se montra incapable de dire quoi que ce fût ; la longue expérience des officiers de police judiciaire leur laissait à penser qu'elle devait être sincère.

Les officiers de police judiciaire s'intéressèrent donc à Brahim Choukroune et Izmat Razak.

Brahim Choukroune, assis sur une chaise, arborait un visage chafouin. Ses sourcils épais au-dessus de ses yeux noirs semblaient en permanence ourdir le plus vil des projets. Ses traits semblaient sculptés dans la pierre. Cheveux sombres sur une tête plutôt carrée, comme ses épaules, mâchoire légèrement prognathe, il était imposant avec sa silhouette massive, le genre d'homme à qui personne ne voudrait chercher des noises à moins d'être athlétique ou inconscient.

Il s'était réfugié dans un refus total de communiquer, un mutisme absolu. Tout au moins dans un premier temps. Mais déjà, les premières informations tombaient concernant les appels téléphoniques, les listes de noms relevés dans les petits carnets… et les officiers de police judiciaire attendaient le descriptif de l'arsenal récupéré dans l'appartement. Ils lui firent également écouter les enregistrements du chantage de l'O.S.M. Non. Il ne connaissait pas cette voix et ne l'avait jamais entendue. Même chose concernant l'enregistrement de la communication téléphonique de la cabine publique. Il s'obstinait dans cette réponse négative, refusant de révéler d'où provenait l'arsenal récupéré dans l'appartement et à qui il était destiné.

Dans un bureau voisin, Izmat Razak venait de décliner son identité. Son être exhalait une énergie et une détermination à toute épreuve. Ses yeux noirs brillaient d'un regard vif et tranchant comme la lame d'un cimeterre et recelaient une volonté inflexible. De par sa carrure, sa voix, ses mains sublimes, son visage bronzé, l'homme conservait une belle apparence malgré la situation. Après avoir enregistré son cursus et fait quelques commentaires au passage, les officiers de police judiciaire entrèrent dans le vif du sujet :

— Vous êtes à peine sorti de prison pour trafic d'armes et… que faites-vous en retrouvant la liberté ? La même chose ! Sauf que cette fois vous risquez gros, pour ne pas dire « perpette » !

— Vous savez, c'est difficile d'être honnête, bien plus que vous ne l'imaginez, et c'est souvent ingrat ! déclara-t-il avec une moue suffisante.

— Vous avez le droit de ne rien prendre au sérieux, mais les éléments retenus contre vous, pas seulement ce que nous avons découvert dans votre appartement, mais encore tout ce que nous découvrons en amont et en aval de vos activités, nous laissent penser que cette fois le plongeon va durer…

Ils reprirent alors l'interrogatoire sur l'O.S.M. et l'écoute des bandes.

— Qui sont-ils ? Que font-ils ? Quelles relations entretenez-vous avec eux ? Quel est votre rôle dans cette affaire ?

Malgré la pression exercée et la réitération des questions sous différentes formes, le résultat restait négatif. Savait-il quelque chose ? On le harcela sans relâche.

— Vous êtes trois. Vous avez un casier impressionnant chacun. Si vous vous taisez, ce ne sera plus notre problème. Vous resterez en garde à vue pour activité terroriste, c'est-à-dire un peu plus longtemps que pour le droit commun, comme vous le savez certainement, et vous serez mis en examen dans ce cadre.

L'officier de police judiciaire leur accorda un peu de répit afin de laisser chacun prendre la mesure de la situation.

— À notre avis, comme vous gravitez autour de l'O.S.M., vous n'êtes pas près d'être jugés ! Vous voyez, vous avez obtenu de la promotion ! Vous venez de passer de la délinquance passive au grand banditisme et au terrorisme. Évidemment, vous êtes bien conscients que ce n'est plus le même prix quand il faut payer l'addition ! Nous pouvons encore vous donner votre chance, mais la condition sine qua non c'est que vous nous expliquiez en quoi consistent exactement vos activités et alors votre affaire ne sera pas assimilée à l'autre et vous risquez moins, c'est vous qui voyez ! En ce qui nous concerne, en l'état actuel, vous êtes mal, très mal même !

Sans attendre la moindre réponse, les deux officiers de police judiciaire se levèrent et firent appel à un gardien. Ils décidèrent de faire une pause, afin d'effectuer un point avec les autres collègues tout en prenant un café.

La jeune femme semblant étrangère à l'affaire, elle serait gardée dans les locaux en attendant, si possible, l'arrestation de Muhammad Youssouf, afin qu'il y ait le moins de fuites possible. Puis, de toute façon, il faudrait la relâcher, car il n'y avait rien contre elle, tout au moins pour l'instant. Il n'en restait pas moins qu'il fallait faire parler coûte que coûte les deux hommes…

Au retour des deux OPJ, Izmat Razak demanda à boire. Il semblait moins fermé. Avait-il réfléchi ? Ils lui servirent de l'eau et l'écoutèrent silencieusement, décidés à se taire à leur tour et à bluffer quant à l'arrestation de Muhammad Youssouf. Mais ils n'eurent pas à utiliser ce stratagème. Izmat bénéficiait d'un bon niveau scolaire et même d'un début de formation en droit complété d'un cursus en commerce international.

— Bon, voilà, j'ai réfléchi. Nous sommes pris. Deux solutions s'offrent à nous : nous sommes arrêtés et condamnés pour détention d'armes et d'explosifs, disons simple ou passive. Cela nous l'assumons. Ou pour association de malfaiteurs en relation avec une entreprise terroriste et alors ce n'est plus la même facture.

— Bravo ! Eh bien, voilà, vous avez tout compris !

Du même coup, les deux officiers de police judiciaire réalisèrent que la tête du groupe s'avérait être en réalité Izmat et non Brahim, comme le jeune dealer de Marseille l'avait pensé et indiqué. Outre sa bonne apparence, l'homme ne paraissait pas idiot du tout, ce qui simplifie bien souvent les choses. Il devenait, dès lors, plus facile de s'expliquer et de se comprendre.

— Il y va donc de notre intérêt d'être clairs. Je veux bien l'être, mais je veux votre engagement sur le fait que vous respecterez les actes et ne prendrez en compte que les éléments factuels en votre possession, sans tenter de modifier ou d'interpréter d'une certaine manière notre déclaration.

— D'accord, ça nous convient, répondit l'un d'entre eux après avoir obtenu l'assentiment de son collègue par un signe de tête. Afin que nous nous comprenions bien, commencez par nous expliquer le rôle de chacun de vous trois…

— Nous sommes en réalité très complémentaires. Notre activité n'est qu'une entreprise intermédiaire de négoce en quelque sorte. Moi, disons que je joue le rôle de technico-commercial, j'y reviendrai plus tard. Muhammad Youssouf est le spécialiste du monde concernant le terrorisme, qu'il soit islamiste ou extrémiste régional, voire nationaliste de quelque obédience qu'il soit, ainsi par exemple l'ETA. Il sait s'infiltrer partout et découvrir des marchés… Tantôt certains disparaissent comme pour l'IRA et sans doute prochainement l'ETA car ces groupes indépendantistes étaient voués à disparaître mais d'autres, plus actifs et plus dangereux, s'ouvrent en permanence un peu partout dans le monde.

— C'est-à-dire ?

— Nous étudions et répondons à leurs besoins en armes, explosifs et autres. Il me remonte les souhaits et je me débrouille pour me les procurer auprès des grands trafiquants en ce domaine. En fonction de l'usage que le groupe veut en faire, Brahim Choukroune a les compétences nécessaires pour adapter les dispositifs et effectuer le montage adéquat : par exemple, installer une bombe dans le faux réservoir de carburant d'un véhicule ou dans un siège de voiture, effectuer un montage dans un chauffe-eau électrique ou dans un attaché-case ou tout autre contenant.

— Nous voyons…

— Brahim est un orfèvre en la matière, malgré son apparence « brut de décoffrage ». Partant de là, nous sommes en mesure de répondre à n'importe quelle demande.

— Quels sont vos principaux clients ?

— Le monde islamiste qui est malheureusement sans limite. Il suffit de traîner de Casablanca à Kaboul en passant par le Liban et vous trouvez tous les marchés que vous voulez.

— Et pour vous faire payer ?

— Aucun problème, l'argent liquide coule à flots ; la plupart du temps, il est versé en dollars… argent de la drogue, que ce soit de l'opium d'Afghanistan ou de la cocaïne en provenance de la Colombie ou des dizaines d'autres pays producteurs qui ne font que semblant de lutter contre ce fléau et laissent faire. Sans compter tous les pays arabes producteurs de pétrole qui déversent leurs millions de dollars pour entretenir tous ces petits groupuscules qui se multiplient chaque jour avec des cartes qui se brouillent de plus en plus actuellement depuis la révolution des pays arabes… Pour obtenir des fonds, il leur suffit de se revendiquer comme faisant partie d'une organisation islamiste quelconque, plus ou moins proche d'Al-Qaïda. Depuis la disparition de Ben Laden, de nombreux groupes se multiplient, motivés a fortiori par les événements des pays arabes où les partis islamistes entendent bien jouer un jeu prépondérant, même si la tendance modérée semble dominer… pour l'instant et en apparence seulement.

— Et comment se passent les tractations et les transactions ?

— Moi, je négocie tous les contrats. J'ai travaillé au début de ma carrière comme commercial pour une très grande entreprise de négoce international, j'ai une certaine pratique sur la façon de faire, je me contente de l'appliquer. Je me déplace le plus souvent avec Brahim pour la livraison et l'explication sur le mode de fonctionnement ou de montage lorsque nous fournissons tout en kit.

— Donc, vous connaissez parfaitement vos interlocuteurs et l'usage qu'ils vont en faire ?

— Non. Absolument pas ! Et c'est là que je veux que nous soyons très clairs. Nous ne sommes, à aucun moment, engagés à leurs côtés. Nous ne partageons pas leur cause et encore moins leur façon de faire ou leur idéologie, nous répondons à une commande, point final. Il n'y a pas association de malfaiteurs en relation avec une entreprise terroriste !

— Pourtant, nous savons que vous fournissez aussi des hommes de main, nous avons des noms… lui fut-il affirmé mais ils n'envisageaient pas de lui donner leur source d'information, c'est-à-dire le nom des deux jeunes frères, arrêtés à Marseille et à Lyon.

Izmat Razak réfléchit avant de répondre ; un court instant, il parut désarçonné, troublé même. Puis il répondit calmement :

— Tous ces petits groupes, très différents les uns des autres, manquent de personnes capables d'aller poser la bombe à un endroit précis et d'atteindre l'objectif visé dans les conditions souhaitées. Vous voyez bien dans la presse le nombre de tentatives avortées ! Alors, il nous arrive de mettre, ponctuellement, en relation quelques hommes, sans engagement de notre part, simplement pour leur rendre service. Nous ne tenons aucun fichier. L'avantage, c'est que les dirigeants du groupuscule ne se mouillent pas, pas plus qu'aucun membre : pas de traces, pas de possibilités de remonter jusqu'à eux, même en cas d'arrestation du poseur. Autre intérêt : ils conservent leur prérogative pour revendiquer l'attentat.

— Et où se passent vos livraisons ?

— Aussi bien en France qu'en Espagne, Allemagne, Grande-Bretagne ou dans une bonne partie du monde. Nous nous déplaçons surtout en Europe de l'Ouest, car l'espace Schengen est une aubaine pour nos activités, il suffit de posséder un véhicule ordinaire, de se vêtir correctement dans un style européen classique et vous allez où vous voulez ! Ailleurs, c'est plus difficile, plus dangereux aussi…

— Mais, vous n'ignorez pas l'usage qui est fait de votre livraison ensuite ?

— Si ! Totalement ! En revanche, parfois, il nous arrive de le supposer. Nous pensons que, durant l'été 2007, les membres de l'ETA arrêtés du côté de Cahors ou les trois hommes visant des cibles américaines en Allemagne et bien d'autres encore, nous ne leur sommes pas totalement étrangers. Mais, rien ne le prouve et, pour ma part, comme pour celle de Brahim, nous nierons toujours toute implication dans leurs actes. Bien entendu, nous ne sommes pas les seuls à assurer ce genre de prestation…

— Vous pouvez nous parler de vos… comment dire, collègues, confrères, concurrents ?

— Nous ne les connaissons pas et ne voulons pas les connaître. Nous savons simplement qu'ils existent à chaque fois que nous n'obtenons pas un marché, voilà tout ! Je pense vous avoir tout dit dans une totale transparence et je vous le répète : à aucun moment, nous ne nous sommes impliqués, aux côtés de qui que ce soit. Quel que soit l'objectif, nous ne faisons que fournir la technologie. Je vous demande à présent de respecter votre engagement.

— C'est notre accord, nous en resterons là. La seule chose qui nous intéresse vraiment, c'est l'O.S.M.

— Je l'ai bien compris depuis le début de votre interrogatoire et c'est pour cette unique raison que j'ai tenu à tout vous dire. Nous ne les connaissons pas et je peux vous le jurer sur ce que j'ai de plus cher au monde!

— Ne jurez pas, dans votre position, je ne peux guère y attribuer de valeur…

— Croyez-moi ou non, mais je suis sincère. J'ai suivi dans la presse cette affaire. À mes yeux, il s'agit là d'une organisation parfaitement structurée. Je veux dire par là qu'elle ne va pas faire appel à nos services. Elle a largement dépassé le stade du blanchiment de capitaux et du bricolage de terrain, je pense qu'elle se préparait à avoir pignon sur rue pour, demain, pouvoir asseoir son autorité sur un plan beaucoup plus vaste… Non, vraiment, ce n'est pas notre clientèle. Nous nous situons beaucoup plus en amont, à la base de la pyramide, au premier stade, quand des groupes émergents utilisent des capitaux occultes au nom d'une religion ou d'un nationalisme quelconque et qu'ils veulent s'imposer par la force et faire parler d'eux. Mais, si je puis me permettre, je n'aimerais pas me trouver à votre place, car, à mon sens, ces types sont dangereux et certainement iront jusqu'à l'exécution de leurs menaces! C'est d'ailleurs, sans doute, ce à quoi ils doivent aspirer…

Les interrogatoires se poursuivirent toute la nuit et n'apportèrent guère plus de renseignements que ceux qu'Izmat avait livrés. Brahim s'était rallié aux déclarations d'Izmat, à peu de chose près.

Au petit matin du mercredi, Muhammad fut arrêté à un péage d'autoroute du côté de Toulouse. Il venait d'engager une nouvelle négociation avec des membres de l'ETA. Il s'aligna aussi sur le discours d'Izmat. La jeune femme fut relâchée. Mais, rien, absolument rien, ne permettait de faire le moindre lien avec l'O.S.M.

Pour éviter de gêner l'enquête sur cette dernière affaire, le trio fut mis en examen et incarcéré pour détention illégale d'armes et de substances entrant dans la composition d'explosifs. En revanche, leur dossier restait bien au chaud et il serait toujours possible de le ressortir s'il s'avérait qu'à un moment ou à un autre, un lien pût être établi avec l'affaire de l'O.S.M.

*

Résidence diplomatique. Mercredi.

Dans le même temps, non loin de là, dans l'hôtel privé qui lui servait de siège, Ayman Al-Fadira avait écouté avec intérêt tout le programme de *France Info* et examiné dans le détail toutes les éditions de *Libération* sans y découvrir la moindre information ni le plus petit geste du gouvernement en faveur de sa demande. Tout se passait comme s'il n'était pas intervenu. On l'ignorait. Loin de le décevoir, ceci, au contraire, le renforçait dans sa détermination. Au fond de lui-même, c'était ce qu'il souhaitait : pouvoir en découdre avec les autorités françaises et montrer à l'Europe de l'Ouest ce que son mouvement représentait et la puissance dont il disposait.

— Nous allons les faire payer cher, très cher ! Ils n'imaginent pas ce que nous sommes capables de faire, ils ne vont pas être déçus…

Souleyman se trouvait debout près de lui, il esquissa un rictus en signe d'approbation. Dans ses yeux se lisait distinctement la pulsion de meurtre, elle irradiait le visage de cet homme, c'était une haine primale qui habitait le regard de ce fanatique.

Ayman se tourna vers lui et, d'un ton calme mais inflexible, sans rudesse cependant, lui dit :

— Tu vas prendre l'avion pour Berlin et rendre visite à nos amis afin de leur laisser les mêmes directives qu'à nos contacts bruxellois. Ils doivent placer une bombe inactivée dans un avion arrivant à Paris, vendredi. Nous allons mettre la panique dans leurs aéroports et ce n'est rien par rapport au feu d'artifice qui les attend ! Dès que ce sera fait, ils devront appeler le même numéro que celui que nous utilisons pour appeler la police française, à partir d'une cabine téléphonique à Berlin. La communication doit être brève et ne pas dépasser vingt secondes : la menace, le vol, l'avion, l'endroit. Point final. J'appelle aussi nos amis des Pays-Bas à Amsterdam, afin qu'ils procèdent de même.

Souleyman, incrédule, s'étonnait et se permit une question :

— Pourquoi une bombe inactivée ?

— Parce qu'elles sont indétectables sans leur système de mise à feu et qu'il ne s'agit pas de mettre nos amis en péril ni de leur faire prendre des risques immodérés dans l'immédiat. Ensuite, tu te rends à Francfort d'où tu téléphones à la police française et tu leur balances le message, aussi brièvement que possible. Tu postes le CD que nous allons enregistrer et tu rentres à Paris. Je peux te dire que, vendredi, ce sera une belle pagaille à l'aéroport de Roissy Charles-de-Gaulle… Pendant ton absence, je dois caler l'action réelle et définitive que nous mettrons en œuvre ensuite, s'ils ne veulent pas céder à notre demande, et nous serons intraitables. Début de semaine prochaine, s'ils n'ont toujours pas compris notre détermination, nous lancerons notre dernier ultimatum…

*

Le soir même à Londres.

Francesca, dans ses plus beaux atours, maquillée avec subtilité, se faisait déposer par un taxi devant le pub de Trafalgar Square où elle avait rendez-vous. Plus amoureuse que jamais et plus folle sans doute aussi, elle ne rêvait que d'une chose, que son prince charmant la conduise à l'hôtel et…

Elle avait quelques minutes d'avance ; juste le temps de s'installer à une table bien placée. Heureusement, ce milieu de semaine était calme à Londres et il lui fut facile de choisir une place à sa convenance. Quand Steve se présenta à l'entrée, elle se leva de son fauteuil roulant pour se tenir debout près de la table, mue par la force de l'amour qui la soutenait plus que jamais. Il la remarqua aussitôt, vint à elle et la serra dans ses bras, l'embrassant amicalement d'abord, puis céda à la fougue de Francesca et l'embrassa amoureusement à son tour. Francesca souhaita, à cet instant, que ce moment ne s'arrête jamais, que Steve la prenne dans ses bras et l'emporte pour la déposer sur un lit où ils feraient l'amour…

Mais Francesca dut se rendre à l'évidence et revenir à la morne réalité… Steve se détacha d'elle délicatement et l'accompagna au mieux pour lui permettre de s'asseoir à nouveau dans son fauteuil. Il s'assit à côté d'elle tout en lui tenant la main gauche. Il portait un tee-shirt ou plutôt un maillot de rugby sur lequel elle lut *Triple Crown*, le nom de la fameuse coupe de rugby disputée entre les quatre équipes de rugby britanniques. Ainsi vêtu, elle l'imaginait déboucher du stade de Murrayfield après une rencontre internationale de rugby, il lui paraissait plus que jamais d'une beauté saine. Plus que lui parler, elle aurait tant voulu l'embrasser, le caresser, l'aimer tout simplement ! Cet amour lui serait-il défendu ? se demanda-t-elle, l'espace d'une seconde.

Steve avait fait signe au serveur et ils choisirent leurs consommations. Francesca avait tellement de choses à lui dire, à lui demander, qu'elle ne savait pas par où commencer et encore moins choisir ce qui était le plus important. Encore troublée par le baiser qu'il lui avait rendu, elle commença maladroitement :

— Tu n'as pas eu trop de difficultés pour te libérer de ton travail ?

— Non, ça a été, je me suis organisé…

— Tu m'as bien dit que Kevin travaillait avec toi ?

— Kevin ? heueueu… non, non. Il travaille, mais pas avec moi… C'est mon meilleur ami, un frère… il travaille au *Royal Free Hospital*, pourquoi ? lui demanda-t-il en la regardant avec la plus grande attention, comme s'il voulait pénétrer dans son esprit, ce qui la mit mal à l'aise.

Bien que la réponse fût hésitante voire mal assurée, Francesca regretta aussitôt sa question. Annabel avait raison, mais où était-elle allée chercher qu'ils travaillaient ensemble ? Pourtant, elle restait formelle au fond d'elle-même, elle ne l'avait pas rêvé. Mais ceci n'avait aucune espèce d'importance, une seule chose comptait dans l'immédiat, profiter du moment présent. *Carpe Diem* était sa devise, avait-elle oublié cela ? Mais Steve avait débouché avec une telle force dans sa vie qu'elle en était toute chamboulée. Vite. Elle devait rapidement trouver quelque chose à dire…

— Tu es beau comme cela avec ton maillot, ça te change vraiment !

— Il te plaît ?

— Beaucoup… Tu es superbe !

Elle tendit sa main droite pour attirer Steve par la nuque afin que leurs fronts se rejoignent et lui posa un baiser furtif sur les lèvres qu'il accepta, ce qui la rendit plus fébrile que jamais.

— Pouvons-nous passer la soirée ensemble ? reprit-elle.

— Non. Pas ce soir, je suis désolé. Il m'est impossible de rester. Nous pouvons passer encore une heure ensemble et ensuite, je devrai m'en aller.

Contrariée par ce refus, Francesca dissimula mal sa peine. Steve lui déposa alors un baiser sur le front en lui déclarant qu'il ne l'avait jamais trouvée aussi belle qu'en ce moment et que d'autres occasions se présenteraient qui leur laisseraient plus de temps pour eux. Cela réconforta aussitôt Francesca qui ne lâcha pas prise pour autant :

— Nous pourrions passer un week-end ensemble, qu'en penses-tu ?

— Pourquoi pas ? Mais pas dans le moment, j'ai un travail de chien et il est même possible que je ne puisse pas assurer mes cours de pilotage dans les semaines à venir…

— Vraiment ? reprit-elle, l'air très chagriné.

— Rien n'est décidé, mais j'attends des directives, je t'en reparlerai le moment venu quand j'en saurai davantage.

— Dans quelle société travailles-tu exactement dans la City ?

— Heueueu… dans la… Chez *I.F.G. International Financial Group*, réussit-il à préciser, lâchant ce nom prestigieux comme une délivrance.

— Fiiiiit, c'est la big société de la finance, une des dix premières mondiales ! C'est intéressant ?

— Très ! Nous manipulons des millions de dollars tous les jours et dans le monde entier. Je pratique toute la journée le *shopping around* pour obtenir toujours la meilleure offre, c'est très stressant. Heureusement que j'ai *Coyote* pour me changer les idées et le plaisir de te connaître aussi maintenant !

— Sincèrement ?

— Oui ! lui répondit-il en la regardant dans les yeux.

L'heure passa à une vitesse phénoménale au point que Francesca tenta par tous les moyens de grappiller quelques minutes supplémentaires, mais le moment de la séparation fut inévitable. Steve lui rappela qu'elle ne devait jamais l'appeler au travail et le moins possible sur son portable ; d'ailleurs, dans les jours à venir, il ne répondrait plus, même sur son portable, lui dit-il ; cela suscita bien des interrogations chez Francesca. Voyant sa moue dubitative, il l'enlaça avant qu'ils se séparent en lui disant :

— Ce n'est pas ce que tu crois. Je vis seul et je n'ai aucune petite amie !

Le taxi happa Francesca tandis que Steve se dirigeait en footing vers la première bouche de métro. Malgré le peu de temps qu'ils avaient passé ensemble, Francesca, qui rentrait bien plus tôt que prévu, était folle de joie tout de même et heureuse des promesses d'avenir que semblait leur réserver leur rencontre. Comment pourrait-elle désormais vivre sans jamais penser à Steve ? Mais comment vivait-elle avant ? se demanda-t-elle. Sa vie avait changé d'une façon tellement inimaginable, ces dernières semaines, et en si peu de temps ! Elle ne pourrait pas parler à Annabel ce soir, elle l'appellerait demain à son retour quand elle serait rentrée de sa sortie avec Kevin. Elle était terriblement impatiente de pouvoir lui parler. Elle lui souhaitait secrètement autant de joie qu'elle en avait éprouvé. Désormais, elle ne gardait sur le cœur et dans l'esprit que la dernière phrase prononcée par Steve : « Ce n'est pas ce que tu crois. Je vis seul et je n'ai aucune petite amie ! »

*

Franck Waltersen, privé.

Le commissaire s'efforçait de tout faire pour rester concentré sur ses affaires en cours, mais la petite lumière rouge continuait de clignoter dans sa tête d'autant que ses pieds et ses jambes continuaient à « fourmiller ». Quand il se levait de son siège pour se déplacer, il ressentait la même sensation que lorsqu'il restait longtemps assis à son bureau, les jambes croisées, et qu'elles s'étaient endormies. L'effet ressenti était bizarre mais, et c'était rassurant pour lui, le phénomène s'était arrêté au niveau des genoux et semblait se stabiliser.

Les deux IRM n'avaient rien donné pas la moindre trace de plaques, ce qui l'avait considérablement rassuré. La ponction lombaire ne s'avérait plus indispensable ni urgente dans l'immédiat. Il devait cependant attendre de faire un électromyogramme afin de vérifier si la myéline des nerfs n'avait pas été atteinte car, à l'extrémité des membres inférieurs, elle ne semblait plus jouer son rôle de neuro-transmetteur.

L'hypothèse d'une sclérose en plaques lui avait fait très peur. Rassuré, il éprouva le besoin de joindre sa fille, simplement pour entendre sa voix... Puis, il appela son amie du week-end précédent qui se montra enchantée de son coup de fil. Il ne confia à aucune ses inquiétudes et se montra enjoué. Ces deux entretiens lui firent le plus grand bien ; subitement, c'était comme s'il se sentait mieux... Il passerait la soirée du lendemain avec son amie...

VI

Jeudi. Résidence diplomatique.

Souleyman avait appliqué strictement les consignes données aux contacts de Berlin et arrivait sur Francfort où il exécuterait son plan de mission. Ce type d'opération lui paraissait désormais trop simple à mettre en œuvre mais, néanmoins, il jouissait à l'idée de tout le chamboulement que cela devait provoquer dans les hautes sphères des polices françaises et, sans doute, désormais, belges et allemandes.

*

DCPJ.

L'appel téléphonique en provenance d'Allemagne surprit une nouvelle fois les services français. Mais la stupéfaction passée et vérification des voix faite, il s'avérait qu'il n'y avait toujours que deux voix d'hommes et donc deux acteurs jusqu'à preuve du contraire, quels que soient les lieux d'émission des appels. Bien que cela restât inquiétant, cette situation rassurait le commissaire Franck Waltersen et le patron de la DCPJ. Peut-être ne s'agissait-il finalement que de petits truands, ambitieux certes, mais sans grande envergure… Sans s'en ouvrir à ses supérieurs, Franck Waltersen commençait à se dire que les auteurs, a priori au nombre de deux, de ce mélange de sinistre plaisanterie et de menaces contre la sécurité des Français, devaient plus relever de la crapulerie que d'une organisation terroriste organisée. Auquel cas, ils finiraient bien par se lasser ou par commettre une erreur qui leur serait fatale. Il suffisait d'attendre, de continuer à fouiller autour de l'O.S.M. et ils découvriraient bien le détail déterminant ou l'information inespérée qui provoquerait leur chute. Néanmoins, il ne perdait pas de vue les informations du trio de Seine-Saint-Denis. Tout restait possible, y compris le pire…

Après avoir collecté toutes les remontées infructueuses des différents services concernés par cette opération, Franck Waltersen se montra rassurant dans son compte rendu de fin de journée à sa hiérarchie… De quoi calmer les esprits en haut lieu. Cependant, aucun des dispositifs des plans d'alerte ne serait abandonné dans l'immédiat, la vigilance devait rester de mise.

*

Jeudi soir. Londres.

Annabel, aussi habile auprès du centre universitaire que Francesca la veille, avait obtenu la possibilité de s'absenter ce jeudi, et faisait route en taxi vers son lieu de rendez-vous. Assise à l'arrière du véhicule, derrière la vitre, elle était sublime et aucun homme ne pouvait rester indifférent, tellement son visage rayonnait.

Au moment de descendre du taxi et de rejoindre le restaurant, le parcours se compliqua comme toujours, mais elle assumait son handicap avec force et courage. Par chance, tout comme Francesca, elle réussissait à se tenir debout, sans pouvoir marcher certes, mais ceci lui simplifiait les choses tout de même, au point qu'elle se débrouillait presque toute seule. Hélas, comme malheureusement dans trop de restaurants encore, il n'y avait pas de rampe d'accès pour handicapés et des marches l'empêchaient d'entrer. Kevin était là le premier et l'avait vue arriver. Il vint rapidement à son aide.

Il portait une tenue décontractée, sous un survêtement il arborait un tee-shirt noir sur lequel on pouvait lire *Tomorrow… maybe*[16], l'expression amusa Annabel et elle la trouva appropriée. Quand ils furent à la table qu'elle avait réservée, Annabel tint à s'asseoir sur une chaise. Elle se leva de son fauteuil, enlaça Kevin pour le saluer et le remercier de son aide. Elle s'attarda un peu dans ses bras, puis chacun s'installa.

Le restaurant était plutôt chic, à l'image d'Annabel, et Kevin se montra un peu gêné.

— Tu sais, je ne mène pas une vie de satrape et ne fréquente guère ce genre d'établissement, lui dit-il discrètement.

— Moi non plus, lui dit-elle en éclatant de rire. Mais je voulais tellement que notre rencontre se fasse dans un endroit sympa… et à la hauteur de notre relation. Car, ici, une seule chose compte, nous deux…

16. *Demain… peut-être.*

Ceci eut pour effet de décontracter Kevin et de leur permettre de se retrouver véritablement sans tenir compte du cadre ni du milieu ambiant. Ils étaient tous les deux, rien d'autre ne comptait dans le moment. Ils parlèrent de détails sans importance et de choix du menu avant de se sentir véritablement à l'unisson.

— Parle-moi de toi…

— Que veux-tu que je te dise?

— Je ne sais pas… Comment se passe ton travail au *Royal Free Hospital*, par exemple…

— Tu sais, je me passionne pour tout ce que je fais, mais je ne veux pas t'ennuyer avec mon quotidien. Mais, tu te souviens sans doute, je t'avais dis que nous aurions reparlé de ta maladie et de ce qui pouvait t'aider…

— Bien sûr que je m'en souviens, alors, dis-moi tout!

Annabel dévorait véritablement Kevin des yeux et vraiment plus rien n'existait autour d'eux. S'il n'était pas indifférent au charme d'Annabel et à son élégance ce soir, il se montrait plus réservé, plus timide peut-être tout simplement, se dit-elle. En avait-elle trop fait?

Il évoqua d'abord les caractéristiques de la sclérose en plaques, cette maladie auto-immune que la médecine allopathique ne savait toujours pas éradiquer.

— Ne pas avoir de remède efficace ne signifie pas qu'il faut rester les bras ballants à attendre que cette pathologie grignote le patient. Ce qui caractérise la maladie, appelée aussi SEP, c'est son cours capricieux. Il en existe de nombreuses formes dont deux principales: l'une qui procède par poussées et l'autre qui s'installe insidieusement en s'aggravant progressivement et souvent de façon inéluctable. Non traitées correctement, les deux formes aboutissent plus ou moins rapidement à l'invalidité…

— Cela je le sais, et je le paie pour l'instant !

— La SEP devient de nos jours une maladie de plus en plus fréquente, comme toutes les maladies dégénératives, dites de civilisation. Toujours est-il qu'actuellement, seuls des médicaments anti-inflammatoires, souvent des corticoïdes, sont utilisés à titre palliatif…

— Hélas, je ne le sais que trop aussi ! J'ai supporté quelques traitements de solumédrol sous perfusion, en clinique, pour stopper les poussées et ça n'a rien de drôle…

— Je m'en doute. Mais, ces traitements sont insuffisants et c'est là que je voulais en venir.

— Ah, je sens que nous arrivons au point où tu vas m'intéresser vivement… je veux dire par tes informations, corrigea-t-elle aussitôt pour éviter le double sens.

— La toute première des choses est un régime alimentaire adéquat. Il faut prendre, à doses élevées, les vitamines dont notre société industrielle appauvrit systématiquement notre alimentation, et surtout de la vitamine F, indispensable à la synthèse de la myéline…

— Tu sais, quand on est étudiante, la bouffe, on ne fait pas trop gaffe…

— Justement, il le faut. Mais, il s'agit de mesures simples. Par exemple, consommer des huiles de colza de première pression à froid, des graines germées, des pousses de soja, des entremets au soja, des tisanes à base de certaines plantes, etc. et, dans le même temps, éviter les sucres raffinés, l'alcool… Ce nouveau comportement alimentaire va aider ton système immunitaire à se reconstruire.

Il lui prodigua encore un certain nombre de recommandations d'ordre alimentaire, puis lui parla d'un accompagnement, en dehors de la médecine classique, lui suggérant de faire des petits exercices physiques chaque jour durant quinze à trente minutes, d'avoir recours à des séances de magnétisme ou, mieux encore, de séances de champs électromagnétiques pulsés et d'acupuncture… Autant de compléments qui pouvaient être de nature à réduire son invalidité progressivement et lui permettre de mieux vivre.

Il lui parla aussi de la foi, de la croyance… Il lui dit que chaque individu pouvait être aidé par une force supérieure, qu'il suffisait de la solliciter et qu'elle lui viendrait en aide… Mais, il n'insista pas davantage sur cet aspect car il voyait qu'Annabel se lassait un peu de l'écouter et peinait à soutenir son attention. Il lui parlait parfois doucement, comme s'il s'adressait à quelqu'un de fragile. Quand il s'approchait d'elle, elle lui paraissait si éclatante qu'il ressentait des élans d'admiration qu'il s'efforçait de dissimuler.

En effet, Annabel, bien que très intéressée par tout ce qu'il lui disait, étant concernée en premier lieu, voyait l'heure tourner et voulait avant tout, dans l'immédiat, profiter de sa présence pour nouer une relation plus sentimentale, intime. Elle lui avait pris la main qu'elle relâchait à chaque passage du personnel. Elle l'observait avec tendresse et pudeur, d'un regard énamouré, révélant la force de ses sentiments.

— Promis, je commence dès demain pour les petits exercices physiques et je demande à ma mère de me prendre des rendez-vous auprès de différents praticiens, comme tu me l'as préconisé, crut-elle utile de préciser comme pour mettre un terme à ce chapitre. Elle s'efforçait à présent de trouver une diversion. Il lui parlait maladie, elle, aurait tellement préféré parler d'amour…

— N'y va pas trop violemment au départ, l'objectif premier étant d'entretenir les muscles et puis, de faire un pas ou deux, difficilement au début, puis trois ou quatre ensuite, jusqu'au moment où je pourrai t'accompagner en te tenant la main pour une courte promenade ! dit-il en lui souriant.

— Je t'adore, lui lança-t-elle en tentant de lui enlacer le cou de ses deux bras, se voyant, l'espace d'une seconde, marchant à ses côtés pour une petite balade.

Il se laissa faire et elle fondit en larmes. Elle l'embrassa discrètement, les lieux ne permettant pas de se montrer trop exubérant. Puis chacun reprit sa place correctement. Et ils continuèrent à parler. Annabel esquissait de temps en temps certains gestes plus familiers comme pour marquer son insouciance. Près de deux heures venaient de s'écouler, il lui présenta ses excuses et lui assura qu'il devait y aller, il était déjà très en retard. Ils appelèrent un taxi et il la raccompagna dès que ce dernier se présenta devant le restaurant. Ils s'embrassèrent fougueusement, debout, l'un contre l'autre, avant que le taxi l'emporte. Il lui rappela de ne pas tenter de le joindre au travail, car c'était interdit dans son service, de même, elle ne devait plus l'appeler sur son portable dans les jours à venir.

— Je dois me rendre à une réunion très importante ce soir, peut-être serai-je en mesure de t'en dire davantage dans les jours prochains. Mais ne t'inquiète pas, je ne pense qu'à toi et rien qu'à toi… et toi… prends bien soin de toi surtout! lui dit-il dans un dernier murmure troublant.

Pour tenter encore de retarder un tout petit peu le départ, elle ne put s'empêcher de lui demander :

— Quand est-ce qu'on se retrouve ?

— Ben… mercredi… à ta prochaine sortie en ULM.

Annabel baissa la tête et regarda le sol, contrariée. Elle éprouvait un sentiment si fort pour lui qu'elle avait peur de ne pouvoir se contenir et de commettre d'irrémédiables maladresses pour essayer de le garder. Kevin s'en rendit compte et en fut gêné, aussi préféra-t-il la rassurer :

— Désolé, mais je suis très pris en ce moment… Allez, courage ! À mercredi… D'ici là, je penserai beaucoup à toi.

Dans le taxi qui la ramenait à l'université, Annabel pleurait doucement sans savoir s'il s'agissait de larmes de bonheur ou de douleur. Il lui aurait été difficile d'analyser exactement ce qu'elle avait ressenti au cours de cette soirée, mais elle sentait qu'elle avait été bouleversée. Le chauffeur devait sans doute penser qu'elle venait peut-être de vivre une rupture et il tentait de surprendre de temps à autre son regard dans le rétroviseur.

Elle aurait tant voulu entretenir Kevin de sa conception de l'amour comme si elle l'avait fréquenté réellement, depuis de nombreux mois… Elle se dit qu'elle « déraillait » peut-être sévèrement. Pourtant, la providence avait mis sur sa route ce jeune homme qui savait éclairer d'un jour positif les choses de la vie, combler l'abîme creusé par la maladie, combattre, effacer ses doutes sur sa foi… Elle allait s'accrocher à la vie et à Dieu qui lui viendrait en aide ! L'espoir devait demeurer coûte que coûte…

L'instant d'après, elle eût été incapable de dire dans quel état elle se trouvait véritablement. Son esprit était tiraillé entre l'espoir qui s'incarnait dans tout ce que Kevin représentait désormais pour elle, et le désespoir face à sa maladie invalidante qui ne lui permettait pas d'être une jeune fille comme les autres. Quelle serait sa vie en ce moment, si la maladie ne l'avait pas clouée dans son fauteuil ? Elle s'émerveillait de sa rencontre avec Kevin comme l'orpailleur découvrant une pépite, même s'il devra s'en séparer. Elle avait séjourné suffisamment longtemps dans la zone de basse pression du pot-au-noir et décida que le bonheur devait l'emporter, elle ne retint donc de cette soirée qu'un moment d'heureuse intimité… Son visage ne portait plus de traces de larmes et elle avait retrouvé sa beauté naturelle quand le taxi la déposa à destination.

En regagnant son logement, elle se remit en route, forte d'une énergie qui ne l'avait pas animée depuis longtemps. Kevin lui avait insufflé de l'optimisme. Il lui avait donné l'impression que rien ne lui paraissait si difficile qu'on ne puisse l'atteindre avec de la volonté et elle se sentait capable de la pugnacité nécessaire pour obtenir ce qu'elle voulait. Elle se percevait subitement inaccessible au doute, investie d'un inaltérable espoir. Elle croyait, plus que jamais, en l'avenir. Sa jubilation était intense.

Elle eut la surprise de découvrir Francesca qui l'attendait à la porte, impatiente de pouvoir parler avec elle. Dès qu'elles furent entrées et la porte refermée, elles se levèrent toutes les deux de leur fauteuil et tombèrent dans les bras l'une de l'autre, laissant éclater leur joie et quelques larmes aussi…

— Ça y est, nous l'avons fait ! Nous l'avons fait !

— Nous les avons vus… c'était super ! On s'raconte tout ?

Assises côte à côte sur le lit, dans le studio où l'abat-jour fantaisie d'une lampe diminuait la luminosité déjà faible, elles se racontèrent leur rendez-vous respectif et chacune eut à cœur d'enjoliver sa rencontre, comme pour se confirmer, peut-être, que leur amour était partagé. Dès lors, leur soirée fut gaie. Éludant bien des détails sans importance au regard de ce qu'elles ressentaient, elles se demandèrent même, par moments, si elles n'avaient pas complètement perdu le sens des réalités !

Dès qu'elles se furent quittées, avant de s'endormir, il leur parut que leur passion leur ouvrait les portes du paradis terrestre. L'amour qui illuminait leur cœur était incommensurable.

Le lendemain matin, Annabel ouvrit lentement les yeux. Elle aimait à retrouver cette pâle lumière de l'aube, car, pour elle, c'était toujours un moment d'espoir, de silence et de calme. Elle aimait souvent rêver qu'elle dansait comme les Apsaras du temple d'Anghor et planait ainsi quelques minutes entre rêve et réalité.

Pendant ces quelques minutes de rêve, les problèmes liés à sa vie quotidienne disparaissaient : plus de passé, plus d'avenir, plus de handicap. Tout oublier. Elle se complaisait dans cette sensation éphémère. Elle ne se précipitait jamais brutalement hors de son lit car elle savait que c'était pour retrouver la dure réalité : son fauteuil roulant et le labeur universitaire. Aussi s'octroyait-elle ces quelques minutes de grâce durant lesquelles il fallait laisser le temps s'étirer.

Aujourd'hui, cette lumière du jour naissant l'aveuglait. Sur son visage, il se lisait plus de fatigue que d'exaltation, signe que son sommeil avait dû être agité. Elle avait surtout retenu de l'entretien avec Kevin que ce qui comptait le plus étaient la foi, la volonté et la capacité à gérer son auto-guérison. Elle se devait donc de chercher à se dépasser.

*

Vendredi matin. DCPJ.

Ce matin, Franck Waltersen se sentait mieux, après cette soirée avec son amie à laquelle il s'attachait de plus en plus, et il prenait conscience qu'un peu de vie privée aidait à surmonter plus aisément les moments difficiles. Il avait oublié pour un temps ses petits problèmes d'insensibilité des pieds et des jambes dont il commençait à s'accommoder. Il se mettait même à croire, que ces petits troubles s'en iraient comme ils étaient venus. Cela ne pouvait pas en être autrement, se disait-il…

Complètement absorbé par son enquête, il venait de visionner le CD qu'il avait reçu de Francfort. Il était dubitatif, quelque chose le gênait encore et son sentiment se trouvait toujours partagé entre deux positions contradictoires : cette affaire était-elle le fait de quelques membres d'un groupuscule sans envergure, connu ou non de tous les services ou, au contraire, était-ce l'aspect visible de l'iceberg qui cachait une puissance importante ?

Il devait en parler au juge. Ce dernier, Gérard de Kerbonnec de Silijou, un homme pragmatique, efficace, descendant d'une grande lignée de la noblesse cornouaillaise, s'était montré brillant ces derniers mois sur des affaires pourtant peu évidentes. Dans son domaine juridique, il était devenu l'homme fort du moment aux yeux du chef de l'État et du ministre de la Défense et ces derniers lui accordaient toute leur confiance. L'Alsacien, Waltersen, appela le Breton, de Kerbonnec de Silijou, et lui fit part de son sentiment en privilégiant cependant la thèse d'un groupuscule, n'imaginant pas une seconde que le comportement de ces deux maîtres-chanteurs pût représenter un réel danger pour la sécurité des Français…

Le juge Gérard de Kerbonnec de Silijou, qui venait de s'entretenir longuement avec Jean-Hervé de la Buissonnière, ne partageait pas ce point de vue. Il se méfiait au contraire de ces petits faits, a priori sans importance, mais qui pouvaient subitement avoir une portée imprévue aux conséquences désastreuses… Sans abuser de sa passion pour la ratiocination, il alla droit au but cette fois :

— Je ne la sens vraiment pas cette affaire. Jean-Hervé est en train de rechercher du côté des transactions financières et il découvre que dans la nébuleuse des sociétés en amont ou en aval de l'O.S.M., des capitaux énormes circulent… Si ces types sont déterminés et s'ils en ont les moyens, rappelez-vous ce que vous ont dit Izmat Razak et ses deux associés, ils peuvent nous réserver n'importe quoi au vu de la tournure des événements et de leur volonté de nous montrer que la Belgique et l'Allemagne sont dans le coup. Il faut tout de même se rappeler que l'Allemagne, en septembre 2007, a déjoué plusieurs projets d'attentats et que, récemment, les polices danoise et suédoise ont aussi déjoué un attentat contre un journal danois. Même chose en Belgique après les attentats de Paris en janvier 2015 ! Soyons, nous aussi, capables de le faire ! Pour moi, je crois qu'il faut mettre le paquet avec les services d'Europol. Forts de leurs dix-sept fichiers spécifiques, ce serait bien le diable si nous ne découvrions pas un indice quelconque, non ? Vos homologues et vous-même, vous êtes-vous concertés pour approfondir votre action sur certains fichiers ?

— Non, pas plus que cela, pour l'instant…

— Eh bien, faites-le ! À mes yeux, il y a au moins quatre fichiers qui doivent être exploités au maximum de leurs possibilités. Sollicitez les fichiers Dolphin[17], Sustrans[18], Pachtou[19] et pourquoi pas Islamic Terrorism[20]. Car, si les menaces deviennent plus sérieuses, voire se concrétisent, je peux vous dire que ça va chauffer dans tous les coins et que le chef de l'État ne fera pas de cadeau… Vous me faites tourner le tout avec les informations obtenues dans l'affaire de ce trio « négociant en armes et explosifs », il ne faut rien négliger !

---

17. Concerne les organisations terroristes menaçant l'Europe.

18. Transactions financières suspectes.

19. Immigration irako-kurde et afghane.

20. Terrorisme islamique.

— Je m'en doute.

Waltersen n'ignorait rien de ces possibilités mais avait considéré ne pas disposer d'assez d'éléments pour actionner à fond cette procédure. Il se contenta d'approuver :

— Je mets mes équipes dessus.

— Ça aurait déjà dû être fait ! répliqua fermement son interlocuteur avant de raccrocher sans s'embarrasser de formules de politesse.

Franck Waltersen trouva le juge un peu excessif. Étaient-ce ses brillants succès des dernières affaires qui le rendaient aussi cassant ? Après tout, depuis le début du chantage, que s'était-il passé réellement ? Pas grand-chose. Juste de vagues menaces en l'air, sans portée réelle, et tout cela dans la plus grande discrétion, car l'affaire n'avait pas vraiment transpiré dans le domaine public. En réalité, tout se déroulait comme si rien ne s'était passé.

Néanmoins, par précaution, le commissaire en avisa le patron de la DCPJ. Puis, il décida de se montrer calme et professionnel. « Il faut parfois savoir afficher les vertus qu'on n'a pas ! » se dit-il. Il rassembla ses chefs de service et son équipe et leur demanda de lancer, sans plus attendre, des démarches approfondies avec leurs homologues de Belgique et d'Allemagne sur les quatre fichiers préconisés par le juge. Néanmoins, la réunion, par son ton général, n'échappa pas à la platitude. Personne dans le groupe ne dépassa le stade de la rhétorique de circonstance et les paroles furent noyées dans un flot de clichés déversés par les orateurs. Quant aux autres, ils se bornaient à des gestes témoignant de leur ignorance.

Le commissaire Franck Waltersen en avait décidé ainsi car il savait qu'il ne pouvait faire autrement ; le moindre manquement et il sautait… Pas question de jouer au malin ni de tenir compte de ses états d'âme pas plus que de ceux de ses gars… Il avait fait toute sa carrière dans la police et n'avait connu, pour ainsi dire, que des succès : bonnes promotions, policier moderne, il aspirait encore à jouer un rôle dans certaines strates supérieures.

*

Vendredi après-midi.

Un premier appel en provenance d'Amsterdam annonça que pour réclamer la libération des huit personnes arrêtées en France dans le cadre de l'O.S.M., on avait déposé une bombe dans un avion de ligne devant atterrir à Roissy Charles-de-Gaulle. L'appel précisait le vol. Aussitôt, ce fut le branle-bas de combat à la DCPJ ainsi que du côté de l'aéroport où la direction de la sécurité dégageait immédiatement un espace pour permettre à l'avion d'être isolé. Elle mettait aussi en place tous les moyens de sécurité pour prendre en charge les passagers et vérifier le bien-fondé de l'appel téléphonique.

La voix n'était pas à celle des deux correspondants habituels. L'intonation était celle d'une personne des Pays-Bas qui aurait un léger accent oriental. Réalité ou canular ? La tension montait sérieusement…

Une heure plus tard, nouvel appel en provenance de Berlin cette fois, même message, même menace…

Les choses se compliquaient rapidement. Côté aéroport, il devenait déjà plus difficile d'isoler un deuxième avion, d'autant qu'ils se suivaient à quelques minutes près pour l'atterrissage. L'excitation venait de monter d'un cran dans tous les services de la police, à l'aéroport et dans les états-majors. La menace devenait sérieuse. Si l'information était avérée, l'affaire allait prendre une tout autre tournure.

Le premier avion, en provenance d'Amsterdam, atterrit sans encombre et fut dirigé à l'écart. Tous les systèmes de sauvetage furent actionnés et les passagers évacués rapidement sans difficulté, à quelques bobos près. Les pompiers sécurisèrent les lieux et les spécialistes examinèrent aussitôt la soute à bagages de l'avion où devait se trouver, selon l'appel téléphonique, la fameuse bombe.

Le deuxième avion en provenance de Berlin fut dirigé de la même façon et il fut procédé de même, mais cette fois, une pluie diluvienne vint s'abattre sur l'aéroport, compliquant un peu plus le processus de sortie précipitée des voyageurs et occasionnant pour certains passagers quelques contusions lors de l'utilisation des moyens d'évacuation.

Tandis que la panique se faisait sérieusement sentir partout, un troisième appel en provenance de Bruxelles présenta un message identique aux deux premiers pour un avion annoncé sur Paris dans moins d'une heure. L'organisation de la sécurité de l'aéroport se retrouva sens dessus dessous et les perturbations dans les départs et les arrivées se firent sérieusement sentir. Au même moment, les spécialistes venaient de découvrir une bombe désactivée dans le premier appareil, ce qui ne permettait plus de prendre les menaces à la légère.

Alertés par la pagaille enregistrée à l'aéroport de Roissy Charles-de-Gaulle, les journalistes s'intéressèrent à l'affaire. Que se passait-il ? Cette affaire de chantage si « confidentielle » ne le serait certainement plus dans les heures suivantes.

Le juge Gérard de Kerbonnec de Silijou, très en colère, fit réunir toutes les personnes concernées par la cellule de crise. Cette affaire n'avait que trop duré, on avait perdu trop de temps à se poser des questions sur le bien-fondé des intimidations ! Aujourd'hui le ton était donné, la menace prenait une autre tournure, le bilan était éloquent : trois bombes, désactivées certes, mais bien réelles à bord d'avions de ligne, trois voix nouvelles dans les annonces téléphoniques semblant correspondre aux nationalités des pays d'où étaient parvenus les messages. L'affaire venait de passer dans la catégorie des organisations terroristes menaçant l'Europe !

Cette fois, le chef de l'État intervint, suivi des ministres concernés par l'affaire... Désormais, il s'agissait d'obtenir des résultats, et vite, et d'arrêter cette engeance ! Il fallait toujours exclure le principe de pourparlers avec les terroristes sur la demande de libération des huit hommes. Mais, il était préférable d'utiliser un ton neutre qui ouvrirait la porte à d'autres discussions. En clair : pas question de céder au chantage ou de négocier sous la contrainte, mais obligation de mettre fin aux agissements de ce groupuscule. En cette veille de week-end, tous les moyens de sécurité devaient être renforcés et rester en alerte maximum. Le chef de l'État indiquerait rapidement qui, du ministre de la Justice ou de l'Intérieur, serait chargé du communiqué à la presse.

*

Communication médiatique.

Au journal de vingt heures, ce fut le ministre de l'Intérieur qui prit la parole et répondit aux questions de l'animateur vedette de la chaîne. Il s'en tint à des propos politiques et à des généralités, ne faisant à aucun moment allusion à l'origine de cette affaire, c'est-à-dire aux arrestations des huit membres dirigeants de l'O.S.M. en France, l'objet même du chantage. Il reconnut simplement être en butte au chantage d'un mystérieux groupuscule.

— Tous nos moyens sont déployés pour rechercher activement depuis de nombreux jours les auteurs de cette menace à l'encontre de la sécurité des Français. Nous suivons plusieurs pistes et nous avons de bons espoirs de mettre fin rapidement à l'action de ce groupe jusque-là totalement inconnu de nos services.

— Pouvez-vous nous parler des explosifs découverts dans les avions ?

— Les spécialistes se concentrent effectivement sur leur nature. Ils intriguent les enquêteurs qui s'attachent à déterminer s'ils ne sont pas la marque d'une « école » particulière de fabrication d'explosifs. Il faut bien préciser aux téléspectateurs qui nous écoutent que toutes ces bombes étaient désactivées, ce qui explique, en partie, le fait qu'elles n'aient pas été détectées à l'embarquement. En effet, c'est le plus souvent leur système de mise à feu qui permet leur détection.

— Qui sont-ils : terroristes, truands ?

— Nous ne le saurons réellement que lorsqu'ils seront arrêtés. Les maîtres-chanteurs semblent être au moins au nombre de cinq. Cinq hommes.

— Quelles sont leurs motivations ?

— Elles sont pour l'instant mal définies et les menaces réelles d'un passage à l'acte restent pour le moins faibles. Tout ceci ne devrait en rien modifier quoi que ce soit en matière de vol. D'ailleurs, à l'heure qu'il est, les vols au départ de Roissy Charles-de-Gaulle n'accusent plus le moindre retard. Bien entendu, toutes nos équipes sont en vigilance maximum pour ce week-end et restent mobilisées.

*

Franck Waltersen, privé.

Il appela une nouvelle fois sa fille pour lui annoncer un nouveau report de week-end. Il eut de la chance de la joindre assez rapidement.

— Tu tombes bien, papa. Je pensais justement t'appeler.

— Pour le week-end que nous devions passer ensemble ?

— Heueu… non… pas vraiment. Comme je ne vous vois plus beaucoup, ni l'un ni l'autre, depuis quelque temps, j'ai beaucoup discuté avec Fabien…

— Oui, et alors ?

— Je pensais que nous pourrions vivre ensemble, tout simplement, ce serait plus simple…

— Tu le crois vraiment ? Je préférerais que tu termines ta maîtrise, après si tu attaques l'E.N.M.[21] à Bordeaux, tu devras être aussi libre que possible, non ? Tu ne crois pas ?

— Peut-être, mais on n'a qu'une seule vie, je bosse, je bosse, je bosse et je ne vis pas.

— Je comprends. Ce n'est qu'un passage obligé et après, tu feras ce que tu voudras. En as-tu parlé à ta mère ? Qu'est-ce qu'elle en pense ?

— Vous avez toujours l'art de vous repasser la patate chaude, « demande à ton père », dit l'une et « demande à ta mère » répond l'autre. Et moi, dans tout ça, qu'est-ce que je fais ?

Franck en convint tout à fait. Elle avait raison. Mais que pouvait-il faire de plus ? Il était préférable qu'elle termine sa maîtrise et quand elle serait en E.N.M. elle pourrait commencer à vivre différemment. Comment devait-il lui expliquer tout ceci sans la froisser, sans la fâcher ? C'était délicat de mener ce genre d'entretien d'autant qu'il se souvenait des périodes difficiles qu'il avait dû mener avec elle avant le bac, quand elle était prête à tout arrêter pour aller travailler comme caissière dans une grande surface et suivre un petit copain qui avait tout raté jusque-là. Il se souvenait que l'alerte avait été chaude. Puis, cela avait été la même chose avant la licence, nouvelles turbulences et Amélie était rentrée dans le rang, une fois de plus.

— Je te comprends ma chérie, mais tu arrives au bout, tiens encore un peu le coup et tu verras quand tu seras à Bordeaux… Qu'envisage Fabien après la maîtrise ?

21. *École Nationale de la Magistrature.*

— Il hésite encore, il est moins attiré par la magistrature et envisage peut-être d'être avocat ou notaire… Il ne sait pas encore…

— Ce n'est pas la même chose.

— Je sais ! Si tu crois que c'est facile ! Tu penses que la vie réclame de nous de la compassion ? Je ne le crois pas. Moi, je dis que ce que la vie me demande, c'est de la célébrer ! Je me souviens encore… c'était l'année dernière quand je travaillais pour mon job d'été dans une maison de retraite… j'ai sympathisé avec un centenaire et j'ai voulu savoir comment il se sentait. Il m'a regardé, m'a souri, étonné, et répondu à propos de sa vie : je ne sais pas trop, tout s'est passé si vite ! Alors, moi, j'ai vingt-deux ans, je n'ai rien vu, rien fait encore et ma vie va passer si vite que je me dis qu'il me faut penser aussi un peu à moi…

— Je sais parfaitement ce que tu veux me dire. Mais, je t'assure, laisse encore passer un peu de temps, je te demande juste quelques mois et après, ton avenir s'éclaircira, je te le promets…

— Désolée, je crois que, pour une fois, je ne vais pas t'écouter.

— Je t'en prie, réfléchis, juste quelques mois…

Mais elle avait raccroché. Il l'imaginait renfrognée, très contrariée. Céderait-elle encore une fois ? Il savait que plus elle mûrissait, plus ce serait difficile, jusqu'au jour où… Il tenta de la rappeler, mais elle avait coupé son portable. Franck se dit qu'il n'avait pas besoin de ça dans le moment, sa vie était déjà assez compliquée. Mais comment pouvait-il faire autrement ? Il n'avait que cette fille, il n'aimait vraiment qu'elle sur cette terre…

Il appela son ancienne épouse.

Mais comme d'habitude, celle-ci ne répondit pas, il lui laissa un message sur sa boîte vocale. Il espérait néanmoins qu'Amélie reviendrait à de meilleurs sentiments, que ce n'était peut-être qu'une petite question de patience.

Il appela son amie pour lui dire qu'il serait bloqué tout le week-end, fort heureusement elle ne s'en formalisa pas et il se dit qu'il devait être bon de retrouver quelqu'un qui saurait l'accompagner et le soutenir, cette hypothèse l'encourageait et lui revint à nouveau la réflexion de Jean-Hervé de la Buissonnière…

La contrariété avec sa fille avait réveillé ses petits problèmes de sensibilité des membres inférieurs. Il fit le rapprochement qu'une tension nerveuse importante agissait sur ce comportement, preuve se dit-il qu'il était bien question d'une relation avec son système nerveux… La charge étant telle, qu'il s'obligea à laisser de côté cette inquiétude.

*

Cellule de crise.

La tension était extrême dans la salle de réunion où tous les membres de la cellule de crise venaient de suivre l'allocution télévisée. Tous les représentants de la première réunion se trouvaient dans cette salle sauf le magistrat spécialisé du TGI de Paris remplacé par le juge Gérard de Kerbonnec de Silijou.

À l'issue de celle-ci, le commissaire Franck Waltersen balaya du regard l'aréopage qui se tenait autour de la grande table ovale. Comme lors de la première réunion, il se disait qu'il avait rarement vu un pareil plateau de chefs rassemblés en un même lieu. Il s'efforça de révéler par son attitude une personnalité énergique.

Jean-Hervé de la Buissonnière confirma que les transactions financières laissaient prévoir une opération de grande ampleur. C'était également ce qui avait été constaté un peu avant septembre 2001 aux États-Unis et plus tard à Londres, Madrid, Bombay, Stockholm et plus récemment au Danemark.

Il rajouta :

— Aujourd'hui, nous pouvons nous considérer dans une situation de risque maximum… Il faut tout de même se souvenir que dans les années 80 et 90, aucun service secret du monde n'avait vu venir la montée du terrorisme islamique. Hors, actuellement, l'après Ben Laden est engagé et l'éclatement de cette nébuleuse cumulée à la révolte des peuples dans les pays arabes et la montée de certains partis radicaux n'arrangent rien. Nous ne sommes plus en face d'un groupe mais d'une multitude de groupes, entre les Talibans, Al-Qaïda en Afrique du Nord dit Maghreb islamique mais qui s'étend désormais sur quasiment la moitié de l'Afrique dont seul le virus Ebola semble délimiter une frontière au centre ouest de l'Afrique pour aller jusqu'au Yemen, Boko Haram, Ansar al-Charia, le Front al-Nusra et j'en passe… et le plus inquiétant de tous, l'État islamique ou Daesh, n'importe quel groupuscule à la base peut se revendiquer d'appartenir à l'un de ces groupes ce qui rend de plus en plus complexe le moyen de les localiser et donc de les poursuivre d'autant que la plupart de ceux-ci font allégeance à Daesh…

— Ces groupes recrutent en permanence dans toute l'Europe de l'Ouest, rajouta Franck Waltersen, et le plus dangereux c'est que derrière peut se cacher désormais une multitude d'organisations opaques soutenues financièrement par certains états ou partis… qui agissent parfois sinon le plus souvent pour leur propre compte mais en brandissant des idéaux religieux, pratiquant l'amalgame de multiples raisons comme prétexte djihadiste…

— Absolument, poursuivit Jean-Hervé de la Buissonnière. Avant cette menace, Paris a souvent été visée et malheureusement profondément touchée en janvier 2015 au siège de *Charlie Hebdo*, puis ce fut au tour de Copenhague en février et en mars du Musée du Bardo à Tunis… La menace est obligatoirement à prendre au sérieux. Car cette fois le rappel à l'image de la Tour Eiffel, lieu hautement symbolique, apparaît en toile de fond… Il faudra donc avoir une concentration maximum sur cet édifice.

L'affaire était grave. Elle justifiait un déploiement de grande envergure. Car, à cette heure, personne ne savait toujours d'où viendrait le coup et il fallait désormais être en mesure d'assurer la protection des citoyens.

— Les premiers suspects sont, tout naturellement, les nouveaux mouvements terroristes islamistes, mais nous ne détenons aucune preuve, seulement des présomptions, au regard de conversations interceptées ou tapées sur nos moteurs de recherches informatiques sur des lignes surveillées, de certains transferts de fonds, numéros téléphoniques ou courriels concernant l'O.S.M. Je vous demande donc à tous la plus grande efficacité en même temps que la plus grande discrétion. Il ne s'agit pas uniquement d'une affaire française… Un seul fait, ici, est important : ils menacent avant d'agir. Dans nombre d'attentats, ils agressent et revendiquent ensuite, exploitons cet avantage.

— Les auteurs veulent sans doute faire monter la pression afin de donner plus de poids à une menace annoncée, rajouta le chef de cabinet du ministre de la Justice.

— Il ne faut peut-être pas non plus voir des fanatiques partout, s'insurgea un autre membre qui avait dans la voix ce qui ressemblait à une note d'espoir. Il rajouta : cette action se veut peut-être symbolique et nos inconnus veulent simplement nous adresser un message fort, nous éprouver…

Tous gardaient un silence grave. Le groupe se perdait en spéculations de toutes sortes et bien souvent contradictoires. Cette réunion de débriefing qui suivit la déclaration télévisée, fut aussitôt prolongée par une réunion en vidéo-conférence en anglais organisée à partir d'Europol à La Haye pour mettre en liaison la Belgique, les Pays-Bas et l'Allemagne. La menace se concentrait sur Paris, et la Tour Eiffel en particulier, mais rien n'empêchait qu'elle ne puisse à un moment ou à un autre s'inverser et se déplacer vers les trois autres pays afin que ceux-ci mettent la pression sur Paris pour libérer les membres détenus en France. Il fallait imaginer tout type de scénario.

La problématique se compliquait et il n'était plus question de se poser de questions, il fallait agir. Mais, en quel sens ? Comment ? D'où venaient ces personnes ? Ce groupe masquait-il une réelle organisation extrémiste internationale ? L'ombre d'Al-Qaïda au Yemen et de Daesh plana alors sur le groupe, car chacun savait que tous les courants plus ou moins issus d'Al-Qaïda, depuis la disparition de Ben Laden, continuaient à se développer dans l'ombre d'associations caritatives que ce soit au Maghreb, en Syrie, en Irak, au Yemen et dans toute la Péninsule arabique ou dans d'autres contrées et là, l'État Islamique prenait le leadership pour fédérer progressivement les différentes unités. Aussi, la nouvelle donne politique des pays arabes qui s'étaient révoltés venait compliquer à souhait les possibilités d'esquisser un plan fiable. Et toujours, concernant la France, la Tour Eiffel était présentée comme étant le symbole de la capitale.

Au Pakistan, Al-Qaïda bénéficiait de la faiblesse du pouvoir pris entre son alliance avec Washington depuis le 11 septembre et le jeu des contre-pouvoirs islamistes, notamment au sein des services secrets pakistanais dont deux cellules demeuraient indépendantes, celles du Cachemire et de l'Afghanistan. La disparition de Ben Laden selon le mode que le monde entier avait découvert, via les médias, subsistait en pointillé… Ainsi le Pakistan continuait-il de servir de base arrière aux opérations en territoire afghan, on l'avait encore vu lors de l'attentat de Peshawar avec les Talibans, au grand dam de son président au pouvoir…

L'État islamique doté d'un chef autoproclamé établi à Mossoul venait de brouiller toutes les cartes avec l'émergence durant l'été 2014 d'un califat à cheval entre Syrie et l'Irak, mettant en passant un peu de complication à la frontière Turque… Mais permettant enfin de créer une coalition d'une quarantaine de pays réunis à Paris en septembre 2014, même si cette coalition était composée de « drôles d'alliés ». Le pacifiste président Obama devait revoir sérieusement sa doctrine, de même pour la France, si anti-Téhéran et anti-Damas, l'heure imposait d'agir… Puis nouvelle union sacrée après l'attentat à Paris de janvier 2015…

Mais les informations restaient bien trop floues. Ce n'était pas une sinécure de se retrouver dans l'embrouillamini que représentaient les groupuscules, les sociétés ou associations plus ou moins discrètes, voire secrètes, qui pullulaient en France et en Europe et qui se faisaient alimenter en fonds à partir de toutes sortes de paradis fiscaux, chacune d'entre elles recherchant toujours à se faire une place dans des affaires légales. Il y avait ceux qui organisaient et géraient les actions ou les préparations d'actions à caractère terroriste et ceux qui les finançaient. Et toutes ces sociétés tentaculaires étaient pareilles à l'hydre de Lerne : quand on en coupait une tête, une autre repoussait aussitôt pour la remplacer…

Au terme de cette réunion, chacun considéra que, quoi qu'ils fissent, la France et peut-être certains pays d'Europe de l'Ouest, risquaient de connaître de sombres moments.

Par ailleurs, outrepassant la limite juridique des possibilités d'action en termes de réglementation et respect de procédure des personnes incarcérées, un feu vert fut donné, en toute discrétion, pour « cuisiner » les huit membres de l'O.S.M. de même que le trio Razak, Choukroune et Youssouf, même si les explosifs qu'ils négociaient n'avaient rien à voir avec ceux découverts dans les avions de ligne. On pouvait seulement assurer que le trio n'avait pas été à l'origine de la livraison, ce qui permettait de ne pas les impliquer, pour l'instant encore, dans cette affaire. On disposait donc de quarante-huit heures pour les faire parler… Ordre avait été donné de pratiquer un interrogatoire musclé mais discret.

— Mais la police ne peut plus intervenir auprès des prisonniers… tenta de réagir le patron.

— Débrouillez-vous avec le centre de détention pénitentiaire, lui avait-on répondu.

— Mais ce n'est pas légal !

— Et les attentats, croyez-vous qu'ils le soient ? Je vous rappelle que lorsqu'il s'agit de terrorisme, les lois ne sont plus les mêmes !

Devant de tels arguments et le lieu d'où émanaient les ordres, il fallait obtempérer…

*

Pression journalistique.

Un journaliste de *Libération* avait essayé de mener son enquête, faisant le rapprochement entre le chantage et la libération des membres de l'O.S.M. à moins qu'il n'ait bénéficié d'une fuite en « haut lieu ». Il prit contact avec la DCPJ pour son article avant de révéler ce scoop. Son appel fut dirigé vers le commissaire Franck Waltersen qui s'efforça de ménager la chèvre et le chou car il connaissait la réputation de cet excellent journaliste.

— Vous détenez probablement une information authentique. Seulement, pour des raisons touchant à la sécurité nationale et internationale, je vous demande, avec l'appui de mon ministère de tutelle, de retarder toute publication.

— Et que faites-vous de la liberté de la presse ?

— Dans l'état actuel des choses - le ton était grave et solennel - je ne peux pas vous en dire davantage sans trahir le secret défense concernant la lutte contre le terrorisme ou la forme de grand banditisme qui affecte notre République.

— Mais en quoi cela peut-il constituer une réelle menace ?

— Je ne peux vous en dire davantage dans le moment, mais sachez que nous demandons à la presse le silence le plus complet sur cette affaire en dehors de la communication télévisée qui a été faite. L'important dans l'immédiat est de sauver des vies humaines et je pense que, comme vos éminents confrères, vous saurez attendre pour révéler au public tous les éléments de cette affaire que la vague d'arrestations soit bouclée, ce qui ne saurait tarder.

Le journaliste s'en accommoda, même s'il restait sur sa faim.

*

Résidence diplomatique.

Ayman et Souleyman venaient aussi de suivre les informations télévisées et d'enregistrer la partie les concernant. Ils continuaient à fixer l'écran de leur regard chargé d'hostilité. Ayman ne cacha pas sa colère :

— Ils veulent donner l'impression de dominer le sujet alors qu'ils ignorent totalement tout de nous ! Et, en plus, ils éludent complètement les raisons de cette action, en refusant publiquement de faire le rapprochement entre la demande de libération de nos huit amis de l'O.S.M. et cette menace que nous maintiendrons s'ils ne nous écoutent pas ! Il est clair que, dès lundi, nous donnerons un ultimatum, cette fois irrévocable. La Tour Eiffel peut trembler sur ses quatre pieds…

Ayman disposait désormais de solutions pour faire frémir l'état français. « Ils » l'avaient assuré de la mise à disposition de moyens permettant de commettre un attentat hors du commun, comme cela s'était déjà pratiqué à Madrid, Londres, Bali, Bombay ou ailleurs… Il restait juste à mettre en œuvre leur acheminement pour ébranler la capitale.

— Ce sera un symbole de poids pour le premier de nos grands attentats dans ce pays. Pour avoir ruiné nos projets immédiats en Europe de l'Ouest, nous allons montrer que, désormais, nos ennemis doivent nous craindre ! Et l'action viendra du ciel… car Allah est avec nous !

Il laissa échapper un long ricanement de haine. Haine et violence avaient toujours été entretenues par leur mouvance. Cette longue histoire de ressentiment risquait d'aboutir à une nouvelle hécatombe…

VII

Week-end. Londres.

Le quartier chic de Mayfair abritait la très belle résidence de la famille d'Annabel Jones. En fin de matinée de ce samedi, la jeune fille venait de rejoindre le domicile familial où un taxi l'avait déposée.

Après le vestibule et son dressing, une porte donnait sur la cuisine que sa mère avait toujours voulue grande et fonctionnelle. Aussitôt, les odeurs familières l'assaillirent : la viande rôtie, le café, les pommes qui cuisent tranquillement au four dans le traditionnel crumble qu'elle adorait et que sa mère réussissait à merveille. Elle se savait de retour à la maison. Jamais aucun autre lieu n'avait comblé le cœur d'Annabel comme celui-ci : ni le studio universitaire, témoin de certaines frasques, ni le pavillon de vacances de ses parents, situé en France, dans le golfe du Morbihan, qu'ils rejoignaient chaque été.

Personne ne l'avait entendue arriver, aussi était-elle restée là quelques minutes, comme fascinée… Sa mère entra en chantonnant, comme elle le faisait souvent :

— Mais, tu es là ? Je n'ai pas su que tu étais arrivée…

Dès qu'Annabel put se tenir debout près de son fauteuil, elles se précipitèrent dans les bras l'une de l'autre. Elles s'embrassèrent tout à leur joie.

— Comme tu es belle, je te trouve épanouie ! lui lança sa mère en s'écartant pour mieux la regarder. Pas trop fatiguée par les cours ?

— Non, ça va ! Je supporte et j'ai le rythme.

Elles parlèrent de choses et d'autres dans la joie des retrouvailles. Adam, son jeune frère, était absent, il était parti la veille pour deux semaines avec son école… Annabel l'adorait et réciproquement. À seize ans, il savait se montrer à la fois le frère, l'ami, le complice et parfois même le confident. Elle regretta vivement son absence. Elle s'inquiéta alors de son père :

— Ton père ? Dans son bureau comme d'habitude, comme si celui de son travail ne lui suffisait pas…

— Je vais le rejoindre.

— Vas-y ! Je dois surveiller la cuisson.

Elle frappa à la porte et glissa tant bien que mal une tête dans l'entrebâillement de la porte. Son père téléphonait mais lui fit signe d'entrer. Elle se glissa discrètement dans cette grande pièce, au décor masculin, avec son majestueux bureau victorien à tiroirs et sa grande bibliothèque pleine de gros ouvrages. Quelques tableaux rupestres ornaient les murs recouverts de chintz défraîchi par le temps. On pouvait à peine entendre les bruits de la maison et encore moins celui de la circulation sur l'avenue proche. Elle roula sur l'épais tapis tout bouclé pour se placer au bout du bureau, au côté de son père. Elle aimait ce bureau chargé de souvenirs. Devant le sous-main, plusieurs photos dont la plus grande représentait la belle adolescente qu'elle avait été, en tenue de tennis avec un bandeau qui retenait ses cheveux blonds. Sa jupette révélait de longues jambes athlétiques. Habituellement, ce cliché lui faisait mal, mais pour la première fois, elle se mit à penser à ce que lui avait prédit Kevin… qu'elle remarcherait.

Son père continuait sa conversation téléphonique et semblait impatient d'y mettre un terme. Annabel en profita pour le regarder. Hâle soigneusement entretenu toute l'année, son père, la cinquantaine, cultivait le style chic décontracté. De longues mains très soignées et de grands yeux noirs au regard embrasé. Deux pôles d'attraction gouvernaient la vie de cet homme plein d'aisance et de séduction : son travail et sa famille. Enfin, il raccrocha.

— Ma belle, comme je suis heureux de te voir aussi radieuse, ça a l'air d'aller !

— Comme tu vois, papa !

Elle se leva de son siège en se tenant au bureau, puis lâcha prise pour enlacer son père longuement, heureuse de le retrouver. Il ne faisait aucun doute, se dit Annabel, que sa mine réjouie faisait l'unanimité. Elle en profiterait pour parler à table de sa rencontre avec Kevin et mettre en avant les aides qui pouvaient lui apporter un bien-être face à sa pathologie.

*

Tard dans la nuit de samedi à dimanche. Interrogatoire des représentants de l'O.S.M.

Les interrogatoires individuels des huit hommes s'éternisaient. Ou ils se retranchaient dans un silence maîtrisé, ou le cloisonnement de l'association et de tout ce qui gravitait autour était tel qu'il leur était véritablement impossible de révéler quoi que ce soit. Tel un leitmotiv, les réponses revenaient régulièrement :

— Non, nous n'avons aucun contact direct avec notre hiérarchie.

— Oui, nous ignorons même où se situe réellement la direction de cette organisation. Elle peut être installée aussi bien en France que dans n'importe quel pays du monde.

Concernant les téléphones portables, tous les appareils étaient achetés sous un faux nom, payés en liquide et ne fonctionnaient qu'avec des cartes. Ils n'étaient utilisés qu'une seule fois puis détruits. Tous ces appareils avaient donc disparu. Certes, ils reconnaissaient les transferts énormes de fonds en provenance d'associations ou de sociétés dont l'activité économique réelle restait à prouver. Mais ils ne connaissaient rien de celles-ci… Les propos recueillis ressemblaient à un marais : mouvant, sans aucun repère ni aucun appui… Tout pouvait être vérité et mensonge à la fois.

Selon les enquêteurs, il fallait déjà se décider à employer les grands moyens contre ces personnes qui étaient la cause du chantage subi par les autorités. Celles-ci semblaient se replier derrière une règle, semblable à celle des trois « S » bien connue en franc-maçonnerie, « Serment/Silence/Secret ». Cependant, l'une d'entre elles paraissait plus vulnérable. Elle fut aussitôt prise à partie sévèrement et ce fut la seule personne qui esquissa un début de révélation :

— Ici, en France, notre association est insignifiante, je dirais même presque banale, mais derrière cette dénomination passe-partout, se cache l'une des organisations les plus puissantes au monde. Cette dernière est en mesure de frapper partout, chaque fois que ses dirigeants le veulent, aussi fort qu'ils le veulent, sans se soucier des engagements politiques des pays visés, simplement parce que ces derniers ont contrarié leurs projets. Des fidèles sont actuellement prêts à agir dans le monde entier…

Quant au trio, Razak, Choukroune et Youssouf, il ne dérogea pas d'un iota aux déclarations consignées dans les P.V.

Les portables saisis sur Youssouf dans sa voiture, lors de son arrestation, avaient donné quelques pistes qu'il convenait encore d'exploiter. Il dut s'expliquer et lâcha quelques noms et adresses.

Au petit matin, le bilan final restait bien maigre. En revanche, tous les enquêteurs avaient cette fois une réelle conscience du danger que présentait ce refus de négocier avec les maîtres-chanteurs. Quant aux officiers de police judiciaire, contrairement à l'habitude, ils préconisaient, même si cela devait déplaire en haut lieu, de céder au chantage, aussi odieux soit-il…

Franck Waltersen fut bien obligé de remonter le réel ressenti de ses troupes, à son corps défendant, car il redoutait la réponse et regrettait vivement son incapacité à avoir obtenu quelque chose de concret. La mort dans l'âme, vivant sans nul doute un des moments les plus noirs de sa vie, il suivit ses hommes dans la décision prise, la France devait appliquer sans délai le plan vigipirate écarlate, c'est-à-dire, le niveau le plus élevé, une attaque terroriste étant imminente.

La réponse fut cinglante. Il était hors de question de céder à un quelconque chantage. Il appartenait à toutes les équipes de police de mettre un terme rapidement à cette sordide affaire ! Les propos, venant des plus hautes instances, se voulaient déterminés :

— Il n'y aura aucune faiblesse face au terrorisme, quel qu'il soit et quelle que soit son origine ou sa motivation, sur le territoire de la République Française ! Nous sommes totalement déterminés, face à ce terrorisme-là et à tous les autres ! Les terroristes sont des lâches !

Suivit toute une litanie sur le bon travail effectué en Allemagne, en septembre 2007, quand Angela Merkel et le procureur général fédéral, Monika Harms, avaient annoncé avoir déjoué des projets d'attentats à la voiture piégée visant des cibles américaines sur le territoire allemand. Fut aussi rappelée la nécessaire coopération internationale dans la lutte antiterroriste, on douta même que la France sût en faire autant !

L'attaque fut rude et sans détour, frappant le patron de la DCPJ de plein fouet et par ricochet le commissaire Waltersen et ses équipes.

*

Franck Waltersen, privé.

Chaque jour et plusieurs fois par jour, il repensait à sa fille. Il tenta de la rappeler à de nombreuses reprises ; elle devait toujours être fâchée, car elle ne décrochait pas et ne répondait ni aux messages ni même aux SMS. Cette situation l'agaçait, ce n'était pas le moment de tout casser à quelques longueurs du but de ses études !

Son épouse finit par le rappeler et préconisa simplement de laisser leur fille faire comme elle l'entendait ! Ils s'accrochèrent une fois de plus sur cette attitude que Franck Waltersen jugeait irresponsable.

Finalement, tout allait de travers. Rien dans son entourage familial ne venait lui remonter le moral !

Il appela son amie, mais celle-ci était fort occupée et ne put bavarder longtemps avec lui, elle l'assura cependant de son soutien et manifesta son plaisir de le retrouver rapidement en tête-à-tête, ils évoluaient à grands pas vers une relation durable…

Ce fut sa seule consolation. La tension nerveuse étant extrême, il sentait à nouveau que le fourmillement dans ses membres inférieurs le rappelait à l'ordre et il se dit qu'il devait rapidement effectuer, malgré tout, un électromyogramme car ces sensations persistantes lui semblaient inquiétantes.

*

Résidence de la famille Jones, à Mayfair. Centre ouest de Londres.

Le dîner s'était déroulé dans le calme et la joie. Juste après la fin du repas, tandis que la maman d'Annabel s'apprêtait à préparer café, tisane ou thé selon le goût et l'envie du moment des uns et des autres, Annabel précisa qu'elle souhaitait une infusion de plantes :

— Un mélange de lapacho et de prêle… ce sont des plantes séchées. J'ai apporté ma boîte ! lança-t-elle.

J'ai aussi des comprimés d'échinacéa. Elles stimulent mon système immunitaire qui en a bien besoin. Et surtout pas de sucre raffiné! ajouta-t-elle. Alors que, jusque-là, elle en avait toujours abusé, comme du lait d'ailleurs.

Elle suscita la surprise générale et, afin de répondre à l'air interloqué de ses parents, elle les invita à s'asseoir au salon.

— J'ai des révélations à vous faire!

Dès que ses parents furent bien installés, elle raconta sa rencontre avec l'instructeur-pilote de vol en ULM, expliqua tout ce qu'il lui avait apporté en termes de volonté et de connaissances pour lutter contre la maladie qui la privait presque totalement de l'utilisation de ses jambes. Elle raconta aussi comment il lui avait fait prendre conscience de tout ce qui était en son pouvoir pour sortir de cette maladie invalidante. Elle leur affirma qu'elle croyait à nouveau plus que jamais en Dieu et qu'elle allait s'en sortir et jetterait un jour aux orties ce satané fauteuil roulant qu'elle maudissait… Elle effectuait désormais chaque jour un quart d'heure à une demi-heure d'exercices physiques simples pouvant stimuler sa musculation et sa souplesse et lui confortant la rage de gagner.

Sidérés et subjugués à la fois par la détermination de leur fille et la découverte de ce jeune homme providentiel, les parents d'Annabel l'encouragèrent à en dire davantage. Qui était-il vraiment? Comment pouvait-il être aussi pertinent et convaincant?

— En plus d'être instructeur au pilotage, il travaille au *Royal Free Hospital* où il suit également une formation pour développer des moyens complémentaires de la médecine afin de mieux venir en aide aux patients.

— Et il arrive à tout faire, piloter, travailler et suivre des cours ?

— Oui. Il est formidable !

Cette fois, Annabel ne put cacher ses sentiments. Son père s'efforça de contrôler son attitude, tandis que sa mère allait craquer et laissait déjà couler une larme face au bonheur de sa fille. Elle rajouta, presque en pleurs :

— Et tu en es amoureuse ?

— Oui, lâcha la jeune fille en baissant la tête. Tout comme il doit l'être de moi… je crois.

— Nous comprenons mieux cet air rayonnant que tu avais en arrivant et ce visage enjoué. Parle-nous de lui. Qui est-il exactement ?

— D'abord, il est musulman, mais il est très ouvert et tolérant envers toutes les religions. La chose la plus importante pour lui est de croire en Dieu.

Ils parlèrent ensuite durant des heures. Le père comme la mère se montrèrent impatients de le connaître. Le père proposa même :

— J'ai un ami ou plutôt un frère de ma loge ainsi qu'un autre d'une autre obédience qui occupent des postes aux plus hautes responsabilités dans cet établissement hospitalier. Si tu veux, je peux intervenir pour l'aider, bien entendu d'une façon totalement discrète, il n'en saura jamais rien. Tu nous as dit qu'il est seul, ici, à Londres… je peux aussi lui donner un coup de pouce pour améliorer sa qualité de vie.

— Non, papa, je ne veux pas. Il est fier et n'acceptera jamais la moindre aide de ce genre. Non… vraiment… je crois qu'il n'apprécierait pas.

— Mais je t'assure qu'il n'en saura jamais rien, je te le promets !

— Bon…

Puis elle se dit que si cela pouvait libérer du temps pour Kevin, ce serait aussi un bien pour tous les deux. Et puis, elle ne savait jamais rien refuser à son père, elle s'inclina donc finalement après une vague hésitation.

— Dans ce cas, promis, juré qu'il n'en saura jamais rien ?

— Promis, juré !

Annabel parla alors du pilotage et de Steve, l'ami de Francesca. Son père réagit aussitôt :

— Pour lui, c'est encore plus facile, mon groupe travaille avec *I.F.G.* Je m'en occupe, en toute discrétion, même pas la peine de le dire à Francesca. Nous sommes tellement heureux de te voir prendre ton avenir en main d'une façon aussi énergique, c'est formidable !

— N'est-ce pas ? Déjà, systématiquement, je m'efforce de me lever de mon siège aussi souvent que possible et de me tenir debout, voire d'esquisser un petit pas glissé près d'un meuble.

— Ne prends pas trop de risques tout de même, ne va pas trop vite !

— C'est drôle, c'est aussi la réflexion qu'il m'a faite !

Ils éclatèrent de rire. Le bonheur se lisait sur tous les visages.

— Bien. Donne-moi le nom de ton fameux Kevin.

— En fait, Kevin c'est son nom de code au pilotage, son identité réelle c'est Habib Mourrashak et pour Steve, Mohamed Askenazi.

Le père nota sans le moindre commentaire ni la moindre réaction, puis ils continuèrent tard dans la nuit à parler tous les trois. Chacun reconnut qu'il y avait longtemps qu'ils n'avaient pas passé une si belle soirée tous les trois réunis, regrettant juste l'absence d'Adam.

Elle aimait traîner au salon avec ses parents. Cette pièce lui donnait une impression immédiate de confort, de chaleur et de sécurité. Elle était peuplée d'objets, de quelques poupées anciennes et de dentelles confectionnées par sa mère qui se consacrait totalement à la famille. Elle affectionnait la douceur de vivre qui y régnait et qui l'aidait à s'endormir ensuite paisiblement.

*

Résultat des interrogatoires.

Le dimanche matin, vers huit heures, les choses se compliquèrent sérieusement pour la police. Un des huit détenus venait de décéder, terrassé par une crise cardiaque. Une autopsie était aussitôt diligentée afin d'établir des rapports qui prouveraient qu'il s'agissait bien d'une mort naturelle, sans aucun lien avec les interrogatoires menés, car les services de police imaginèrent immédiatement qu'ils auraient à se justifier.

Chacun savait déjà que les avocats ne manqueraient pas de créer un doute et s'en serviraient allégrement. C'était jour de repos, fort heureusement. Cependant, dès le lendemain matin, il convenait d'être clair sur l'attitude à tenir et les réponses à apporter.

Le gouvernement, empêtré dans ses réformes, se serait bien passé de cette affaire qui sentait de plus en plus le soufre. Car, du fait de ce refus de négocier, tout le monde pressentait le risque qui planait sur la France. Un attentat pourrait avoir des conséquences politiques désastreuses…

Était-ce la loi des séries ? Au cours de cette même journée, le patron de la DCPJ apprit que l'homme qui avait lâché quelques informations - même si celles-ci étaient sans grande valeur, elles avaient toutefois le mérite de préciser clairement la réalité de la menace - s'était pendu dans sa cellule. Il avait déchiré son drap en bandelettes et les avait reliées entre elles à cet effet.

L'interlocuteur du commissaire Franck Waltersen resta étonné, car il s'attendait un peu à ce que l'annonce de cette nouvelle provoquât de l'embarras ou une réaction furieuse.

Mais il n'en fut rien. Celui-ci se contenta de prendre acte et de répondre qu'il allait transmettre l'information au juge.

Rien n'avait été signalé quant au trio qui, fidèle au pacte, ne livra aucune information à ses avocats, voulant plus que jamais ignorer l'existence de l'O.S.M. et ne jamais montrer qu'il pouvait se sentir impliqué par cette affaire, connaissant trop les milieux islamistes et les conséquences de leurs actions.

La vie allait, dès lors, devenir impossible pour toutes les personnes concernées, Franck Waltersen en tête. Celui-ci savait trop qu'une affaire médiatisée pouvait, parfois, bâtir une carrière mais que, le plus souvent, elle la détruisait, si le patron en charge de l'enquête ne parvenait pas à l'élucider.

Il se souvenait de toutes ces anciennes vedettes de la police dont la carrière était aujourd'hui anéantie, victime des dégâts provoqués par une affaire de ce genre.

S'il s'était félicité dans un premier temps de s'être vu confier ce dossier, il se demandait aujourd'hui combien de temps durerait cette satisfaction.

Le milieu carcéral avait certainement eu vent de quelques informations et nul doute que, déjà, les premières rumeurs avaient dû quitter ce monde, en principe… clos. Dès le lendemain matin, il faudrait prendre les devants et contrer le plus possible les attaques des avocats afin d'en minimiser les conséquences et éviter bien des dérapages.

Quant aux pistes relevées sur les indications de Youssouf, elles ne débouchèrent sur rien de concret à propos de l'O.S.M. Elles permirent juste de découvrir quelques combines supplémentaires, sans lien avec ce qui les intéressait ; les arrestations des personnes mouillées s'effectuèrent sans difficulté. Mais, rien, toujours rien en rapport avec ce qui importait dans le moment.

Cependant, le problème de sa fille continuait à préoccuper Waltersen. Il considérait qu'elle avait joué son coup pour tester son degré de résistance. Elle avait retourné le sablier et elle attendait… ce qui ne manquait pas de l'agacer.

— Pourvu qu'elle ne décide rien trop vite et sans réfléchir car ce n'est peut-être pas le bon moment… se répétait-il sans arrêt.

Pour se redonner un peu de baume au cœur, il appela son amie et cet entretien le revigora… un peu.

*

Maîtres-chanteurs. Résidence diplomatique.

Durant l'après-midi de dimanche, dans l'hôtel privé qui accueillait les corps diplomatiques, Ayman Al-Fadira et Souleyman El-Moktar préparaient activement l'ultimatum qu'ils allaient adresser à la DCPJ dès le lendemain. Ils ignoraient tout du drame qui avait touché deux des huit personnes de l'O.S.M. incarcérées. Tout en discutant, à plusieurs reprises, Ayman se leva et alla jusqu'à la grande bibliothèque qui garnissait tout un pan de mur. Il resta là, un moment, caressant légèrement du bout de ses longs doigts les reliures de cuir des gros recueils du Coran.

Ils définirent ensemble les grandes lignes du message :

« Notre geste de bonne volonté n'a servi à rien face à un gouvernement qui s'acharne dans le refus de toute négociation. Nous sommes indignés par cette attitude d'ignorance et de mépris. Il est désormais clair que la France, comme certains pays d'Europe de l'Ouest, veulent nous contraindre à renoncer à nos valeurs idéologiques au nom de principes fondés sur une éthique qui est la leur et nous imposer celle-ci avec l'insolence cynique que nous leur connaissons… Au nom de ces mêmes valeurs, nous sommes contraints de réagir… Nos revendications sont simples et claires. Nous exigeons la libération immédiate et sans condition de nos huit hommes arrêtés dans le cadre de l'affaire de l'O.S.M. Faute de quoi, selon un principe venu du ciel, un réel drame, bien plus grand que vous ne pouvez l'imaginer, frappera la capitale sous une dizaine de jours, c'est-à-dire jeudi de la semaine prochaine. Cette action fera, hélas, un très grand nombre de victimes innocentes. Le gouvernement français en assurera toute la responsabilité. Notre décision est irrévocable et ne s'accompagne d'aucune nouvelle revendication. Nous examinerons le quotidien dans lequel vous aurez loisir de nous faire part de votre intention. Sans annonce, notre sentence sera exécutable. Inch Allah ! La présente notification sera authentifiée par enregistrement sur CD adressé ce jour même… »

Le contenu manquait de style mais l'essentiel consistait à être clair. Ils travailleraient encore pour le remanier et l'affiner avant de descendre dans la cave pour procéder à l'enregistrement. Ayman se dit qu'entre la conception de deux groupes d'idées voulant construire des mondes incompatibles, l'Islam radical et l'Occident, il ne restait que la force et la mort des hommes, même si ce n'était pas forcément une pensée réjouissante. Il se proposa d'aller soumettre le texte à Yasmine Shakar. On s'approchait désormais de plus en plus de la phase finale. Avant de quitter son bureau, il demanda à Souleyman :

— As-tu récupéré les portables sécurisés à carte ?

— Oui. Achetés à Strasbourg par des amis de Francfort, sous un faux nom et payés en liquide.

— Bien. Il faudra en tenir au moins un prêt, pour demain matin.

Il revint un peu plus tard.

— Yasmine propose que ce soit elle qui lise le texte au téléphone pour leur montrer qu'une femme aussi fait partie du mouvement. Je crois que c'est une bonne idée et une bonne chose pour notre action, elle a raison…

Souleyman approuva, sans prononcer le moindre mot, mais il n'aimait pas voir des femmes impliquées dans l'action.

— Je partirai avec une voiture du corps diplomatique et conduirai Yasmine dans Paris pour qu'elle lise le message. Tu nous attendras à cet endroit, tu vois, place de Stalingrad, ici sur la carte, avec ta voiture et nous te donnerons le téléphone que tu emporteras afin que tu détruises la carte SIM quelque part sur le quai de la Seine et tu la jetteras dans le fleuve, puis tu démantèleras l'appareil que tu disperseras également.

— Bien, dit Souleyman en notant l'endroit précis du rendez-vous.

— Puis nous revenons ici.

— Est-ce que Yasmine va également prêter sa voix pour enregistrer nos consignes écrites sur CD, tout à l'heure ?

— Non, non. Ce sera moi comme d'habitude.

Ils descendirent alors dans leur pièce habituelle, non sans relire plusieurs fois encore leurs notes et y apporter quelques modifications.

*

Lundi matin.

Dès la première heure, Franck Waltersen appela sa fille pour lui demander comment s'était passé son week-end, décidé à faire la paix et tenter de l'écouter et de trouver un compromis. Mais, rien à faire, elle ne décrochait pas ou filtrait ses appels. Il fit une ultime tentative à partir d'un numéro du bureau pour ne pas se faire repérer par l'appareil de sa fille, mais ce fut le même résultat. Que faisait-elle donc ? Ce n'était pas normal qu'elle reste aussi longtemps sans reprendre contact.

Il ne pouvait pas demander à son amie de se mettre en rapport avec elle, elles ne se connaissaient pas. Mais il pensa que dès qu'il pourrait, il parlerait de l'avenir de sa fille à son amie. Il se dit même que ceci pourrait être la première transition entre la reprise d'une vie de couple et le futur départ de sa fille pour vivre aussi sa vie. Au fond, il n'avait jamais pensé à cette hypothèse, mais n'était-ce pas dans l'ordre normal des choses ? Dès que possible il devait en parler à son amie d'abord…

Il appela la résidence de sa fille. Son interlocutrice lui répondit qu'elle n'avait pas vu Amélie depuis de nombreux jours et en profita pour lui demander si elle n'était pas souffrante. Voyant que son interlocuteur se montrait hésitant, elle proposa aussitôt d'aller se renseigner auprès d'une voisine de palier et collègue de promotion d'Amélie qui lui confirma qu'Amélie suivait bien ses cours, ce qui rassura Franck. Avait-elle décidé d'aller vivre avec ce Fabien ?

Il appela son ancienne épouse, mais il fut, là encore, impossible de la joindre. Pas d'autres solutions que de laisser des messages sur les boîtes vocales avant de se rendre à sa réunion.

*

Cellule de crise.

Le juge, Gérard de Kerbonnec de Silijou, était dans tous ses états. Toutes les instances leur imposaient de faire le grand écart ! Il fallait communiquer sur le décès des prisonniers en minimisant la réalité tout en montrant que les services compétents étaient en mesure de fournir les autopsies des personnes concernées, preuve de transparence du fonctionnement des services carcéraux. Tous les propos tenus devaient converger vers le fait qu'il s'agissait d'une bien triste affaire certes, mais que la détention s'était déroulée normalement et que les services pénitentiaires n'avaient rien à se reprocher… Le message devait être clair, précis et convaincant.

Dans le même temps, bien entendu, tout rapprochement avec le chantage terroriste devait être banni. Combien de temps serait-il possible de dissocier publiquement ces deux affaires ? Franck Waltersen pensait qu'il n'y en aurait malheureusement plus pour très longtemps, car des journalistes des plus sérieux s'étaient intéressés à ce cas hors du commun et devaient mener un long travail de recoupement et de recherche d'informations.

Un nouveau rapport sur les analyses des deux voix d'hommes exploitées dans les messages était arrivé sur le bureau du patron de la DCPJ le matin même et avait été transmis au commissaire Waltersen :

— Les deux types qui nous envoient ces messages sont des maniaco-dépressifs à tendance paranoïaque. Tous les résultats se rejoignent sur ce point.

— Et alors ? Ça nous fait une belle jambe ! rétorqua le juge en secouant la tête avec l'air désespéré d'un instituteur découvrant la colossale ignorance d'un écolier qu'il croyait pourtant prometteur.

— Peut-être… Mais pour nous, ceci peut avoir son importance à un moment ou à un autre…

— Pour moi, peu importe que le chat soit noir ou blanc ! Ce qui compte c'est qu'il attrape des souris ! Et c'est ce que je demande à vos hommes, qu'ils les « attrapent » ! Comme d'habitude, sa philippique achevée, il se sentit tout requinqué.

Le commissaire Franck Waltersen, se contenant au mieux, s'efforça de ne pas réagir afin d'éviter toute escalade verbale. Il réfléchit à ce qu'il allait dire et, quand il reprit la parole, sa voix était plus calme. Il ressortit un dernier rapport du dossier, celui-ci concernant l'explosif découvert dans les trois avions de ligne.

— La fabrication est parfaitement identique et nous retrouvons une composition similaire à celui utilisé lors des attentats de Madrid, de Londres, de Stockholm et plus graves ceux découvert à Paris après l'attentat de janvier 2015 et en Belgique, mais aussi dans bien d'autres endroits tout aussi symboliques à Copenhague ou à Tunis… Mais aucun rapport avec notre trio de négociants d'armes et d'explosifs.

— Ça, c'est plus emmerdant ! Ceci pourrait vouloir dire qu'au dessus, nous sommes bien en face d'une réelle organisation de type Al-Qaïda ou de dissidents voire de membre de Daesh ; quoi qu'il en soit, ce sont des types déterminés et capables de mettre leurs menaces à exécution, nous l'avons vu ces derniers temps avec les décapitations. Cette information a été remontée ?

— Pas encore, je l'ai reçue ce matin et viens juste de vous la communiquer pour la première fois.

— Vous m'en donnez une copie pour la faire remonter en haut lieu. Sinon, avons-nous une info sur la façon dont ces bombes se sont retrouvées dans les avions ?

— Que ce soit en Allemagne, aux Pays-Bas ou en Belgique, pour l'instant, il ne reste que deux possibilités : l'une, celle du personnel de service, jouant la complicité pour de l'argent et l'autre, celle des services diplomatiques. Il se pourrait que ce soit une interaction des deux… Une purge de certains membres des effectifs d'embarquement est en cours et un contrôle plus strict va désormais se porter sur tous les corps diplomatiques, même si chacun sait que ceci ne peut concerner que le personnel de quelques pays ciblés et déjà connus de nos services. Personne n'ignore que certains pays étaient opposés au comportement de la France après l'attentat de janvier et le support de nombreux pays du tirage spécial de *Charlie Hebdo* pour sa Une…

Oui, effectivement.

— Et comment cela se passe à Paris ?

— Les mêmes consignes ont été données et les premières mesures sont en cours d'application…

— Parfait… à suivre donc.

*

Maîtres-chanteurs. Résidence diplomatique.

Au même moment, dans sa Mercedes noire haut de gamme, aux vitres teintées et à l'immatriculation diplomatique, Ayman emportait Yasmine Shakar pour une promenade dans Paris. Cette femme au visage impassible était belle et semblait déterminée. Son visage grave exprimait à la perfection l'idéal oriental de la féminité, distante et détachée. Une fine toile de rides marquait son visage, mais sa peau paraissait ferme et ses gestes étaient sûrs et précis.

Quel âge pouvait-elle avoir ? Quarante, cinquante, soixante ? Avait-elle entretenu son corps ou traversé des années de profond désespoir ? Son âge en dépendait. Son regard paraissait beaucoup plus vieux, comme lourd de fatigue ou de scepticisme, même si, à certains moments, une lumière d'aurore tentait de l'illuminer. Elle se tenait droite, silencieuse et anxieuse, à l'arrière du véhicule. Ayman conduisait calmement, il l'observait de temps à autre dans son rétroviseur.

Quelques minutes plus tard, d'un ton très solennel, Yasmine prit contact avec la DCPJ et lut son message d'une voix qui tremblait un peu. Le tout n'excéda pas deux minutes. Puis elle coupa son portable. Aussitôt après, ils retrouvèrent Souleyman qui attendait à l'endroit convenu. Il emporta le portable utilisé, se rendit sur les bords de la Seine, en extirpa la carte SIM qu'il écrasa sous sa chaussure pour la détruire et la jeta dans le fleuve. Un peu plus loin, il détruisit aussi l'appareil qu'il dispersa comme convenu et revint vers l'hôtel privé. Cette fois, la revendication était parfaitement indiscutable.

Ils postèrent le CD enregistré la veille sur le chemin du retour Ayman apprit alors, à la radio, le décès de deux des incarcérés, ce qui eut le don de l'irriter encore bien plus. Après cette nouvelle, son visage devint aussi farouche que les représentations de certains esprits vengeurs. Nul ne pouvait imaginer la violence de sa haine, était-elle encore humaine ? Il ferma les yeux et inspira profondément pour s'obliger à se calmer.

Une fois rentré, il appela « l'organisation » pour rendre compte. Il apprit, à cette occasion, que les attentats ne pourraient être commis le jeudi de la semaine suivante, comme prévu, mais le samedi de la même semaine, pour différentes raisons et pour obtenir, dans les médias, tout l'écho souhaité par cette action et toucher ainsi au plus haut point l'opinion publique. L'objectif définitif de la cible sur Paris avait été retenu, après un choix longuement réfléchi. Un spécialiste de l'organisation viendrait repérer la faisabilité, mais le but final devait rester secret. Toujours, ce cloisonnement qui évitait toute fuite et leur assurait une sécurité maximale.

Au retour de Souleyman, ils en reparlèrent tous les trois ensemble. Ceci ne venait finalement rien changer à leur plan. Si les attentats devaient se produire le samedi, ils ne quitteraient pas la France le mardi ou le mercredi comme prévu, ce qui n'occasionnait pas un grand changement… Si les attentats devaient se produire le samedi, ils quitteraient Paris le jeudi en direction de Riad où ils resteraient un jour ou deux, puis ils iraient à Dubaï afin de se rendre ensuite en voiture à Ras-Al-K…

VIII

Londres. Bureau de M. Jones.

À Londres, assis à son bureau, Charles Jones pensait à sa fille, Annabel. Il se bloqua quelques instants pour appeler frères, amis ou encore chevaliers de différentes confréries dans lesquelles il était engagé, afin de donner un bon coup de pouce à Kevin et Steve. Il commença par le *Royal Free Hospital* et son ami Ed, grand patron de la DRH, à qui il expliqua brièvement sa démarche et sa demande :

— Ed, est-ce que tu peux voir ce que tu peux faire ?

— Aucun souci, donne-moi le nom de ton protégé.

— Il s'agit de Habib Mourrashak…

— Bizarre, ce nom ne me dit rien… mais le nombre de salariés est tel que ça n'a rien d'étonnant. De toute façon, pas de problème, je sors son dossier et je vois ensuite ce que je peux faire, tu peux compter sur moi.

— Je n'en doutais pas, je te remercie.

— S'il y a quoi que ce soit de particulier, de toute manière je te rappelle, mais je ne traiterai cette affaire que la semaine prochaine car je dois m'absenter une grande partie de cette semaine.

Charles Jones fit de même pour Steve, Mohamed Askenazi, auprès de *I.F.G.* où il disposait d'entrées plus influentes encore étant actif dans de grandes opérations financières. Il connaîtrait le résultat, là aussi, en début de semaine suivante.

Il appela ensuite son épouse à la maison pour l'avertir qu'il avait fait le nécessaire auprès des deux entreprises et lui demander de transmettre un SMS ou un courriel à Annabel pour l'en tenir informée. Il laissait toujours le soin à son épouse d'entretenir les échanges avec sa fille, simplement par commodité, car il l'adorait véritablement et l'admirait pour sa détermination face à sa pathologie.

Il s'était souvent demandé comment il aurait réagi à la place de sa fille si cela lui était arrivé et se disait que le pire pour un handicapé, c'est qu'on essaye toujours de le traiter normalement sans jamais y parvenir. Et puis, la raison n'efface jamais cette petite voix insidieuse qui assimile difformité et châtiment divin, jusque dans l'esprit de ceux qui ne reconnaissent aucune religion. Il se souvenait même d'avoir confié à un de ses amis, un soir où ils parlaient de la religion, toujours à propos de sa fille : « Je préfère ne croire en aucun Dieu, sinon, certains jours, il me viendrait peut-être des envies de le haïr… ». Annabel, par sa nouvelle attitude, allait peut-être le faire vaciller et revenir sur sa position…

Il se mit à penser que c'était bien le paradoxe de cette situation que c'était le malade qui venait en aide au valide…

*

Mardi. Paris. Franck Waltersen, privé.

Avant de se rendre à la réunion, Franck tenta une nouvelle fois de joindre sa fille. Son portable devait toujours être coupé. Il la supplia de le rappeler, lui expliquant que, côté travail, il était dans la mouise jusqu'au cou. « Peut-être comprendra-t-elle », se dit-il. Il lui était impossible de lui rendre visite dans le moment. Quant à son ancienne épouse, elle ne donnait toujours aucune nouvelle non plus de leur fille. S'agissait-il d'une coalition ? Ceci commençait à le miner sérieusement, il avait déjà tellement de soucis ! Mais il se rassura en se disant qu'elle avait dû prendre le relais auprès d'Amélie. Il se donna ainsi bonne conscience et laissa un cours message à son amie sur son portable…

*

QG DCPJ.

La réunion de la cellule de crise devenait de plus en plus tendue. L'appel téléphonique de la veille donné par une femme et le CD reçu le matin même venaient démontrer, s'il en était encore besoin, que les maîtres-chanteurs n'entendaient pas abandonner et les menaces annoncées pour le jeudi de la semaine suivante laissaient supposer que l'on pouvait s'attendre au pire. Il était à craindre, en outre, que, depuis cet enregistrement, les personnes du groupe avaient appris le décès des deux membres de l'O.S.M. Les choses risquaient donc de se compliquer singulièrement. Franck Waltersen égrena les informations qu'il détenait :

— La voix de femme a été décryptée. Nous sommes, là aussi, comme pour les deux voix masculines, en présence d'une personne originaire du Pakistan ou d'Afghanistan.

— D'où venait l'appel cette fois ? demanda le juge avec de l'impatience dans la voix, et l'irritation n'était pas loin…

— Curieusement, d'un portable.

Il n'eut pas le temps de poursuivre que le juge le coupa net :

— Ah, cette fois, vous allez enfin pouvoir trouver quelque chose !

Comme si désormais, ce moyen de communication allait permettre l'arrestation des maîtres-chanteurs…

— Le LATS[22] d'Ecully a bien sûr été mis sur le coup. La durée de fonctionnement de l'appareil a été très courte, entre deux et trois minutes, ce qui limite nos possibilités à partir des bornes qui ont été activées. L'appareil a été mis en marche dans le quatrième arrondissement de Paris, quelque part du côté du Museum National d'Histoire Naturelle. Nous pensons que la personne se déplaçait en voiture, car elle s'est dirigée ensuite vers la place de la Bastille et le boulevard Richard Lenoir pour disparaître définitivement vers le quai de Jemmapes ou le quai de Valmy. Quant à l'appareil, il semblerait qu'il ait été acheté sous une identité et une adresse fausses, rien ne nous permet de retrouver le réel détenteur.

Ceci valut au groupe présent une colère du juge, furieux de ne pouvoir remonter la moindre piste par ce canal du téléphone portable. Quant au commissaire Franck Waltersen, il ferma un instant les

22. Laboratoire d'Analyse et de Traitement de Signal.

yeux ; on en était là, se disait-il… la sordide pression verbale ! Les mots s'écrasaient dans le silence et l'angoisse pesait sur les épaules de chacun. Puis le juge se calma aussi rapidement qu'il s'était emporté. Le drame était qu'il demeurait impossible d'affiner telle ou telle piste en l'absence d'indices sérieux.

— Mais sur quoi travaillez-vous alors ? lança le juge, l'irritation reprenant aussitôt sa place.

— Tous nos services et nos collègues de la DGSI s'activent sur tous les groupes qui, de près ou de loin, pourraient se situer dans la mouvance de cette association. Dans le même temps, d'autres équipes continuent à arrêter, à tour de bras, toutes les personnes figurant sur les carnets récupérés dans l'appartement des trois hommes de Seine-Saint-Denis ainsi que celles qui ont été en contact téléphonique avec eux. Et, pour l'instant, malgré un nombre très important de personnes interrogées, ceci n'a rien donné…

Il n'était pas contestable pourtant que le commissaire de la DCPJ souhaitât offrir à ce parangon de la justice l'image d'une enquête bien menée et qu'il ne voulait, en aucune manière, se laisser accabler par les interpellations du juge et son comportement atrabilaire.

Ce dernier se leva d'un bond.

— Votre plan de travail est pourtant tout tracé !

Il s'approcha d'un tableau papier, prit un feutre et écrivit en même temps qu'il parlait. Mais ceci n'apporta rien de plus que ce qui était déjà en cours.

*

Mercredi médiatique.

La tempête médiatique se déclencha ce jour-là, reprise par la plupart des médias sous le principe de la théorie du chaos de Gleick plus connue sous le nom de l'effet papillon appliqué à la météorologie, même s'il n'a jamais réellement été démontré à ce jour. L'effet papillon veut que le battement d'ailes d'un papillon, aujourd'hui à Pékin, engendre dans l'air des remous qui peuvent se transformer en tempête le mois prochain à New-York[23]. Cependant, en 1972, les travaux du climatologue Edward Lorenz avaient infirmé cette théorie. Il avait été démontré à cette époque que la nature de l'atmosphère avait un effet d'atténuation et que donc cet effet n'était pas concevable « météorologiquement » parlant… D'ailleurs, personne n'ignore qu'Internet joue un rôle de levier et de multiplicateur. L'initiative d'un individu, si elle entre en résonance avec les préoccupations ou les émotions d'un grand nombre, peut faire trembler tout le « monde » ou tout un « système » et c'est précisément le rapport au « système » qui peut poser problème, nous l'avons découvert avec l'affaire Julien Assange et Wikileaks contre l'Amérique. Or aujourd'hui, les liens communautaires, sociaux, culturels… appuyés par la puissance médiatique, peuvent être de nature, pour des organisations mal intentionnées, à faire trembler des hommes… un état, un groupe d'états… Et alors, l'effet papillon prend tout son sens !

Ainsi donc, tous les médias rappelaient l'arrestation des membres de l'O.S.M. et informaient de la

---

23. Voir bibliographie.

disparition brutale de deux de ses membres. Même s'ils reprenaient la version de morts naturelles fournie par l'administration carcérale, ils posaient une multitude de questions sur les conditions de cette détention, sur les tractations en cours et le chantage qui avait valu le dépôt de trois bombes, certes désactivées mais bien réelles, dans des avions de ligne se rendant à Roissy. Chacun présentait la situation du moment et s'interrogeait sur son évolution. Quelques journaux évoquaient aussi les arrestations de Razak, Choukroune et Youssouf, rappelant leur pedigree. Étaient-elles en lien avec toute cette affaire ?

D'autres encore rappelaient notre présence en Afghanistan et la rapprochaient des deux explosions à Stockholm, dont l'une tua le kamikaze qui aurait pu commettre un énorme carnage… celles-ci étant précédées d'un courriel en arabe et en suédois évoquant précisément la présence armée en Afghanistan et les caricatures de Mahomet. Un site islamiste du Yemen publiait sur Internet l'identité et la photo du kamikaze présumé.

D'autres, enfin, abordèrent aussi la position de la France concernant le port du voile, même si ce sujet n'était plus d'actualité depuis longtemps, considérant que ce n'était évidemment pas des éléments suffisants mais qu'ils pouvaient parfaitement être utilisés comme paravent d'organisations terroristes dont les fondements réels étaient bien éloignés de toute idéologie en la matière. Plus encore l'intervention de la France au Mali et plus récemment aux côtés d'autres états en Syrie et en Irak… D'autant plus qu'après la révolte des peuples de certains pays arabes, de nouvelles tendances politiques semblaient se confirmer. Si, par malheur, elles venaient à se radicaliser, ceci ne serait pas sans conséquences pour les pays européens notamment d'où de plus en plus de jeunes partaient rejoindre les groupes armés en Syrie ou en Irak après une formation au Pakistan.

Un des avocats des personnes incarcérées, bien connu en France pour ses prises de position et un passé plutôt trouble, fut invité au journal de treize heures des grandes chaînes télévisées nationales. Il souriait. Un sourire qui exprimait un tas de choses, à la fois le mépris, l'arrogance et sans doute le plaisir de voir certains membres du gouvernement mis en difficulté par cette affaire.

Il éluda les raisons réelles des arrestations des membres de l'O.S.M., mettant en avant que, pour l'instant, il ne détenait pas les preuves des causes réelles des décès des deux membres de cette association. Il allait déposer une requête en divulgation afin d'en connaître les raisons exactes. Puis il laissa entendre qu'il redoutait de voir s'installer en France des prisons pareilles à « Guantánamo… » ; chacun connaissait la triste réputation de ce centre qui avait donné une image indigne des États-Unis et le président Obama s'était empressé, dès son élection, d'en annoncer la fermeture. Mais depuis, régulièrement, revenait à l'ordre du jour ce qui s'y était passé réellement et les révélations étaient de nature à enflammer certains esprits.

L'avocat fit des effets de manche en se permettant même de lancer un message au gouvernement lui demandant d'être raisonnable dans cette affaire de l'O.S.M. où certains cow-boys de la police avaient voulu en faire accroire à l'opinion publique alors qu'il ne s'agissait, en réalité, que d'une tempête dans un verre d'eau et qu'il était encore temps de classer cette affaire sans suite avant que le gouvernement ne s'y perde complètement. Il lui suggérait donc de se montrer ouvert et clément !

D'ailleurs, pour lui, il ne faisait aucun doute que, tôt ou tard, ces personnes seraient relâchées par manque de preuves et il en faisait le pari devant les téléspectateurs. Il termina en n'excluant pas de faire appel à la Cour Européenne des Droits de l'Homme pour cette affaire, notamment en ce qui concernait le déroulement du séjour en prison de ses clients et des circonstances réelles qui avaient prévalu au décès des deux personnes…

Suite à cette intervention qui venait semer le trouble, la pression risquait de se développer au point de survolter rapidement l'opinion publique.

Au gouvernement, chacun tentait de mesurer quelle serait l'ampleur de ce raz-de-marée et ce qu'il pourrait emporter… Ceci n'allait pas manquer de provoquer des positions contradictoires chez les uns et les autres et, sans doute même, au sein d'un même parti, car nul doute que les groupes parlementaires ne manqueraient pas de s'enflammer sur ce sujet… Les intérêts politiques étaient particulièrement aiguisés à deux ans de l'élection présidentielle… une élection capitale… et certains n'hésitaient pas à tenir un discours démagogique dans le seul but de s'attirer la sympathie d'un électorat élargi ! Si bien que cela partait un peu dans tous les sens entre des écologistes qui étaient pour la gauche sans y être tout en y étant… une droite qui cherchait ses marques et à gauche des frondeurs qui mettaient un peu d'huile sur le feu d'un gouvernement qui n'en avait pas besoin… sur fond de bleu marine en position d'attaque…

Le commissaire Franck Waltersen se disait que les journaux pouvaient bien publier tout ce qu'ils voulaient, de toute manière, les lecteurs ne se rappelleraient que de ce qui les arrangeait. On pouvait toujours tenter de faire connaître la vérité, lorsque d'autres idées avaient été communiquées, il en restait malheureusement toujours quelque chose. « Les gens aiment à penser du mal des autres ; plus ils les trouvent ignobles, plus ils s'en réjouissent », se dit-il.

*

Maîtres-chanteurs. Résidence diplomatique.

Ayman venait d'écouter l'intervention de l'avocat à la télévision. Habituellement impavide, il ne put s'empêcher de sourire à ces propos. Il avait éteint ensuite l'appareil et rétabli la radio qui diffusait en boucle des chants liturgiques pachtouns. Il se tenait assis à son bureau, les mains croisées, tenant sa nuque en appui sur le haut du dossier de son fauteuil magistral.

Il écoutait la radio, perdu dans un brouillard agréable et affichait un sourire rêveur sur le visage, une expression quasiment extatique. Il attrapait au vol quelques paroles des chants. Il les voyait flotter dans l'air, tout autour de lui et avait l'impression d'être un dieu tout-puissant. Ce qu'il éprouvait avait quelque chose d'irréel, comme s'il accédait à un pouvoir auquel il aspirait. Il sentait monter en lui l'excitation familière de ce qu'il percevait quand il avait l'impression de dominer le monde. En fermant les yeux, il se métamorphosait en se projetant au loin en une écarlate vision de ce que serait son avenir, comme une promesse, celle qui transforme l'opacité absolue de ce monde en une infinité de possibilités nouvelles.

Il restait presque immobile, perdu dans sa contemplation hypnotique. Des images de treillis, de béret noir, de kalachnikov en bandoulière, le cadavre d'un proche assassiné… Chacun cherche ce qu'il veut dans son passé… Il n'avait jamais tenté d'approfondir, mais ce massacre qu'il préméditait se voulait être l'aboutissement d'une démarche, la suite d'un raisonnement logique pour lui. L'espace de quelques instants, le ciel éclata devant ses yeux, se para de couleurs d'apocalypse, puis l'illusion se dissipa.

*

Aérodrome de Redhill.

En arrivant sur l'aérodrome de Redhill, en ce mercredi matin, toutes les jeunes filles remarquèrent qu'il se passait quelque chose d'inhabituel. Aucun ULM n'était sorti et le directeur de l'association les attendait sur le tarmac. Il invita toutes les passagères à le suivre dans la grande salle polyvalente du club.

Annabel et Francesca ne voyaient pas l'homme de leur cœur et un pincement leur serrait la poitrine. Elles échangèrent un regard triste dont elles comprirent l'objet.

Les civilités du préambule passées, il exposa la raison de cet accueil. À cet instant, de drôles d'appareils firent leur apparition dans le ciel pour venir se poser sur le terrain de l'aérodrome. Une forme hybride d'ULM et d'hélicoptère.

— Nous savons toutes les satisfactions que vous retirez de ces vols en ULM et les bienfaits que cela vous procure. Aussi, afin de compléter vos formations au pilotage et vous offrir une possibilité supplémentaire de découverte, nous avons proposé à votre centre universitaire une initiation à l'autogyre, appelé communément gyro. Ce sont ces drôles d'appareils qui viennent de se poser avec vos maîtres habituels aux commandes.

Toutes les têtes se tournèrent vers l'extérieur et elles reconnurent leurs instructeurs quand ils enlevèrent leur casque tout en se dirigeant vers la salle. Annabel et Francesca retrouvèrent leur sourire en apercevant Kevin et Steve et se firent un clin d'œil. Le directeur poursuivit :

— La journée d'aujourd'hui sera consacrée au vol sur cet appareil très maniable qui a l'avantage de décoller en cinq secondes, de se poser n'importe où et de se déplacer à une vitesse maximum de près de cent soixante-dix kilomètres à l'heure, mais toutes ces données techniques vous seront communiquées par votre moniteur.

Il marqua un temps de silence avant de reprendre en affichant un sourire radieux :

— Comme votre année universitaire se termine, nous avons proposé à votre centre universitaire la possibilité de faire un voyage sur quatre ou cinq jours avec ces appareils. Départ de Redhill, par exemple vendredi de la semaine prochaine, direction la France !

Les sourires illuminèrent les visages, la surprise avait été totale et chacune buvait à présent les paroles du directeur.

— Traversée de la Manche au Pas-de-Calais, descente vers Paris le samedi où, de l'aérodrome, nous vous conduirons dans un hôtel de la capitale française pour une soirée de sa découverte en nocturne, cela en bateau-mouche, puis visite de la ville, le lendemain…

Au même moment, les instructeurs entraient dans la salle et ils eurent droit à une véritable ovation. Francesca et Annabel se levèrent de leur siège pour applaudir à tout rompre près de leur fauteuil roulant. Le directeur eut des difficultés à reprendre la parole…

— De toute façon, un dossier vous sera remis mercredi prochain, lors de votre prochaine sortie ; à présent, je vous laisse avec vos pilotes…

Francesca tomba dans les bras de Steve tandis que Kevin vint serrer bien fort Annabel qui répétait sans cesse « Paris ! Nous allons à Paris ! ».

L'heure suivante fut consacrée à la découverte de l'appareil, en salle d'abord. Puis, ensuite, chacune put suivre son moniteur jusqu'à son appareil. Les huit autogyres étaient identiques, de couleur rouge. Ils ne portaient pas de nom, seulement des lettres sur l'empennage tri-dérives. L'appareil au carénage en résine était un biplace tandem posé sur trois roues, l'une devant et les deux autres à l'arrière. Le siège du pilote se trouvait derrière un réflecteur en plexiglas, idem pour le passager arrière. Un moteur apparent à l'arrière entraînait une hélice tripale. Une prise de force vers le rotor était assurée par une courroie plate et un tendeur pneumatique. Le tout conférait à l'appareil une apparence d'hélicoptère et Kevin précisa :

— Le diamètre du rotor est de huit mètres quarante, ce qui donne une surface rotorique de cinquante-cinq mètres carrés quarante !

En arrivant près de l'appareil, Annabel remarqua les portes ouvertes des hangars et s'étonna :

— Mais où sont passés nos ULM ?

— Heueueu… Heu… Ils ont été ramenés à une société pour une révision totale, répondit-il, gêné, après un moment d'hésitation. Tu vas voir, ces autogyres offrent de superbes sensations. Je vais d'abord t'expliquer le tableau de bord. Mais, avant, je t'ai apporté un petit cadeau, tiens…

— Qu'est-ce que c'est ? demanda-t-elle, intriguée.

— Ouvre, tu verras…

Fébrilement, Annabel ouvrit le petit paquet et découvrit un immense foulard blanc.

— En autogyre, il est plus pratique d'envelopper ses cheveux dans ce voile avant de mettre le casque… se contenta de rajouter Kevin en regardant Annabel déployer le voile.

Elle le déplia et le mit aussitôt, puis se leva pour enlacer Kevin et l'embrasser. Puis celui-ci aida Annabel à le placer sur sa tête en ramassant ses beaux cheveux blonds et à mettre son casque puis s'installer. C'était moins pratique de prendre place que dans l'ULM. Elle regrettait aussi de se trouver derrière le pilote au lieu d'être à côté, c'était bien moins agréable !

L'instruction terminée, la check-list égrenée, Kevin lança le moteur encore chaud qui répondit instantanément. Puis le rotor se mit à tourner, l'appareil se mit à rouler en conservant le contacteur du frein rotor sur « *brake* ». Au point d'arrêt, passage sur « *flight* », la synchronisation entre rotor et moteur s'établit aussitôt et, en une vingtaine de mètres, l'appareil décolla sur bien moins de distance qu'un ULM puis il atteignit rapidement son altitude et sa vitesse de croisière : autour de cent cinquante kilomètres à l'heure…

Si Annabel regrettait son *Pink Lady*, elle ne pensait déjà plus qu'à une chose, le voyage à Paris. Jamais dans ses rêves les plus fous elle n'avait osé imaginer pouvoir se retrouver aussi rapidement en balade avec Kevin… Et que ce soit à Paris la comblait totalement… Alors, finalement, qu'importait l'appareil !

La journée devait se passer sur Redhill. Après une grande boucle, retour pour déjeuner en commun, un buffet ayant été dressé par un traiteur local dans la salle polyvalente. Avant de repartir pour le vol de l'après-midi, prévu de quatorze à seize heures, Annabel put s'isoler quelques instants avec Kevin dans la petite pièce attenante tandis qu'elle apercevait Francesca faire de même avec Steve, d'un autre côté.

— Tu comprends mieux à présent pourquoi j'étais pressé l'autre jour ?

— C'était donc ça ? Tu aurais pu me le dire…

— Je ne voulais pas déflorer le secret ! Il fallait aussi ramener les ULM, prendre possession des autogyres. Ils sont construits en Allemagne et ont fait leurs preuves. Si l'ULM est discret dans les airs, l'autogyre l'est encore plus en termes de signature magnétique.

— La signature magnétique ? Qu'est-ce que c'est ?

— Heueueu… Ça veut dire… Heu, qu'il n'est pratiquement pas repérable aux radars. Puis Kevin s'empressa de changer de sujet. Il est surtout très peu sensible au vent et peut voler en conditions dégradées. Il offre toutes les sécurités pour un périple comme celui que nous allons effectuer.

— Pourquoi ? Les ULM ne pouvaient pas assurer un tel voyage ?

— Si, bien sûr ! La preuve, c'est que je connais des personnes qui ont parcouru toute l'Amérique du Sud avec un appareil comme le *Pink Lady* et qui, une autre fois, ont réalisé un parcours de vol par étapes de l'Irlande à l'Afrique du Sud. Tu as sans doute aussi entendu parler de Miles Hilton-Barber qui a effectué vingt et un mille kilomètres entre Londres et Sydney avec son ULM. Un véritable exploit quand on sait que Miles est aveugle… Il a piloté grâce à la voix électronique de ses instruments de vol, c'est dire… Mais, pour en revenir à nous, la direction du club a préféré faire ce choix, alors, faisons avec, l'important est bien de se retrouver à Paris, non ?

— Et comment ! Je pourrais profiter exclusivement de toi pendant quelques jours… si tu le veux bien ! Tu sais que je fais ma gym tous les jours et que je respecte tout ce que tu m'as préconisé ; d'ailleurs, regarde, je me tiens bien debout et je fais même un pas ou deux…

Elle se leva promptement de son siège, tenta de faire un pas en direction de Kevin qui se trouvait devant elle et l'enlaça aussitôt. Il se laissa faire et ils s'embrassèrent fougueusement.

— On sera dans le même hôtel ?

— Oui, en principe, pourquoi ?

— On pourrait… enfin, si tu veux… partager la même chambre, qu'en penses-tu ?

— Pas le soir de la première journée car nous aurons des révisions à effectuer sur les machines et à travailler sur les plans de vol. Mais, à Paris, pourquoi pas…

— C'est vrai ?

— Si je te le dis… à Paris, nous nous donnerons… à Dieu !

Annabel ne releva pas les derniers mots, folle de joie, elle enlaça une nouvelle fois Kevin, mais leur étreinte fut interrompue. Le groupe était appelé à reprendre la direction des appareils.

La balade de l'après-midi fut agréable, même si le temps menaçait par moments. Annabel regrettait toujours vivement son *Pink Lady* et surtout de ne pas se trouver à côté de Kevin. C'était tellement plus intime. Se retrouver l'un derrière l'autre manquait véritablement de charme. Mais qu'importait tout ceci, une seule chose comptait désormais, Paris ! Et de pouvoir se retrouver dans les bras de Kevin !

Sur le chemin du retour vers le centre universitaire, Annabel put échanger quelques mots brefs avec Francesca. Cette dernière semblait aux anges, nul doute qu'elle avait dû faire les mêmes avances à Steve et que ça avait marché, se dit Annabel. Les filles du groupe parlèrent surtout de l'autogyre, certaines appréciaient ce changement mais une ou deux détestaient totalement ce type d'appareil et regrettaient les ULM.

*

Vendredi. Cellule de crise.

Les jours passaient, rien n'avançait, aucune découverte ne permettait de repérer les maîtres-chanteurs qui gardaient le silence. Les pistes en rapport avec Razak, Choukroune et Youssouf ne donnèrent rien, confirmant bien qu'aucun lien apparent n'existait entre eux et l'O.S.M.

Après le rapport habituel du commissaire Franck Waltersen et un constat d'impuissance, le juge de Kerbonnec de Silijou s'emporta une nouvelle fois :

— Mais qu'est-ce que vous foutez à la fin ! Ce n'est pas Dieu possible que vous ne trouviez rien !

— D'abord, tous les hommes sont à cran et travaillent sans relâche. Ensuite, avec le préfet de Seine-Saint-Denis, nous avons passé en revue tous les dossiers des personnes qui travaillent sur l'aéroport de Roissy, même celles qui ne jouent qu'un rôle insignifiant. Résultat : plus de cent cinquante personnes ont été débadgées et je peux vous dire que les syndicats montent au créneau et que c'est le bazar là-bas…

— Que voulez-vous que ça me foute ce que pensent les syndicats, il s'agit d'attentat et de vies d'innocents !

Franck Waltersen marqua le coup, le choc était rude et il sentait qu'il se trouvait de plus en plus au bout du fusil. En cas d'échec de cette enquête, il voyait avec écœurement s'organiser la curée. Il se maîtrisa et tenta de reprendre calmement :

— Les trois autres pays font la même chose.

— Ont-ils découvert une ou plusieurs personnes susceptibles d'être impliquées ?

— Non, pas pour l'instant.

— Je ne suis pas sûr que le chef de l'État se contente longtemps de ce genre de réponse… Il faut bien vous dire, à vous tous ici autour de la table, que si ça saute sur Paris, s'il y a des morts… vous sauterez aussi !

Tous les participants furent surpris par la violence de ces propos.

Le patron de la DCPJ pas plus que le commissaire Waltersen ne pouvaient lui renvoyer la balle, ce n'était pas le moment et il avait peu de goût pour la diatribe. Son exaspération était aussi palpable qu'un orage sur le point d'éclater. Il se contenta de détourner le regard. L'ambiance devenait délétère. Il était à craindre qu'au fil des jours, il devienne impossible de travailler sereinement et ceci pouvait nuire sérieusement au bon déroulement du travail en cours. D'autant qu'après la réunion, le commissaire Franck Waltersen ne pourrait plus jouer le filtre habituel entre sa hiérarchie et ses troupes, car il avait lui-même de plus en plus tendance à répercuter à son tour la pression reçue en y rajoutant une dose supplémentaire.

Autant dire que le week-end était à nouveau fichu. Quelques-uns de ses chefs commençaient à râler, ils ne pouvaient pas travailler vingt-quatre heures sur vingt-quatre ni sept jours sur sept ! Certains étaient persuadés qu'il s'agissait d'une vaste opération de chantage pour tenter une épreuve de force mais qu'elle était sans fondement et qu'il ne se passerait en finalité rien, exactement comme lors du chantage aux bombes sur le réseau ferré exercé par le fameux « groupe AZF ». Cette action ferait long feu et, un jour, plus personne n'en parlerait.

Même si Franck Waltersen n'était pas loin de penser la même chose, il s'en défendait, car il devait garder ses troupes sur le qui-vive et dans l'action, sans mollir. Toutes les équipes devraient poursuivre activement leur travail et découvrir « quelque chose », à tout prix avant jeudi, échéance de l'ultimatum.

*

Franck Waltersen, privé.

Sa fille, Amélie, restait toujours injoignable malgré le nombre prodigieux de messages laissés. Cette fois, il s'inquiétait sérieusement et demanda à son ancienne épouse, toujours par messagerie vocale, de se rendre chez sa fille pour en discuter avec elle, puis de lui en rendre compte. Il n'était par normal qu'elle restât ainsi sans répondre et il s'inquiétait pour sa fille. Son angoisse était palpable au téléphone. Il rappelait qu'il ne pouvait se rendre disponible en raison de l'importante enquête qu'il dirigeait.

Il appela son amie, juste pour entendre une voix tendre qui le rasséréna dans cet environnement de pression dans lequel il se trouvait, coincé entre les menaces venant du groupe et celles de toutes ses hiérarchies car il en avait désormais plusieurs. Elle se montrait à la hauteur de ses espérances et, à cet instant, il mourait d'impatience de la retrouver, sentant bien revivre en lui tous les sentiments que l'on peut éprouver pour l'âme sœur.

Son médecin généraliste, et ami, l'appela sur son portable privé au sujet du rendez-vous qu'il venait d'obtenir pour effectuer un électromyogramme. Franck Waltersen dut décliner cette offre. Il en profita pour lui redemander son avis sur ce dont il souffrait. Le médecin lui répondit que cela pouvait être une forme de maladie auto-immune, mais que la plus grave et irréversible avait été écartée, c'est-à-dire la sclérose en plaques… Qu'il faudrait tout de même suivre de près ce qui lui arrivait. Il lui demanda s'il avait remarqué une évolution depuis les premiers signes. Il répondit que non, que le trouble semblait stabilisé mais ne se réduisait pas non plus et paraissait s'accroître en cas de forte tension nerveuse ponctuelle…

— L'idéal serait de pouvoir faire les examens à cet instant précis…

— Sans doute… mais dans le moment je suis complètement débordé par une affaire pour le moins inquiétante… Je verrai plus tard…

— Franck, arrête un peu, tu sais bien que les cimetières sont remplis de gens irremplaçables…

— Excuse-moi, je ne prétends à aucun moment l'être, mais dans l'immédiat, c'est lourd, très lourd… crois-moi… Il faut que je te laisse…

*

Week-end à Mayfair, Londres.

Annabel se montra plus rayonnante que jamais en retrouvant sa famille, hormis son jeune frère Adam, toujours en villégiature avec son école. Elle commença par montrer ses premiers progrès, à savoir de faire deux à trois pas glissés. Ses parents saluèrent sa performance avec de vibrants encouragements. Ce fut presque la fête le samedi tout au long de la journée et, le soir, le père proposa une sortie au restaurant, ce qui enchanta Annabel et sa mère.

Le père confirma qu'il s'était occupé de Habib Mourrashak, dit Kevin, et de Mohamed Askenazi, dit Steve, et que, la semaine suivante, il apprendrait certainement ce qu'il était possible de faire.

Tout au long de la soirée, Annabel témoigna d'une faconde intarissable qui enchanta ses parents, elle, qui, habituellement, était plutôt réservée.

Quant à la sortie à Paris, le centre universitaire avait contacté les familles afin de leur faire part de cette proposition, précisant que cette absence était parfaitement compatible avec le programme à cette période. Bien entendu, ces familles avaient été enchantées par l'offre et s'étaient empressées de donner leur accord.

À présent, les parents d'Annabel ne cachaient pas leur impatience de connaître le fameux Kevin et auraient aimé l'inviter. Annabel proposa de concrétiser cette invitation après le voyage à Paris.

Si Annabel connaissait un peu la France, c'était essentiellement la Bretagne et plus particulièrement le golfe du Morbihan, notamment la région de Vannes, lieu de leur résidence secondaire. Ils consacrèrent une partie de la soirée à parler de Paris que les parents avaient découvert il y avait de nombreuses années, au début de leur mariage, et ils évoquèrent bien des anecdotes cocasses sur les souvenirs qu'ils en avaient gardés.

Annabel se tut sur le cadeau reçu de Kevin d'autant que Francesca en avait eu un semblable de

Steve et que l'une comme l'autre se posaient des questions sur l'interprétation qu'elles devaient en faire, n'ignorant pas le symbole du voile. Un seul objectif comptait dans l'immédiat : vivre quelques jours en amoureux à Paris… Curieusement, le temps habituellement si prompt à défiler n'avançait plus, se disait Annabel.

IX

Lundi matin. Franck Waltersen, privé.

Toujours sans nouvelles de sa fille et de son ancienne épouse, Franck Waltersen se sentait pris entre deux feux différents, mais aussi dévastateurs l'un que l'autre : cette enquête qui risquait de lui exploser à la figure et la crainte d'une mauvaise nouvelle du côté de sa fille…

Son angoisse était à son comble et il ne pouvait plus trouver la moindre sérénité. Un brouillard s'immisçait dans sa tête, tel un prédateur silencieux, et troublait constamment son esprit. Il amenait ses affaires personnelles car il en était rendu à dormir sur place quelques heures par nuit, dans une petite pièce utilisée lors des astreintes et ceci ne l'arrangeait guère.

Il avait pu téléphoner plusieurs fois, quelques instants, à son amie et se réjouissait de l'avoir retrouvée dans cette salle de sport. Il se disait que cette rencontre était curieuse et ne cessait de penser qu'elle faisait suite à la discussion qu'il avait eue avec Jean-Hervé de la Buissonnière, le hasard menait-il la vie ? Ou était-ce le destin qui traçait son chemin ?

*

Cellule de crise.

Il n'était pas le seul à être tendu et fatigué. Il en était de même pour tous les membres présents autour de la table. Le commissaire Franck Waltersen, pourtant si calme et pondéré d'habitude, en arrivait à être excédé, voire à angoisser. À mesure que les jours passaient, l'anxiété s'était insinuée en lui et le poids de sa solitude à la tête de cette enquête lui devenait insupportable, il commençait à se dire qu'il serait le seul fusible à sauter en cas d'échec… Saisi d'une inexplicable tristesse, il lui arrivait souvent de soupirer. Il se sentait affaibli et avait souvent la nausée. Il pensait à sa fille tandis qu'il venait se poster devant l'une des fenêtres de la salle. Il leva les yeux au ciel puis les laissa se promener sur la ville qu'il dominait. Se pouvait-il que cette ville soit exposée à un danger mortel ? Puisse être agressée par un groupe de terroristes ? Tandis qu'il regardait au loin, tous ces immeubles, si solides, cette circulation insouciante, ces piétons qui déambulaient sur les trottoirs, cette idée lui parut absurde.

Cette affaire allait les rendre fous ! Aucun lien ne leur permettait de remonter aux maîtres-chanteurs. Le système de cloisonnement se montrait d'une étanchéité totale. Les terroristes ne commettaient aucune erreur et restaient silencieux, indétectables. Des centaines de personnes avaient été entendues, laissant dans de nombreux cas la police espérer voir passer quelques individus suspects de la garde à vue à la mise en examen… sans succès. Le compte à rebours s'égrenait. Bien avant une éventuelle bombe, tous se voyaient eux-mêmes « exploser ».

Le juge ne put s'empêcher de lancer quelques petites phrases assassines dont l'une mit en colère le commissaire Franck Waltersen :

— Dans toute cette affaire, vous ne voulez quand même pas nous faire croire que ces types sortent de « nulle part » et qu'ils ont tout orchestré tranquillement chez nous, sans que personne ne s'en aperçoive !

— Orchestré chez nous... ou ailleurs, à Londres par exemple !

Mais il préféra ne pas pratiquer l'escalade des mots. Il s'arrêta net. Il tenta de maîtriser la colère qui le submergeait, mais ne put s'empêcher d'ajouter :

— Aux États-Unis, même si des informations avaient filtré, celles-ci n'étaient pas remontées jusqu'au plus haut de l'état-major si bien que cela s'était passé comme si personne n'avait vu venir le 11 septembre, pas plus que, plus tard, les pays concernés par les attentats survenus à Madrid, Londres, Bombay ou plus récemment Stockholm, ou Paris dans le journal ; Copenhague et je vous parle pas de Tunis ! Sachez qu'ici, chacun de nous est conscient de la gravité de la situation et que personne ne ménage ses efforts ! Tout au long de notre vie, nous n'avons eu de cesse que d'arrêter ceux qui dépassent la ligne blanche et rien ni personne ne viendra nous faire changer sur ce point. En ce moment, nous ne vivons pas une seule minute sans penser à ces salopards qui nous empoisonnent la vie et risquent d'attenter à celle de nombreux innocents et ceci nous est totalement insupportable !

— Bordel ! Pas d'état d'âme ! On n'a pas le droit au moindre laxisme quand on a affaire à des terroristes ! Il faut me les coffrer tous !

La tension de cette affaire minait l'atmosphère comme si la tragédie allait s'abattre sur eux. La plupart étaient stupéfaits par la situation et personne n'avait les idées très claires car tous commençaient à avoir peur.

Fort heureusement, pour l'instant, les médias semblaient encore considérer cette affaire comme sans grand intérêt, malgré leurs déclarations fracassantes de départ. Le soufflé était rapidement retombé, ils ignoraient pour l'instant encore le chantage en cours. Mais il était clair qu'ils avaient en face d'eux des gens qui frayaient avec le mal. « L'exercice du mal est un art raffiné » reprenait souvent les instructeurs auprès des élèves de l'école des officiers de police judiciaire, pour stigmatiser cette force sournoise.

Le juge quitta la salle en colère, de même que le représentant du ministère de l'Intérieur. Les autres s'en allèrent en lançant seulement un regard lourd de reproches vers Franck Waltersen… Jean-Hervé de la Buissonière resta parler quelques instants avec lui, tentant de calmer le jeu, lui conseillant de ne pas se laisser miner par les propos du juge et de continuer à faire son travail au mieux avec ses équipes, comme il devait certainement le faire.

Ce fut le seul geste d'encouragement qu'il reçut, mais ces quelques paroles lui firent le plus grand bien.

*

Résidence diplomatique, bureau d'Ayman.

Assis à son bureau, bercé par des chants liturgiques pachtouns, Ayman paraissait absent. Toutefois, ses yeux trahissaient une certaine tristesse comme s'il ressentait un mal-être. Ses pensées vagabondaient dans un vide apaisant et il se dégageait de lui quelque chose d'ambigu. Il appela Souleyman.

— Toujours aucune réaction, pas la moindre ligne dans *Libération*, lui dit-il en montrant le journal ouvert devant lui.

— Ceci ne change rien, n'est-ce pas ? répondit celui-ci, surpris par les propos désappointés d'Ayman. Tout est bien convenu et arrêté, non ?

— Oui ! Bien sûr ! Ce qui me gêne, c'est comment faire pour leur dire que l'attentat n'a plus lieu jeudi prochain mais samedi. Je crains l'humiliation, une certaine perte de crédibilité, à cause de cette décision.

Dans de telles situations, Ayman avait tendance à marquer un léger temps de silence à la fin de chaque phrase que l'on pouvait interpréter de bien des façons au vu de son regard flottant et de son extrême réserve. Les deux hommes entretenaient des rapports étranges où se mêlaient fascination et une forme très masculine d'affection, sans doute décuplée chez eux à la fois par la solitude et l'exil. Ils participaient du même univers. Deux individus différents, mais animés par la même impulsion. Ne ressentaient-ils aucune compassion pour les autres ? Aucun sentiment réel ?

— Qu'en pense Yasmine ? demanda Souleyman.

— Elle préconise de faire un nouvel appel et de faire parvenir un CD de confirmation leur annonçant le nouveau délai…

— Oui, je crois que ce serait une bonne chose, non ?

— Ceci me gêne. Nous ne devons pas leur montrer que nous sommes prêts à faire des concessions, car nous n'en ferons pas. Le choix est simple : ou ils libèrent les six hommes et abandonnent toute poursuite, ou ils assument les attentats que nous allons perpétrer. C'est tout ! Nous n'offrons aucune autre alternative, dit-il d'un ton ferme.

— Nous pouvons toujours attendre mercredi pour prendre une décision…

— Oui. C'est ce que nous allons faire.

*

Mardi. Bureau de Charles Jones.

Ed rappela Charles Jones à propos de Habib Mourrashak, dit Kevin, et son poste au *Royal Free Hospital.* Après quelques rapides échanges de politesse, il alla droit au but.

— Ton petit protégé, tu es bien sûr qu'il est en poste dans le centre hospitalier ?

— Oui, je le tiens de ma fille, pourquoi, il y a un problème ?

— En effet, et de taille. J'ai d'abord recherché dans l'effectif des permanents : absent. Puis, dans celui des personnes sous contrat : absent. Je me suis alors dit qu'il se trouvait peut-être chez un sous-traitant : toujours absent ! J'ai fait reprendre le fichier de tous les étudiants accrédités au sein de l'établissement : toujours rien. J'ai effectué des recherches sur bien d'autres fichiers : ton jeune homme est totalement inexistant. Je suis vraiment désolé. Pour moi, il ne peut pas être chez nous, et à aucun titre, même sous un autre nom approchant ou une autre orthographe, j'ai tout fait balayer pour rechercher à tout hasard, mais il n'y a aucune trace de lui. Redemande à ta fille et tiens-moi au courant, car en l'état actuel, je ne peux rien faire.

La surprise fut totale pour Charles Jones, il ne s'attendait, en aucune façon, à ce type de réponse. Il avait beau réfléchir, il ne comprenait pas. Il remercia son ami Ed pour tout le mal qu'il s'était donné. Il décida aussitôt d'appeler son ami, Tony, à *I.F.G.* en espérant qu'il pourrait, peut-être, dans ce cas, joindre Mohamed Askenazi et lui demander une précision sur le poste réellement occupé par son ami Habib. Il obtint rapidement la communication avec son ami, Tony.

— Ton appel tombe bien, j'allais t'appeler dans la journée, car il y a un petit problème pour ton gars…

— Comment ça, un problème ?

— Oui, en ce sens que ton Mohamed Askenazi est totalement introuvable dans nos fichiers et dans toutes les entreprises qui travaillent en amont ou en aval de notre société, à tel point que je ne sais plus très bien où aller chercher. Il faudrait que tu vérifies exactement où il travaille, je ne l'ai même pas comme étudiant stagiaire de passage !

— Ah ? C'est étonnant ! Bon, je vais revoir cela et je te rappelle. Si, à tout hasard, tu découvrais quelque chose, tu me tiens au courant !

— O.K. Pas de problème.

Charles Jones raccrocha et se demanda quel comportement adopter. Appeler son épouse pour l'informer ? Non. Inutile de l'embêter avec cela. Appeler sa fille ? Non plus. Il allait la contrarier d'autant qu'elle n'avait rien demandé et ne voulait surtout pas que son intervention arrive aux oreilles des intéressés. Il resta un long moment à réfléchir, décrochant même son téléphone pour tenter de comprendre ce qui se passait et ne pas se laisser perturber par un appel inopportun durant sa réflexion.

Visiblement, les deux jeunes gens avaient menti sur leur activité en dehors de l'instruction au pilotage. Pourquoi? Étaient-ils d'une origine trop modeste et voulaient-ils se valoriser aux yeux des jeunes filles en raison du rang social de leur famille? Dans quel intérêt? C'était ridicule! La vérité serait apparue à un moment ou à un autre. Que se passait-il et à quel jeu jouaient-ils? La plus grande crainte dans le moment était de décevoir sa fille et de lui faire perdre le moral et tout l'entrain qui l'animaient.

Charles Jones tentait désespérément de tourner le problème dans tous les sens, il ne voyait vraiment pas quelle orientation prendre. Pour se donner quelques idées, il consulta le petit carnet noir personnel qu'il conservait toujours sur lui et sur lequel figuraient les coordonnées de ses amis de diverses obédiences afin de trouver qui appeler pour lui venir en aide.

En le feuilletant, il tomba sur le nom de George Brown, ce sympathique patron d'une très importante société dont l'activité principale était la gestion de la sécurité au sein de vastes groupes sur Londres. Celui-ci possédait également à son propre nom une filiale dont l'activité essentielle était la surveillance, la filature, l'enquête pour la recherche de personnes dans l'intérêt des familles ou dans le cadre d'enquêtes réclamées par des compagnies d'assurances. Il l'appela et lui expliqua la situation:

— Bien, j'ai compris. C'est en effet étonnant ! Ce que je te propose, c'est de mettre à disposition un de mes gars pour les filer et on sera fixés sur qui ils sont réellement et ce qu'ils font.

— Oui, mais discrétion totale !

— Évidemment. À partir d'où puis-je les faire suivre ?

Charles Jones, toujours sonné, réfléchit quelques instants avant de répondre, tout en se demandant s'il faisait bien d'agir de la sorte. Il ne devait pas en parler à son épouse ni à sa fille, elles n'apprécieraient guère… Mais, il voulait et devait désormais savoir qui étaient ces deux jeunes gens.

— Ma fille effectue sa prochaine sortie à l'aérodrome de Redhill mercredi, c'est-à-dire demain. Le plus simple serait de suivre ces instructeurs quand ils quitteront l'aérodrome.

— Demain, c'est un peu juste pour moi. Mais tant pis, pour toi, je te promets de faire le nécessaire, je vais m'en occuper tout de suite et je t'appelle dès jeudi ou vendredi au plus tard, sans faute, pour te donner les résultats.

Charles se contenta d'acquiescer mollement, essayant de repousser les questions qui se bousculaient dans son esprit. Il n'était pas très fier de la décision qu'il avait prise ni de la demande qu'il venait de formuler auprès de son ami…

Il dut réaliser un véritable effort pour se dégager de ces mille interrogations qui le hantaient. Pour lui, sa fille représentait tellement que quiconque s'en approchait devait faire preuve d'une réelle valeur. Il se rassura comme il le put en se disant que si Kevin croyait en Dieu au point d'avoir influencé sa fille, il ne pouvait pas être mauvais et qu'il existerait bien une réponse claire et une explication à cette situation. Ses yeux se posèrent sur le tableau accroché au mur qui lui faisait face, mais, comme la fixité de ses pupilles le prouvait, il ne regardait rien.

*

Mardi. Franck Waltersen, privé.

Il reçut enfin un message de son ancienne épouse par SMS. « Amélie ne va pas fort, il faudrait que tu la voies pour discuter avec elle, elle en a besoin, tiens-moi au courant ! »

— Facile, toujours la même chose ! rugit-il. À moi les emmerdes comme toujours, mais je fais comment moi ? Avec tout ce qui me tombe sur la patate !

Il était fou furieux et aurait voulu tout envoyer balader… Mais, une fois de plus, il savait qu'il devait se contrôler, se calmer et continuer…

*

Cellule de crise.

Le silence des maîtres-chanteurs n'annonçait rien de positif et chacun pouvait, dès lors, craindre de les voir mettre leur ultimatum à exécution. Jean-Hervé de la Buissonière ne pouvait être présent tout comme le représentant de l'Intérieur pris par d'autres occupations tout aussi importantes.

De Kerbonnec de Silijou, impavide au début de la réunion, commençait lui aussi à craindre le pire car, de toute évidence, il ne faisait plus aucun doute que se profilait une menace plus ou moins inspirée des pratiques djihadistes d'Al-Qaïda, reprises par des groupes islamico-maffieux, vraisemblablement électron libre de l'après Ben Laden. Benghazi était dans tous les esprits avec ces salafistes qui se prétendent adeptes d'AQMI qui n'hésitent pas à tuer un ambassadeur américain sous prétexte de projection d'un film islamophobe. De même, et plus que jamais, avec les membres formés par Daesh en Syrie ou en Irak et qui revenaient dans leur pays d'origine « gonflés à bloc » pour commettre un attentat dès qu'on leur donnerait l'ordre de le faire et la cible choisie. Chaque groupe faisant allégeance à Daesh progressivement pour obtenir une vision médiatique de leurs actions. Chacun savait que le détail peut être l'élément déclenchant de faits très graves.

Aussi, personne ne voulait prendre un tel risque. D'ailleurs, lors de sa dernière entrevue avec le chef de l'État, le juge avait obtenu une concession. Celui-ci acceptait une ouverture afin de gagner du temps et d'amener ainsi les maîtres chanteurs à réagir, pour tenter une fois encore de les intercepter. Il donnait son accord pour passer une annonce dans *Libération*. Le chef de l'État avait d'ailleurs précisé, à cette occasion :

— L'important est de réussir à tout prix à planter une banderille et, pour prolonger la comparaison tauromachique, de voir où nous mènera la bête !

Mais, au final, la conclusion restait la même : « En aucune circonstance nous ne céderons au chantage ! Nous ne négocierons pas sous la contrainte ! »

Le groupe de la cellule de crise travaillait à présent sur le texte afin qu'il soit le plus concis et le plus précis possible, tout en étant prometteur, mais sans prendre le moindre engagement. Après différentes propositions, ils finirent par retenir le message suivant : « Accord pour arrêter modalités de libération des six hommes. Attendons appel ».

La stratégie étant de proposer une libération contre caution dans un premier temps, puis de leur dire qu'une fois la remise en liberté effectuée, il devenait aisé de commuer l'incarcération précédente en abandon de poursuite pour classer le dossier définitivement. Cependant, compte tenu des éléments détenus dans cette affaire, le gouvernement ne pourrait pas mieux faire, d'autant que les médias s'en étaient emparés et que le risque d'indiscrétion ou de fuite subsistait.

Chacun restait convaincu qu'une caution les obligerait à se dévoiler et précipiterait ainsi leur chute. « Aucune erreur, aucun manquement ne saurait être accepté » avait lancé le juge, d'un ton péremptoire, rappelant une nouvelle fois les risques que ferait supporter l'échec d'une telle opération aux responsables de la police. Ses propos se voulaient sentencieux.

Cependant, pour la première fois depuis le début de cette affaire, les policiers avaient la certitude de pouvoir tenir, à un moment ou à un autre, un indice exploitable leur permettant de mettre un terme à ce chantage. Imitant la tactique du crabe, ils devaient tenter d'attaquer de biais car, dans une telle conjoncture, assuraient-ils, « c'était le moment ou jamais de leur mettre la main dessus pour les livrer à la justice ».

*

Appel de Jean-Hervé de la Buissonnière à Waltersen.

— Je n'ai pu assister à la réunion, que s'est-il passé ? Je n'ai pu joindre aucun des membres…

Franck Waltersen lui fit un rapide rapport. Puis il ne cacha pas son inquiétude :

— Je crois que nous nous dirigeons vers un risque ultime… Avez-vous découvert quelques traces financières suspectes qui nous éclairent ?

— Hélas, rien de tangible, pour la bonne raison qu'il devient de plus en plus difficile d'isoler tel ou tel acte financier dans le contexte financier international qui devient de plus en plus explosif. Les opérations spéculatives sont en train de se multiplier dans des proportions inquiétantes. En fait, le risque est à la mesure du gonflement de la masse financière qui a quadruplé depuis 1980 pour atteindre des flux quotidiens de 1200 à 1500 milliards d'euros par jour… Vous vous rendez compte, cinq à six fois le budget de la France ! Nous sommes rendus aujourd'hui à des montants de transactions financières internationales cinquante fois plus importants que la valeur du commerce international sur les biens et services, ce qui veut dire que seulement deux pour cent des transactions financières correspondent à une activité réelle. L'essentiel devient pure spéculation, jeu de pari dans lequel l'argent devient une marchandise qui s'autoproduit…

— Donc la crise de 2008 n'a rien réglé ? s'étonna Waltersen.

— Hélas non ! Bien au contraire ! Et c'est ce qui facilite l'immixtion de gros trafiquants : les cartels de la drogue, les trafics de tabac, d'armes, la fabrication à grande échelle de contrefaçons de toutes sortes et pas uniquement de produits de luxe, cela va des produits médicaux aux pièces de voiture en passant par toutes sortes de produits de consommation, sans compter les innombrables autres trafics clandestins d'animaux, de matières premières, la prostitution, les jeux, le piratage et j'en passe des dizaines et des dizaines…

— Évidemment…

— Quand vous êtes un petit dealer dans un quartier, vous pouvez tourner avec votre argent liquide à votre guise et vivre en dehors des circuits financiers… Quand vous disposez de centaines de millions et de dizaines de milliards d'euros ou de dollars, vous ne pouvez plus garder votre liquide dans votre poche et vous êtes obligés de le faire rentrer dans le système financier et là… toute une brochette de types peu scrupuleux vous attend, profitant par la même occasion du système pour y ajouter leur dose de spéculation, leurs énormes profits et faire grossir les bulles !

— Et que peut-on y faire ?

— D'abord calmer le jeu, tenter de faire le tri… Un seul exemple : ne serait-ce que la mise hors marché spéculatif des denrées alimentaires pourrait être un premier pas vers la sortie de cette barbarie financière. Il faudrait coupler ces mesures à un plus strict contrôle des paradis fiscaux et j'en passe… peut-être que les prochains G20 iront dans ce sens… mais de nombreux chefs d'état sont bien seuls face à des puissances financières mondiales dont certains comme Goldman Sachs[24] exploitent de nombreux réseaux et usent de méthodes légales…

---

24. Voir bibliographie.

mais souvent immorales. Tout le monde connaît le sujet de la Grèce et chacun sait que Goldman Sachs met ses anciens hommes de pouvoir dans les pays et les structures internationales comme la BCE… L'introduction de la Grèce dans l'Euro est du cousu main de Goldman Sachs, sauf que ce sont tous les contribuables de l'Europe qui vont payer et qui payent la note tandis que seul Goldman Sachs encaisse les profits ! Mais tout ceci est une autre histoire et ne résout pas notre préoccupation du moment. Tout cela pour vous dire que nous n'avons rien pu isoler qui puisse être versé à notre dossier…

— Vous pensez qu'il faudrait agir bien en amont ?

— Oui. On ne pourra éradiquer certaines affaires véreuses sans taper là où ça fait mal, sur leur argent ! Car toutes ces « entreprises occultes » n'ont qu'un seul objectif, venir se trémousser au grand bal du fric ! S'acheter une moralité et avoir un jour pignon sur rue par le biais des paradis fiscaux. Ces places financières extraterritoriales sont les « trous noirs » de l'économie mondiale… Ces paradis fiscaux et judiciaires sont un obstacle au développement…

Jean-Hervé de la Buissonnière se tut brutalement car il devait sentir qu'il se laissait emporter par un sujet qui lui tenait beaucoup trop à cœur.

Ces dernières réflexions surprirent Franck Waltersen, mais il devinait que la sincérité des propos de Jean-Hervé de la Buissonnière révélait un homme intègre qui se situait au-delà de la basse spéculation financière ; quelque part, loin de leurs préoccupations particulières et de leurs différences, ils se rejoignaient tous les deux.

Tout en y réfléchissant, il lui répondit :

— Il faudrait créer une sorte de cellule internationale, capable de dépouiller toutes les structures juridiques et leurs comptes off shore, chargée de détecter toutes les sources occultes et ensuite… forte des renseignements obtenus… elle pourrait agir par des équipes spécialisées sur les personnes concernées…

— C'est un peu ce à quoi je pense, mais cette unité ne devrait avoir aucun cadre juridique ni administratif afin de pouvoir agir sans contrainte et ça, ce n'est pas encore dans la tête de nos gouvernants ni de nos chefs de service, que ce soit de la DGSE, de la DGSI, de l'anti-terrorisme et que sais-je encore, en France comme dans les autres pays… Pourtant, je dois avouer que ce type de solution me séduit…

— Il reste beaucoup de chemin à parcourir… En attendant, dans notre affaire, nous sommes toujours au point mort ! conclut Waltersen.

Après un bref silence, Jean-Hervé de la Buissonnière poursuivit la conversation sous un tout autre angle :

— Pensez-vous toujours à vous accorder un temps de répit pour être plus fort au quotidien ?

— Pas toujours facile, surtout en ce moment !

— Vous m'avez bien dit que vous aviez une fille à laquelle vous tenez énormément. Alors, pensez-y même si ce n'est jamais facile de prendre des décisions ; si on n'y prend garde, nous trouvons toujours une bonne raison de ne pas le faire…

— À qui le dites-vous !

— De ce côté, je dois avouer que j'ai une chance inouïe, mon épouse est particulièrement cultivée et a su transmettre à nos deux filles sa passion de l'art, de l'Histoire, de l'enrichissement personnel, sans doute en feront-elles leur métier plus tard, d'ailleurs... Leur seule préoccupation du moment est l'escapade que nous allons faire à Prague... ville que j'adore. Concerts, musées et visites de la ville au programme de ces quelques jours.

— Pourtant vous avez dû circuler dans le monde entier déjà...

— Oui. Mais, bien seul. Il faut reconnaître que tout au long de ma carrière, je me suis rendu dans les principales capitales du monde, mais en dehors de l'avion, du taxi, du lieu de rendez-vous et de négociation, d'un hôtel pour dormir quelques heures... je ne découvrais guère les lieux où je me rendais...

— Quand cette affaire sera terminée... je vais y penser... tout ce que vous me dites me touche beaucoup, bientôt ma fille prendra son propre chemin et j'ai conscience que vous avez tellement raison...

Quand ils raccrochèrent, Franck Waltersen, une fois de plus, éprouva comme un sentiment de reconnaissance envers Jean-Hervé de la Buissonnière, peu importait la situation professionnelle, il fallait continuer à vivre! C'était tellement évident, pourtant rares étaient les personnes qui prenaient la peine de se le dire et de... plus important... prendre des dispositions dans ce sens...

*

Résidence des maîtres-chanteurs.

Au même moment, la mort dans l'âme, Ayman envisageait d'enregistrer un nouveau CD repoussant l'ultimatum du jeudi au samedi, cachant ainsi leurs contraintes derrière une hypothétique bonne volonté de leur part dans un geste exceptionnel. Il s'agissait dès lors de la préparer le soir même, de téléphoner à la DCPJ le lendemain matin et d'expédier l'enregistrement de confirmation au même moment, afin que le destinataire le reçoive le jeudi matin.

Fait exceptionnel, ils se réunirent tous les trois dans le grand bureau. Yasmine, assise toute droite sur sa chaise à côté et en retrait d'Ayman ; Souleyman, debout devant le bureau. Ils définissaient le texte à communiquer qu'ils voulaient concis. Ils arrêtèrent leur position en mettant l'accent sur la patience dont ils avaient fait preuve jusque-là sans obtenir le moindre geste de la part du gouvernement français. En conséquence, ils offraient une dernière chance aux responsables en charge de ce dossier, avant d'exécuter un attentat venant du ciel qui ébranlerait la capitale, tuant ainsi des centaines, voire des milliers de personnes. Ils s'efforçaient de parler d'une voix mesurée mais dépourvue d'indulgence.

Le texte arrêté, Ayman et Souleyman descendirent dans la cave tandis que Yasmine s'en alla vaquer à ses occupations. L'humeur était morose.

X

Mercredi matin. Aérodrome de Redhill.

Un seul minibus fit son entrée sur le tarmac, pour venir stationner près du hangar abritant les autogyres. Une des huit jeunes filles était souffrante et, son état de santé étant alarmant, elle avait été hospitalisée. Deux autres renonçaient au voyage en autogyre et, de ce fait, à l'excursion à Paris, mais acceptaient volontiers de reprendre plus tard le pilotage en ULM. Elles ne seraient ainsi que cinq à effectuer le périple parisien.

Le directeur fit une réunion dans la salle polyvalente afin d'évoquer la sortie en France. Les appareils décolleraient le vendredi matin et feraient escale sur l'aérodrome de Lydd afin de permettre au fourgon d'accompagnement de prendre les passagères en charge pour franchir la Manche par le tunnel, de Folkestone à Calais.

— Pourquoi ne restons-nous pas dans les appareils ? demanda Francesca.

— Pour des raisons de sécurité, nous n'avons pas obtenu les autorisations de survol avec passager à mobilité réduite. Mais, rassurez-vous, dès la Manche franchie, vous serez hébergées à Calais et, le lendemain matin, vous rejoindrez vos appareils sur l'aérodrome de Saint-Inglevert. De là, vous survolerez la côte à hauteur de Boulogne-sur-Mer et, plus bas, la prestigieuse station du Touquet, puis Berck pour venir vous poser à Beauvais[25].

— Et pourquoi pas à Paris ?

— Nous n'avons pas obtenu les autorisations non plus. Mais ne vous inquiétez pas, ce n'est pas très loin, le minibus vous conduira à votre hôtel dans le sud de Paris, tout à côté du parc des expositions de la Porte de Versailles. Une société de voyages parisienne vous a préparé tout un programme et vous prendra en charge le soir même de votre arrivée : visite nocturne de la capitale, balade avec dîner en bateau-mouche et visite à nouveau toute la journée de dimanche. Puis vous prendrez le chemin du retour le lundi et le mardi…

— Et nos instructeurs ? demanda Francesca en regardant Steve qui semblait penser à autre chose, le regard dans le vague, comme chacun de ses collègues d'ailleurs.

— Ils vous accompagneront, bien entendu ! Un anticyclone est prévu sur la France à cette période, vous devriez avoir du beau temps, mieux qu'ici en tous les cas. Pas d'autre question ?

Sans attendre, il fit signe aux instructeurs de prendre en charge les cinq jeunes filles et commanda aux trois autres, sans passagère, de le rejoindre.

Annabel et Francesca se levèrent de leur siège pour embrasser leur instructeur, mais sans la moindre effusion. Devant la réticence de Kevin et de Steve, elles

25. Aéroport international qui a développé un important trafic de passagers auprès des compagnies à bas coût.

en déduisirent qu'elles ne devaient peut-être pas se montrer trop démonstratives devant le directeur. Cette petite contrariété fut passagère et ils prirent la direction de leurs appareils. Une discussion semblait vivement s'engager entre le directeur et les trois instructeurs.

Le temps était maussade, un ciel gris et menaçant empêchait tout espoir au soleil de laisser passer ses rayons. Avant de mettre leur casque, Annabel et Francesca disposèrent leur voile sur leurs cheveux et en profitèrent pour aguicher Kevin et Steve qui s'étaient montrés distants jusque-là. Ils retrouvèrent enfin tous les quatre le sourire. Au moment de décoller, Annabel vit le véhicule du directeur quitter rapidement l'aérodrome avec les trois instructeurs.

Le programme de vol se déroula parfaitement malgré les bourrasques qui s'abattirent en fin de journée sur la région, ce qui démontra la fiabilité des autogyres, beaucoup moins sensibles que les ULM aux situations dégradées.

Les cinq jeunes filles reprirent leur minibus pour rejoindre leur établissement universitaire, puis, bien plus tard, les instructeurs quittèrent l'aérodrome dans un seul véhicule et aucun d'entre eux ne remarqua la filature qui se mettait en place derrière eux.

*

Mercredi matin. Résidence diplomatique, bureau d'Ayman.

Pour une fois, chose totalement inhabituelle chez lui, Ayman souriait… Mieux, il jubilait en lisant et relisant l'annonce parue ce matin même dans

Libération. Il appela Souleyman et Yasmine pour partager ce bonheur :

— Regardez ! Ils viendront un jour nous manger dans la main, ces gentils toutous. Ils commencent enfin à comprendre qu'ils ne sont plus les maîtres !

— Peut-être veulent-ils nous tendre un piège ? s'interrogea Yasmine en scrutant avec acuité le visage d'Ayman.

Souleyman resta silencieux, un léger sourire au coin des lèvres et l'œil moqueur.

— Certainement même ! Les tractations seront brèves et devront déboucher sur la libération des prisonniers sans condition. Si l'accord n'est pas clair, je leur signifierai qu'une fois de plus ils auront été très mauvais et qu'en conséquence, la menace précédente sera mise à exécution le samedi. Ils seront satisfaits d'une chose au moins : ils auront obtenu un nouveau délai et nous n'aurons pas donné l'impression de mollir dans notre transaction. Nous paraîtrons toujours intraitables et c'est ce qu'il faut. Souleyman, nous reste-t-il des téléphones à carte du lot précédent ?

— Oui, deux. Désactivés bien sûr et carte SIM enlevée avant tout usage.

— Bien. Nous allons nous promener dans Paris…

Peu de temps après, Souleyman conduisait la même luxueuse Mercedes noire à plaque diplomatique. Ayman se tenait à l'arrière cette fois et, comme lors du précédent message communiqué par Yasmine, celui-ci attendit de se trouver sur la place de la Bastille pour réintroduire la carte SIM, activer son portable et appeler la DCPJ au moment où ils remontaient le boulevard Richard Lenoir.

La DCPJ tenta de gagner du temps, mais Ayman menaça de cesser l'entretien s'il n'avait pas un interlocuteur qui confirme la libération des six prisonniers. Franck Waltersen prit l'appareil :

— Comme indiqué dans l'annonce, nous sommes d'accord pour libérer les six interpellés de l'O.S.M. Cependant, cette opération devra s'effectuer contre une caution…

— Contre rien du tout ! Vous les libérez ou vous ne les libérez pas ! Un point c'est tout ! J'attends votre réponse en vous signalant que nous arrivons au terme de notre entretien.

— Comme je vous le disais, mes supérieurs sont d'accord pour répondre à votre exigence, mais cela ne pourra se faire sans une certaine contrepartie…

— Aucune contrepartie ! Répondez-moi par oui ou par non à présent : êtes-vous prêts à libérer les six hommes sans condition aucune ?

— Je vous l'ai dit : oui, mais pour cela…

— NON ! L'entretien est terminé ! Je note et j'ai enregistré que vous ne voulez pas libérer nos hommes et que vous êtes prêts à supporter toutes les conséquences de cette décision. Ce ne sera plus la peine de passer d'annonce. Je vous adresse un nouvel enregistrement vous signifiant que des attentats venant du ciel toucheront la capitale de plein fouet samedi en fin de journée. Étant donné votre non-respect des engagements et notre perte de confiance, il n'y aura plus de contact entre nous désormais.

Le ton était aimable, mais la haine implacable qui se lisait dans son regard n'aurait laissé à quiconque aucun espoir d'espérer la moindre faveur.

Ayman raccrocha et coupa aussitôt son portable, enleva la carte SIM en arrivant place de Stalingrad et demanda à Souleyman de la détruire et de la jeter dans la *Seine* en se garant quelques secondes quai de la Seine. Il démantela aussi le portable qu'il jeta en plusieurs morceaux dans le fleuve. Puis, ils prirent la route du retour. Ayman était à la fois furieux de la tentative de la police et satisfait que cette libération n'ait pas lieu, les attentats pouvaient ainsi être exécutés… Il marmonna pour lui-même, sur le ton de la colère :

— Comme cela, ils vont voir de quel bois nous nous chauffons et, à l'avenir, si d'autres situations de ce genre devaient se reproduire, que ce soit en France ou dans n'importe quel pays d'Europe de l'Ouest, ils réfléchiront à deux fois !

*

QG de la DCPJ.

Le groupe repassait l'enregistrement de la conversation téléphonique entre Waltersen et Ayman.

La menace était sans appel. C'était un constat d'échec, aucune négociation n'étant possible. Ils durent rendre compte au juge de Kerbonnec de Silijou.

Celui-ci explosa de colère :

— Mais, merde à la fin, vous n'avez même pas été fichus de les faire patienter, d'ouvrir une négociation ou, au moins, de leur donner la possibilité de nous rappeler en leur laissant entrevoir que vous étiez prêts à pratiquer la libération sans contrepartie, mais qu'il vous fallait un nouveau délai, le temps de négocier plus haut… ou quelque chose de ce genre, je ne sais pas, moi…

— Non. Vous écouterez l'enregistrement et vous verrez que, dès que j'ouvrais la négociation, l'interlocuteur stoppait net l'entretien et revenait à la demande de libération sans condition. Nous sommes face à des individus intelligents qui connaissent parfaitement les limites de l'utilisation d'un téléphone portable et ne veulent prendre aucun risque. Ils sont déterminés et ne cèderont pas et il est à craindre désormais qu'ils mettent leurs menaces à exécution, samedi. Nous devons immédiatement nous y préparer…

— Et les téléphones portables ?

— Il s'agit de cartes prépayées, achetées sous un faux nom et une fausse adresse…

— N'attendez pas de félicitations en haut lieu !

Le juge raccrocha très en colère, songeant qu'il devait annoncer au ministre de tutelle ce qui s'était passé…

Les services spécialisés avaient réussi à déterminer les bornes activées et considéraient, comme l'autre jour, que le parcours s'était vraisemblablement effectué en voiture et pouvait se situer, de la place de la Bastille aux environs de la place de Stalingrad. Aucune trace avant, aucune après. C'était vraiment un coup pour rien. Les voix étaient les mêmes… Ils n'avaient rien de plus à se mettre sous la dent.

Cette situation angoissait de plus en plus Franck Waltersen qui s'entourait à présent de multiples petites peurs irrationnelles, parce qu'elles lui étaient nécessaires, mais aussi parce que c'était ce qui lui permettait de se protéger de la grande peur.

*

Résidence diplomatique.

Dans la cave, Ayman et Souleyman s'activaient pour enregistrer le message dont les propos se calquaient sur ceux prévus initialement, annonçant le report au samedi. Sauf que ce n'était plus eux qui proposaient mais qui décidaient du report en raison du refus de libérer les prisonniers.

Ils gardaient la main jusqu'au bout sans faiblir et ceci plaisait davantage à Ayman. Il rendrait compte ensuite « au dessus » pendant que Souleyman irait poster le CD. Demain, ils prendraient tous les trois un avion de ligne pour l'Arabie Saoudite. Leur mission était terminée. Il leur restait juste à changer d'identité et à revenir plus tard pour d'autres missions.

Ayman était heureux d'avoir mené cette affaire de cette façon et, en même temps, un peu frustré que ce soit terminé parce qu'il se trouverait loin de Paris au moment de l'attentat. À cette idée, il éprouva une sensation particulière comme un déchirement entre jouissance et mélancolie…

*

Jeudi matin. Cellule de crise.

Les participants habituels, exceptés le représentant de la Place Beauveau et Jean-Hervé de la Buissonnière, réécoutaient l'enregistrement de l'entretien téléphonique de la veille et visionnaient le CD reçu peu de temps avant. Nul doute, le groupe semblait intransigeant. La menace laissait supposer le pire. Et toujours pas la moindre trace de ces individus, que ce soit en France, en Allemagne, en Belgique ou aux Pays-Bas. Devant la gravité de la situation, la cellule avait relancé plus activement Londres sur le dernier attentat de Stockholm, celui de Madrid et ceux de Paris et les découvertes en Belgique juste après, à propos des explosifs déposés dans les trois avions de ligne car ils étaient de composition similaire à celle utilisée pour ces attentats. Le chef de l'État contacta lui aussi ses homologues. Il missionna également le juge, de Kerbonnec de Silijou, pour prendre contact avec Eurojust à La Haye et le directeur du Centre Européen de Sécurité et de Renseignements Stratégiques car le chantage exercé sur la France pourrait être aussi un signal à l'attention d'autres activistes pour qu'ils lancent également leurs attaques au même moment.

Les collègues madrilènes ne purent fournir aucune information. Pourtant, ils auraient vivement souhaité aider la France, ils avaient tellement souffert des attentats du 11 mars 2004 qui avaient provoqué la mort de près de deux cents personnes dans quatre trains de banlieue près de la gare d'Atocha, non loin de Madrid !

À Londres, à Thames House, siège des services de la sécurité intérieure et du contre-espionnage, le MI5, la direction était assurée par une femme, Pénélope Botz. Elle avait de réelles attaches avec la France et s'était déjà entretenue à de multiples reprises avec Franck Waltersen, car elle maîtrisait parfaitement le français.

Elle lui avait évoqué le parcours de sa famille, d'origine corse. Son grand-père s'appelait Bozzi, que les Anglais prononçait BODZzi en mettant l'accent tonique sur le BODZ. L'état civil anglais avait transformé ce nom en Botz, au fil des générations. Elle avait un pied-à-terre près de Bordeaux et s'y rendait aussi souvent que son métier le lui permettait. Aussi se mit-elle en quatre pour tenter de recueillir quelques informations sur les nombreux groupuscules qui fréquentaient Londres, contactant son homologue du MI6[26], le service du renseignement extérieur du Royaume-Uni.

Aucun signe, aucun indice, rien ne lui permit d'apporter une quelconque aide à ses collègues français. Depuis les attentats de juillet 2005, elle assurait que rien n'était laissé au hasard, mais que l'on pouvait toujours s'attendre à tout et n'importe quoi car des groupes extrémistes s'infiltraient en totale discrétion :

— Il faut tout de même savoir qu'un des terroristes des attentats londoniens de 2005 était parfaitement inséré, donnait des cours du soir de rattrapage à des élèves en difficulté ! Que d'autres, rasés de près, jouaient au cricket ou au golf et fréquentaient un milieu plutôt aisé. Tous étaient des types au-dessus de tout soupçon, alors, on ne sait jamais ! Même chose pour le dernier en date qui s'est fait sauter à Stockholm, il avait une vie familiale parfaitement réglée, il nous est donc impossible de savoir si quelqu'un de parfaitement intégré n'est pas prêt, d'un moment à l'autre, aux pires abominations ! avait-elle ajouté à Franck Waltersen, désolée de ne lui être d'aucune aide, car visiblement, sur Londres, tout était calme et elle n'allait pas s'en

26. *Intelligence Service.*

plaindre. Rien ne remontait non plus de ses services de renseignements en provenance des lieux de culte les plus radicaux…

Quant à Eurojust à La Haye, de Kerbonnec de Silijou se mit en relation une nouvelle fois avec le magistrat de liaison français de cette cellule créée en 2002. Ce service rassemblait des juges des vingt-sept états, nommés par leur pays afin d'échanger des informations et de coordonner leurs enquêtes, dépassant les barrières linguistiques pour faire face aux criminels qui multipliaient les trafics au-delà des frontières. L'arme d'Eurojust : le mandat d'arrêt européen. Celui-ci avait considérablement simplifié la procédure d'extradition.

Hélas, là encore, aucune information sur un quelconque groupuscule ou des liens avec l'O.S.M., que ce soit en amont ou en aval. Tout au plus devinait-on, par certains effets de ricochet, un éventuel lien avec le terrorisme islamique qui se revendique du djihadisme, mais il y avait tellement de sociétés-écrans que rien n'était véritablement prouvé pour l'instant. Le dispositif semblait parfaitement étanche et indétectable. Cela prouvait, une fois de plus, que l'organisation était remarquablement structurée pour agir en totale impunité et qu'elle bénéficiait très certainement des meilleurs conseillers mondiaux en la matière. L'argent pouvait tout acheter, surtout ces derniers… Aucun doute, les malfaiteurs possédaient un coup d'avance et semblaient bien se moquer des frontières. De l'avis général, il y avait lieu de ne pas prendre cette affaire à la légère.

Une unité dotée d'un profil politique avait été créée au lendemain des attentats de Madrid, en

2004, et son coordinateur, depuis sa création, était le parlementaire néerlandais, Gijs de Vries, mais ce dernier avait démissionné en septembre 2007. Il était vrai que sa mission s'avérait difficile en raison des pouvoirs limités dont il disposait et d'une certaine résistance des états-membres qui rechignaient à partager leur souveraineté dans la lutte contre le terrorisme. Résultat : ceci ne permettait pas de faire avancer le dossier de la France dans le moment, mais montrait bien la faiblesse de l'Union Européenne face au terrorisme…

Si bien que, pour l'instant encore, l'enquête dessinait une géographie sans queue ni tête, comme ces dessins en pointillés qu'on ne peut interpréter qu'une fois tous les points reliés, ce qui exacerbait le juge, le patron de la DCPJ, le commissaire Waltersen ainsi que tous les effectifs en charge de cette affaire. Et sur les visages s'affichait plus que jamais un regard las où se lisaient défaite et fatigue.

*

Jeudi. Résidence diplomatique.

Ayman, Souleyman et Yasmine venaient d'achever leurs valises. Un des responsables de l'hôtel privé, en poste en France depuis de nombreuses années, allait les conduire à Roissy pour prendre l'avion pour l'Arabie Saoudite. La forte tension régnant dans l'aéroport traduisait la mise en place d'un plan vigipirate écarlate, voire d'un état d'alerte maximale, pensa Ayman. Policiers en tenue, militaires et certainement de nombreux civils assuraient une surveillance extrême. Les contrôles furent longs et méticuleux, mais ne posèrent aucun souci aux trois voyageurs. Leur avion décolla avec un léger retard d'une demi-heure seulement.

*

Jeudi. Londres. Bureau de Charles Jones.

Charles Jones avait tenté de faire abstraction des informations obtenues des entreprises censées employer Kevin et Steve. Il portait seul pour l'instant ce secret, inutile d'affoler son épouse et encore moins de contrarier sa fille. Il brûlait d'impatience d'avoir des nouvelles de son ami, George Brown, et de son détective privé, et bondissait à chaque fois que son téléphone sonnait, tellement l'inquiétude le rongeait.

En fin de matinée, George Brown apporta enfin ses informations :

— Alors, demanda-t-il, tu as des renseignements ?

— Oui, répliqua-t-il. Comme convenu, hier soir j'ai réussi à mettre un de mes bons agents sur cette affaire de filature. Il n'a éprouvé aucune difficulté à suivre le minibus qui transportait tous les instructeurs de l'aérodrome de Redhill.

— Combien étaient-ils ?

— Cinq et l'un d'entre eux conduisait le véhicule.

— Mais, je ne comprends pas, normalement ils sont huit. Habib Mourrashak et Mohamed Askenazi se trouvaient-ils bien à bord ?

— Ça, je ne peux pas te répondre. Une chose est certaine : dans l'après-midi, cinq autogyres seulement sont rentrés et, c'est simple, il n'y avait plus personne sur l'aérodrome en raison du mauvais temps quand les cinq jeunes filles sont parties dans leur minibus. Les cinq instructeurs ont rangé les appareils, puis ils ont tout fermé et sont partis…

— Bon, O.K. excuse-moi de t'avoir interrompu, continue…

Ce contretemps préoccupait déjà Charles Jones. Cette affaire, a priori toute simple, devenait bien compliquée, il s'efforça de se montrer attentif à ce que disait son ami.

— Le véhicule s'est rendu à Londres dans le quartier de Finsbury Park à… tiens-toi bien… une mosquée !

— Non, non, pas de problème, ils sont Musulmans, il n'y a rien d'anormal.

— Pour toi peut-être, mais mon gars a creusé un peu la question en interrogeant autour de lui ainsi que certaines personnes, notamment des services secrets. Cette mosquée est un véritable foyer d'agitation fondamentaliste. Le culte y est célébré par un seul imam, Abdullah Hamwadar, réputé pour ses idées extrémistes et réactionnaires. Il s'avère qu'elle est aussi dotée d'une *madafa*, comme quelques mosquées de Londres.

— D'une quoi ?

— Une *madafa*, c'est-à-dire une pièce où on se réunit de façon plus détendue, pour prier, bavarder et discuter de l'étude des textes sacrés. Mais, c'est là aussi que certains imams, comme Abdullah Hamwadar, confirment l'endoctrinement par l'extrémisme religieux. Je dois vérifier certaines choses encore, mais il semblerait que cet imam ait séjourné dans les grottes du Waziristan…

— Où se trouvent ces grottes ?

— Le Waziristan est une région du nord-ouest du Pakistan, islamique intégriste à souhait. Cet imam aurait formé des tas de jeunes kamikazes afin qu'ils meurent en *shahid* au service de son *djihad*, autrement dit en martyr pour la guerre sainte. Cet imam est réputé, car il peut persuader des jeunes de devenir des bombes humaines, leur but n'est plus de viser les auteurs d'un crime ni même tous ceux qui pourraient porter le même uniforme mais leur communauté d'appartenance, autant dire qu'on peut dès lors s'en servir pour n'importe quoi !

— Mais, c'est atroce ce que tu me dis là ! Kevin et Steve n'ont rien à voir avec tout ça ! Ce n'est pas possible. Ils ne veulent faire que du bien autour d'eux et à nos filles en particulier !

— Sans doute. Moi, je ne fais que répéter les propos de mon gars au sujet de l'imam. Il m'a encore dit que chez ce type-là, la victoire ne passe pas par les armes mais bien plus par la peur qu'il instille dans le cœur de l'ennemi. Pour lui, semer la peur compte autant que tuer ! Il est si fort que, dans les motivations des bombes humaines, il devient impossible de distinguer ce qui relève du culte de la nation de celui de la foi.

— Je suis effondré… ce n'est pas possible ! C'est trop énorme, tout ce que tu viens de me balancer !

— Il faut savoir que chez ces kamikazes, on ne trouve aucun des types suicidaires chers à nos psychologues. Ces jeunes ne sont ni dépressifs, ni sujets à des impulsions soudaines, ni cloîtrés dans leur solitude, ni le moins du monde désemparés, ils jouissent au contraire, la plupart du temps, d'une situation économique relativement aisée. En fait, en mourant pour la « cause », le martyr accède à un autre registre : l'accès direct au paradis et, tout aussi important, celui de la réussite et de la gloire paradoxale. C'est en vertu de ce principe que la plupart des familles de shuhada[27] tiennent à présenter leur martyr sous le meilleur jour possible. Je passerai sur les récompenses financières versées aux familles provenant surtout des pays du Golfe… Selon un verset du Coran, le shahid ne meurt pas, car ses motifs sont purs. L'honneur retombera sur toute la famille.

— Mais c'est complètement débile ! Si c'est si merveilleux que cela, pourquoi les leaders de ces mouvements ne se précipitent-ils pas pour en bénéficier ou pourquoi n'emmènent-ils pas leurs propres enfants ?

— Eh oui, mon vieux, je suis bien d'accord avec toi, mais c'est comme ça ! Pour en terminer sur ce sujet, pour l'instant… j'ai noté aussi qu'avant le départ en mission des martyrs, les organisations réalisent des vidéos où le kamikaze déclare et explique les raisons de son sacrifice. En fait, ceux qui encadrent ces types les encouragent à affronter la mort et à ne pas la craindre, tant et si bien qu'ils finiront par l'accueillir comme une vieille amie. Regarde pour Stockholm, c'est le Yemen qui a annoncé qui était le kamikaze, tu vois bien…

— Mais, moi, dans tout ça, qu'est-ce que je dois faire pour ma fille ?

— Je vais déjà vérifier tout ce que je viens de te dire, ainsi que l'organisation qui s'occupe des vols à l'aérodrome et, si tout se recoupe, je pense qu'il faudra alerter les autorités.

---

27. Martyrs au pluriel.

— Mais, c'est que ma fille part demain pour Paris avec le groupe !

— Faut-il qu'elle y aille à tout prix ? Elle pourrait trouver un motif fallacieux pour se dédire, non, qu'en penses-tu ?

— C'est qu'elle y tient absolument ! Je ne l'ai jamais vue aussi heureuse, motivée et combative face à sa maladie. Tu sais qu'elle est atteinte de la sclérose en plaques ? Alors, tu vois, il suffirait d'une énorme contrariété de ce genre pour qu'elle se retrouve K.O. : c'est-à-dire, crise… clinique… corticoïdes, et je te passe les détails…

— Je comprends. Ce n'est pas facile. C'est toi qui vois. Je vais tout de même « creuser la question » pour ma conscience. Je ne voudrais pas que nous passions à côté de quelque chose, maintenant que nous avons mis le doigt sur un point, car si nous pouvons ainsi éviter de nous repayer les attentats de juillet 2005 de Stockholm, ce ne serait pas plus mal. Quand ta fille rentre-t-elle de Paris ?

— Mardi soir.

— Bon. Tant qu'ils seront à Paris, il ne se passera rien sur Londres. Dans ce cas, je te rappelle mercredi et nous déciderons alors de ce qu'il y a lieu de faire.

— D'accord. De mon côté, ce soir, je tâcherai de sonder ma fille au téléphone… Mais, sincèrement, je ne peux pas croire un seul instant à tout ce que tu viens de me dire. Je trouve cela trop ahurissant.

— Je n'ai fait que te livrer du brut de décoffrage. Mon gars est un type très bien et, à mon sens, il ne communique rien à la légère sans l'avoir au moins vérifié partiellement et, je le connais bien, il ne va pas lâcher ce dossier comme ça, s'il sent qu'il y a quelque chose de sérieux derrière…

— Mais au fait, après la mosquée, où se sont-ils rendus ?

— Justement, nulle part !

— Je voulais dire, où se trouve leur résidence ?

— Ceci fait aussi partie de nos inquiétudes. Ils habitent tous dans un immeuble plutôt délabré, juste à côté, et dont l'accès est exclusivement réservé au groupe et à l'imam.

— Bien. Rien de très réjouissant. Je te remercie pour tout.

— Je suis désolé de t'avoir perturbé avec cette affaire hors du commun. Mercredi prochain, on se rappelle et, selon mes infos, nous pourrions déjeuner ensemble, question de faire un point précis. D'ici là, je pense qu'avec mon gars, nous aurons eu le temps d'approfondir certaines choses et peut-être d'obtenir de la doc que je te montrerai…

— C'est d'accord. C'est moi qui t'invite !

Abasourdi, Charles Jones refusait de voir dans ces instructeurs de vol des fanatiques, membres d'une organisation terroriste responsable d'attentats

Il avait hâte de parler à sa fille ce soir. C'était prévu ainsi, en raison de son départ le lendemain matin.

Quoi qu'il en soit, il décida de ne révéler à personne ce qu'il avait appris. Son regard devint las et triste. Il respira profondément comme s'il voulait savourer la paix retrouvée.

*

Jeudi après-midi. Redhill et quartier de Finsbury Park à Londres.

Les trois autogyres avaient été ramenés au fournisseur qui les avait loués. Partiellement démontés, ils avaient repris la route en camion affrété spécialement pour ce transport.

Dans l'immeuble situé derrière la mosquée de Londres, l'imam rassemblait ses maigres affaires pour prendre l'avion en direction d'Islamabad, au Pakistan. Son visage ascétique et figé exprimait rancœur, misère et colère. Ses lèvres et son nez étaient minces, à l'image de toute sa personne, et son menton presque inexistant. Un pli de mépris marquait le coin des lèvres et sa voix était glaciale. Les vestiges de sa chevelure étaient aussi sombres que ses yeux et les cernes qui les soulignaient. Il était reconnu pour construire ses phrases avec une clarté et une sobriété magistrales, de telle sorte qu'elles semblaient contenir une moralité sous-jacente. Ses fidèles disaient souvent de lui :

— Il n'absout rien, il aide. Il lui suffit de quelques mots pour toucher votre conscience.

Quelques conseils fondés sur une vérité invisible et son langage ésotérique, son regard hypnotique, son magnétisme faisaient le reste chez cet homme atypique.

Il avait le ton ferme et didactique de celui qui était habitué à être écouté, obéi. Les fidèles ne comprenaient parfois rien à ses propos, dans un premier temps, mais ceux-ci faisaient toujours leur chemin. Ils mûrissaient en eux, parfois longtemps et, un jour, aboutissaient à une révélation. Ce qui les fascinait, c'était qu'il n'offrait de prise à personne parce qu'il n'était attaché à rien. Ses fidèles se sentaient légers tout à coup. Libres ! L'étaient-ils vraiment ? Leur conditionnement était tel qu'ils ne rêvaient désormais plus que de merveilleux et de paradis. Et devenaient radicaux… Quitte, s'ils ne l'étaient pas encore totalement, à leur faire faire un voyage complémentaire de « formation » en Jordanie ou en Irak ou ailleurs…

Le directeur de l'association en charge des vols et les trois instructeurs avaient aussi bouclé leurs valises et prenaient l'avion à Londres en direction de Kaboul. Rapidement, tout disparaissait et il ne subsistait aucune trace de leur passage. Ils repartaient comme ils étaient venus, dans la plus grande discrétion.

Il était convenu que ce serait le minibus de l'association des instructeurs qui accompagnerait le groupe des cinq jeunes filles dès qu'elles auraient été déposées à l'aérodrome avec leurs bagages.

Une jeune femme de l'organisation avait été missionnée pour ce voyage. Elle s'appelait Aysen Kenenar. C'était une brunette frisée à la silhouette de Vénus callipyge. Par ailleurs, c'était aussi une femme déterminée, détachée, comme si les souffrances qu'elle avait endurées lui faisaient voir le monde selon une optique nouvelle. Sa voix avait l'assurance des personnes qui savent ce qu'elles veulent dans la vie. Il était rare de voir une telle expression sur le visage d'une femme : c'était l'expression de quelqu'un qui avait trouvé sa voie, qui avait pris une décision et qui, pour cela, avait renoncé à quelque chose. Ses traits énergiques, ses yeux aux reflets métalliques et le désespoir de sa voix étaient troublants.

L'accompagnement effectué, elle devait quitter Paris dans la soirée de samedi, vers dix-neuf heures, avec le minibus, pour se rendre à Barcelone par l'autoroute et prendre un avion en direction de l'Arabie Saoudite afin de rejoindre ensuite Bagdad. Les frontières vers la Grande-Bretagne, la Belgique et l'Allemagne semblaient trop surveillées dans l'immédiat. La consigne avait été claire : elle devait aussi détruire le minibus, une fois arrivée à destination en Espagne, avant de prendre l'avion. Tout était désormais minuté pour chacun.

Aysen Kenenar manipulait les armes avec une dextérité peu commune et était devenue experte en explosifs. Le crime et la violence faisaient partie de sa vie depuis qu'elle avait rejoint l'organisation après que son frère se soit fait exploser avec une charge, tuant des dizaines de soldats, quelque temps après les bombardements qui avaient enseveli ses parents, sous ses yeux, près de la frontière du Kurdistan irakien…

*

Jeudi soir. Domicile de la famille Jones à Mayfair.

Très sombre, Charles Jones s'efforçait malgré tout de faire bonne figure devant son épouse impatiente d'avoir Annabel au téléphone. Ils dînèrent tous les deux, presque en silence. Son épouse s'inquiéta :

— Tu n'es pas tranquille pour le voyage d'Annabel ? Ne t'inquiète pas, tu vas voir, ça va bien se passer et elle est folle de joie de partir, ce n'est pas le moment de lui gâcher son plaisir !

— Oui, je sais. Mais tout de même, il faut traverser la Manche… dit-il sans conviction, comme pour justifier son inquiétude.

— Ah ? Ça y est. Le téléphone ! C'est sûrement Annabel !

Elle se précipita pour décrocher l'appareil et mettre le haut-parleur afin que son époux puisse aussi participer à la conversation. Il s'était approché et s'assit près d'elle.

— Alors, ma grande fille ? Ce voyage ?

— Tout est calé ! Demain matin, nous décollons pour la France et pour Paris !

La voix d'Annabel était tellement enjouée qu'à aucun moment, Charles n'eut la force de venir contrarier sa fille par les idées noires qu'il ressassait inlassablement et qui étaient si éloignées du bonheur que vivait sa fille chérie.

— Tu sais que ton père s'inquiète pour toi ? Notamment pour la traversée de la Manche ! lança son épouse en riant aux éclats.

— Papa, c'est ridicule ! D'ailleurs, les autogyres traversent sans nous. Problème d'autorisation, semble-t-il. Notre minibus nous prendra en charge et nous fera traverser par le tunnel de Folkestone à Calais. Nous serons ensuite conduites à l'aérodrome de Saint-Inglevert où nous retrouverons nos appareils. Alors, tu vois, tout est prévu, il n'y aura pas de problème !

— Combien êtes-vous pour ce voyage ? demanda alors le père en tentant de maîtriser ses angoisses.

— Nous ne sommes plus que cinq, une collègue est souffrante et deux ont renoncé au voyage. Mais ça ne change rien, ça va être super… Paris, se rendre à Paris, tu te rends compte ? C'est formidable ! Ah, au fait, je continue plus que jamais à respecter mon hygiène de vie et à pratiquer mes activités physiques chaque jour, je fais des progrès éblouissants, j'arrive à faire deux à trois pas, à me baisser pour ramasser quelque chose par terre et à me relever sans aide, c'est super, non ?

— Formidable !

— Et les instructeurs, ils n'ont pas eu trop de difficultés pour se libérer de leurs activités ?

— Je pense que non, puisque tout a été arrêté !

— Tu sais où habite Kevin ?

— Non… Pas exactement. Francesca m'a dit qu'ils devaient résider du côté de Finsbury Park. Je crois… Soucieuse subitement, elle demanda : pourquoi me poses-tu ces questions ?

— Pour rien… Tu sais qu'après votre voyage, nous organiserons une soirée à la maison avec Kevin pour évoquer ce périple…

— Oui. Oui. Oh, si vous saviez comme je suis heureuse de faire ce voyage ! Je vous téléphonerai chaque soir et ne vous inquiétez pas inutilement !

Annabel continua la conversation avec sa mère, tandis que son père se sentait soulagé d'avoir entendu sa fille. Il se sentait apaisé, toutes les précautions avaient été prises, y compris pour traverser la Manche. Tout irait bien. Pour le reste, il serait assez tôt d'étudier la question le moment venu. Il la sentait tellement rayonnante que ce n'était vraiment pas le moment de venir la contrarier avec ses idées noires. George Brown avait certainement exagéré. Sans prendre ses informations à la légère, il serait assez tôt mercredi pour examiner de plus près ce qu'il en était exactement et aviser ce qu'il y avait lieu de faire. Inutile d'en parler à son épouse également, il était préférable que chacun partage la joie de leur fille. La communication téléphonique terminée, son épouse, visiblement heureuse, se tourna vers lui en raccrochant l'appareil :

— Le fait de savoir ta fille en route pour Paris et Adam absent ne te réussit pas, on dirait ! La semaine prochaine, tout le monde sera de retour et on fera la fête !

— Oui, ma chérie, tu as raison… on fera la fête.

— On pourrait même inviter Francesca et ses parents, sans oublier le fameux Steve, comme cela nous verrons à quoi ils ressemblent !

— C'est une excellente idée.

Tout à sa joie, madame Jones ne remarqua pas l'inquiétude qui voilait le regard de son époux et débarrassa la table en chantonnant et en proposant de prendre une tisane au salon. Elle se sentait d'humeur joyeuse, tandis que des visions folles continuaient à envahir l'esprit de Charles Jones et s'y agrippaient comme du chiendent.

XI

Vendredi matin. Cellule de crise.

Il était clair qu'au plus haut niveau du gouvernement, la pression ne cessait de monter d'heure en heure face à l'échec de la traque.

Une tension extrême existait chez tous les participants. La réunion risquait d'être difficile parce que certaines rivalités s'y développaient ainsi que des divergences d'idées entre les uns et les autres. Jean-Hervé de la Buissonnière s'était absenté pour quelques jours, sans sa famille, pour assister à une rencontre préparatoire aux propositions que devraient faire le chef de l'État et ses homologues aux prochaines réunions au sommet dans le domaine financier car la crise mondiale et européenne en ce qui concerne la zone euro ne cessait de montrer des inquiétudes avec la Grèce qui revenait en 2015 au devant de la scène suite aux dernières élections et le prix du pétrole qui ne cessait de descendre et passer sous la barre symbolique des cinquante dollars, entraînant des turbulences sérieuses sur les bourses.

Les avocats des six personnes détenues s'étaient encore mis en avant par des déclarations fracassantes. Ils exprimaient notamment des doutes quant aux véritables raisons du décès des deux individus durant leur incarcération, évoquant le désastreux bilan réalisé sur les prisons françaises. Ils arguaient que le système carcéral, la police et la justice leur cachaient bien des choses ainsi qu'à la population. Ils menaçaient de saisir une procédure auprès de la Cour Européenne sur le manquement aux Droits de l'Homme dans les prisons françaises et la façon dont les prisonniers y étaient traités.

Finalement, au cours de la réunion, le groupe se divisa en deux parties : l'une, composée de la DCPJ, la DGSI, la SDAT et la DGSE, préconisait de négocier un délai supplémentaire en publiant une nouvelle annonce voire de commencer à libérer une ou deux personnes pour montrer la volonté d'avancer, quant à l'autre, elle ne voulait pas céder au chantage. Gérard de Kerbonnec de Silijou et les représentants des ministères présents ayant eu des consignes strictes, ce fut la deuxième option qui fut retenue.

Dès lors, il fallait mettre en œuvre des plans de sécurité qui n'avaient jamais été aussi importants à ce jour dans les aéroports et notamment celui de Roissy. Demain risquait d'être un jour qui pouvait marquer les esprits à tout jamais. Aussi convenait-il au groupe d'échafauder toutes sortes de schémas.

D'autant que nous n'étions plus dans le schéma de jeunes djihadistes incontrôlés de retour de Syrie ou de l'Irak, où un, deux ou trois hommes commettre un attentat comme cela s'était produit à Toulouse ou à Paris, aussi dramatiques soient-ils… Ici, le risque était différent et ils craignaient plus une lourde menace conduisant à un drame sans précédent…

Certains fourbissaient sans relâche leurs arguments afin que d'autres démontent une à une les réponses dont ils étaient abreuvés, se livrant à diverses conjectures. Pendant plusieurs heures, ils avaient passé au crible les éléments en leur possession, discuté, évalué, retourné différents détails dans tous les sens, avancé de multiples hypothèses. C'était un moment critique de l'enquête. Un exercice de jonglage périlleux. Chaque contradiction relevée devait être considérée comme un point de départ constructif afin d'éviter des jugements hâtifs.

— Où cela nous mène-t-il? demandèrent certains participants.

— Dans le pire des cas, à une conclusion fausse, répondit le chef de groupe sans hésiter. Nous avons affaire à des étrangers. La France est aujourd'hui un carrefour de l'Europe de l'Ouest où tout est possible, alors tentons de tout envisager! La voie ferroviaire entre Londres et Paris doit être sous surveillance étroite. Même chose pour les aéroports, sans négliger les transports maritimes!

— Si nous mettons toutes nos forces sur l'axe France-Angleterre, nous risquons de négliger d'autres pistes et rien ne dit que le risque ne vient pas d'Allemagne, de Suède, des Pays-Bas ou de Belgique, sans oublier la Tunisie désormais, étant donné les éléments dont nous disposons dans cette affaire...

— Évidemment! Cependant, il faut établir des priorités et la surveillance de tout ce qui provient d'Angleterre en est une! De même qu'une surveillance rapprochée de la Tour Eiffel en est une autre! Nous prenons nos dispositions pour en limiter la fréquentation autant que possible, en évoquant toutes sortes de raisons fallacieuses pour en interdire son accès ; inutile de prendre des risques…

L'indigence de certaines répliques les surprenait parfois. Impatients de mettre un terme à la séance des questions-réponses afin de reprendre leur service avec leurs équipes, certains chefs de la police regardaient leur montre avec ostentation. Le danger que représentait cette menace s'imposait à l'esprit de chacun et ils considéraient que leur place était désormais davantage sur le terrain.

Les états de services de milliers de salariés des principaux aéroports de France et des trois pays concernés avaient été étudiés à la loupe, avec pour conséquence une nouvelle vague de débadgeages. Les consignes de sécurité furent rappelées à toutes les équipes volantes, deux policiers en civil feraient partie de chaque vol au départ des trois pays et se posant à Roissy. Et bien sûr les militaires étaient sollicités dans le cadre du plan vigipirate avec risque extrême d'attentat.

Une réunion extraordinaire fut également organisée avec les aiguilleurs du ciel et notamment ceux d'Athis-Mons. Ordre leur était donné de signaler le moindre écart de vol durant la journée de samedi. Les préposés aux radars eurent également pour consigne de surveiller tout type de déplacement, quelle qu'en soit l'altitude. En effet, un hélicoptère, appareil très maniable et facile à utiliser, se déplaçant à moins de deux cents kilomètres à l'heure et en dessous de trois cents mètres, n'est pas repérable selon les procédures habituelles de suivi. Il convenait donc de « tout imaginer », aussi s'avérait-il nécessaire de mettre en place du personnel supplémentaire pour surveiller tout type de trafic, y compris en dessous des planchers habituels. Ils l'avaient suffisamment vérifié lors de certaines évasions de prison : l'hélicoptère permet beaucoup de coups spectaculaires. Permissions et congés des personnels étaient suspendus. Toutes ces dispositions n'allaient pas sans gêne pour le trafic aérien. Mais, jusque-là, vu de l'extérieur, côté usagers, cela semblait se passer correctement.

De même que lors de l'attentat de Paris contre le journal *Charlie Hebdo* le monde entier avait fait bloc derrière la France, puis derrière la Suède après l'attentat de Copenhague ou encore la Tunisie avec l'attentat du Musée du Bardo pour marquer son soutien, aujourd'hui, dans la plus grande discrétion, une véritable chasse, quasi planétaire, s'organisait. Tous les avions de ligne et charters se rendant en France avaient été répertoriés et contrôlés. Jusqu'à présent, tout était conforme. Même chose concernant les plans de vol correspondant aux itinéraires suivis et préétablis. Chaque commandant de bord pénétrant sur le territoire national devait avoir un entretien avec des responsables de sa compagnie et devait indiquer sa date de naissance et ses antécédents, la clé de contrôle validant l'authenticité de l'interlocuteur afin d'annihiler toute tentative de piratage. Ainsi les auteurs de détournement ne pouvaient savoir s'il mentait ou non.

On s'interrogeait : allait-il s'agir d'une bombe ou de plusieurs ? L'attentat viserait-il un avion, un train, un métro ou un site particulier ? Serait-il l'œuvre d'un kamikaze isolé… d'un groupe organisé ? Serait-ce un détournement du type du 11 septembre 2001 dirigé vers la Tour Eiffel ?

L'armée de l'air serait en alerte générale, un escadron était prêt à prendre l'air à tout moment. Le temps de décollage, ne dépassant pas sept minutes de jour et quinze minutes de nuit, devrait être respecté quoi qu'il advienne et quelles que soient les conditions.

La Police de l'Air et des Frontières serait aussi en alerte générale ainsi que les Douanes. Vigilance totale. Rien ne devait échapper non plus aux contrôles frontaliers en Belgique, aux Pays-Bas et en Allemagne.

Le ministère des Transports envisagea de réduire les arrivées sur Roissy durant un jour et une nuit… quitte à les reporter sur d'autres aéroports et à effectuer le rapatriement des passagers en train. Au vu du nombre de vols, ceci représentait un travail colossal et une pagaille énorme. Tous les services s'opposèrent donc à cette suggestion :

— Ce serait donner gain de cause aux terroristes ! Et, de toute façon, ça ne servirait à rien, « ils » risqueraient de reporter tout simplement leur action et de nous prendre au dépourvu à un autre moment.

— Sans doute. Ils seraient dans ce cas capables de faire pire encore…

— Peut-être, reconnut quelqu'un. La menace est pourtant claire : elle viendra du ciel… je ne pense pas que ce soit une ellipse… Nous pouvons toujours faire ce que nous voulons dans les aéroports et dans les avions… Si l'action s'avère autre…

Plusieurs personnes approuvèrent. Après tout, c'était possible. Comment faire, dans ce cas, pour se prémunir d'une telle menace ? Le chef du groupe, pour ne pas les contrarier, opina du menton et un geste flou de sa main gauche parut signifier qu'il y avait déjà pensé.

Cet état d'urgence monopolisait tous les esprits. À l'issue de la réunion, de Kerbonnec de Silijou voulut confirmer à Franck Waltersen, avant ce jour fatidique, qu'il le soutenait, quoi qu'il décidât, malgré les prises de position parfois intransigeantes qu'il avait parfois « été obligé » de prendre.

Force était de se rendre compte, que ce soit en France ou dans les autres pays européens, le constat d'impuissance était tel qu'il fallait faire preuve d'humilité et ne pas tenter d'accabler l'autre au sein même du groupe. D'autant plus que les structures de type Interpol, Europol, Eurojust et autres avaient aussi montré leurs limites.

— Nous devons rester unis dans l'adversité, avait même rajouté le juge avec un regard lointain. Nous sommes devant ce qu'en philosophie on nomme, me semble-t-il, une aporie. La nuit noire.

Pour une fois, pensa Waltersen, le propos respirait la sincérité et le juge se montrait sous un autre jour, celle d'un homme sans son habit !

Tandis que les membres de la cellule de crise quittaient progressivement la salle, le juge demanda à Waltersen en aparté :

— Que pensent-ils que vous savez sur eux ?

— Que pensent-ils que nous savons alors que d'autres l'ignorent ? C'est la grande question que je me pose, répondit celui-ci en le fixant tandis qu'un millier de pensées traversaient son regard.

— C'est drôle mais, depuis le début de cette affaire, j'ai le sentiment qu'une évidence nous échappe. Je ne sais pas pourquoi… Mais, faisons au mieux !

Ils en restèrent là, plus dubitatifs que jamais.

En quittant la salle en dernier et en refermant la porte, Franck Waltersen avait le teint livide et le regard sombre. Toute sa carrière avait évolué au rythme de ses succès, selon une courbe exponentielle, mais, cette fois, il « calait ». Ce qui n'allait pas chez lui, dans le moment, c'était la remise en cause de l'indéfectible réussite qui lui avait donné tous les droits au sein de ce temple que représentait pour lui la DCPJ. Avait-il manqué de vigilance ou de discernement ? Il ne savait plus. Lâchement, il remit à plus tard cette interrogation.

Dans l'immédiat, il redoutait d'affronter le lendemain. Cette vérité qui lui échappait s'entêtait à le poursuivre. Une question hantait sans cesse son esprit : qui, comment ? Il se la répétait à l'infini, le conduisant à l'acmé de son inquiétude. Plus il se posait ces questions, les mêmes, toujours les mêmes, moins son esprit consentait désormais à y répondre. Rien. Il ne trouvait rien. Il se remémora les propos d'un de ses chefs qui lui avait dit : « Le temps et une carrière ne sont qu'une série d'images ou de courts métrages dont on se sert pour parcourir le texte de sa vie… Ainsi, revient-on inlassablement aux événements qui ont fait de vous, aux yeux de vos collègues et de vos chefs les plus perspicaces, un homme affichant tous les signes de la réussite… ou de l'échec ». Un morne découragement l'envahit. Que faire ? Que faire ? Son désarroi le jeta dans les hypothèses les plus complexes. Aucune ne tenait debout ni ne le rassurait complètement.

Il regrettait l'absence de Jean-Hervé de la Buissonnière, il aurait aimé pouvoir parler avec lui à ce moment précis sur cette affaire et confronter leur point de vue, dans ce virage dont il n'appréciait guère la courbe et l'absence totale de visibilité…

*

Franck Waltersen, privé.

Revenu à son bureau, vidé, lessivé, découragé, il repensa à sa fille. Nous étions vendredi, un nouveau week-end se profilait et il aurait tant aimé lui parler, lui consacrer quelques heures, vivre une vie normale… vivre tout simplement ! Il l'appela sur son portable, même résultat, même déconvenue. Décidément, la terre entière s'acharnait contre lui !

Il appela son ancienne épouse. Enfin, elle décrocha…

— Qu'est-ce qui se passe, Franck ?

— Il se passe que je n'ai pas eu Amélie depuis une éternité et qu'elle m'inquiète, est-ce que tu l'as eue ?

— Oui, mais ça fait bien plus d'une semaine, je crois, je n'sais plus, pourquoi ?

— Est-ce qu'elle t'a parlé de son Fabien et de son souhait de vivre avec lui ?

— Oui… enfin… pas plus que ça… Je lui ai dit de réfléchir avant de prendre une décision, mais que puisqu'elle était majeure, c'est elle qui voyait !

— Et puis, c'est tout ? Et c'est tout ce que ça t'a fait ? Je te rappelle qu'Amélie termine sa maîtrise et qu'elle va entrer à l'E.N.M. à Bordeaux et qu'il ne faut pas qu'elle rate ses études, que son avenir en dépend. Mais, tu es irresponsable ou quoi ?

— Hey, attends un peu, si c'est pour m'engueuler que tu m'appelles, je raccroche tout de suite ! Arrête de prendre TA fille pour…

— NOTRE FILLE, je te signale !

— Si tu veux. Ne la prends pas pour une gamine pour autant. Elle sait parfaitement ce qu'elle doit faire, nous ne comptons désormais plus que pour trois fois rien, alors, arrête de t'agacer !

— JE NE M'AGACE PAS ! Je suis inquiet, ce n'est pas pareil. Dans le moment, je suis au quatrième sous-sol avec une énorme affaire sur les bras qui va me péter à la gueule dans les heures ou les jours à venir, alors, tu comprends…

Un long silence suivit. Le regard de Franck reflétait, à cet instant, la souffrance, l'embarras et l'orgueil blessé. Son ancienne épouse venait de réaliser les raisons de la vive inquiétude de Franck et, après réflexion, elle reprit la parole calmement :

— Bon. Je vais aller la voir durant le week-end. Ça tombe bien, nous restons sur Paris. Je te tiens au courant, au plus tard dimanche ou lundi…

— Le plus tôt sera le mieux…

Après avoir raccroché, Franck resta immobile un certain temps à son bureau. Peu à peu, sa douleur et sa colère refluèrent, ses traits se décrispèrent, sa peau se détendit en haut de son front et sa respiration se fit plus régulière. Mais sa crainte au sujet de sa fille n'avait pas disparu. Elle était gravée en lui et il savait que, malgré son état de fatigue et le peu d'heure de repos, ce soir, il peinerait à dormir convenablement. Il ne savait plus ce qu'il éprouvait au juste, abattement ou irritation ?

Dans cette situation de stress, il sentait l'insensibilité envahir tout le bas de ses jambes… Mais que lui arrivait-il ? Impossible d'arrêter son travail, il était au milieu du gué… Il prit l'engagement que, lorsque l'alerte serait terminée, il se rangerait à l'avis de Jean-Hervé de la Buissonnière, il s'occuperait de sa santé… de sa fille… de sa vie privée… Il éprouvait subitement le sentiment qu'il en était plus que temps et craignait que ce ne soit déjà trop tard…

Il appela son amie, il avait besoin de lui parler, de la toucher, de s'évader quelques heures. Aurait-il le courage de lui demander d'approfondir leur relation, une fois que toute cette affaire serait terminée ? Même s'il le souhaitait ardemment dans l'instant, il ne savait pas si, face à elle, il irait jusqu'au bout…

*

Paris. Vendredi matin.

La capitale s'était éveillée comme d'habitude, calme et tranquille, insouciante des menaces qui pouvaient peser sur elle. L'anticyclone s'était bloqué sur toute la France et le soleil dardait ses rayons entre les tours et les bâtiments, se déversant sur les rues et les boulevards. Voilà plus de cinquante ans qu'il n'avait pas fait si chaud en avril, en France. Le paysage semblait onduler dans les reflets des avenues bordées de bâtiments neufs où le verre et le métal dominaient. Quelques tours avaient récemment surgi des quartiers neufs et émergeaient comme des chandelles translucides dans cette clarté solaire déjà éblouissante.

À Roissy, comme à Orly, les avions atterrissaient et décollaient sans cesse, chargés de leurs passagers pour un long voyage ou une destination proche, voire intérieure, en perspective d'un superbe week-end ensoleillé. L'été semblait s'être invité prématurément, les spécialistes parlaient d'une avance de trois semaines de la nature. Faudrait-il le payer plus tard ? se demandait chacun.

Porte de Versailles, le parc des expositions affichait complet tellement les manifestations se cumulaient : loisirs, voyages, vacances, camping, caravaning et autres animations jouaient des coudes dans cet espace conçu à cet effet.

Au prestigieux Stade de France, les derniers préparatifs et les premières répétitions allaient bon train pour que la fête soit totale et grandiose. Un immense spectacle hors du commun célébrait l'anniversaire des premiers accords de Schengen entre la France, l'Allemagne et le Benelux. Un programme fastueux, un peu à l'image des Nuits Celtiques avant que celles-ci n'aient été assurées par Bercy. Le chef de gouvernement de chaque pays avait enregistré une allocution qui serait diffusée sur grand écran pour annoncer l'ouverture de la cérémonie. Fête, chants et folklore de chaque pays devaient se poursuivre une grande partie de la nuit pour la plus grande joie de dizaines de milliers de spectateurs qui avaient réservé leur billet. L'épouse de Jean-Hervé de la Buissonnière et ses deux filles avaient obtenu trois places de prestiges pour y assister.

À Bercy, le plus grand spectacle de l'année se ferait à guichets fermés, le monstre sacré qui s'y produisait était, lui aussi, attendu par plusieurs milliers de fans. Partout dans Paris, les tenues légères étaient de sortie et les terrasses des cafés et des restaurants ne désemplissaient pas. Un air de vacances et d'été s'était invité avant l'heure.

Dans la Tour Eiffel, tous les services de sécurité passaient au peigne fin le moindre recoin et l'organisation s'apprêtait à organiser la fermeture et le vide de l'édifice dans les heures à venir…

De nombreux spectacles, matches ou grandes manifestations devaient se produire un peu partout dans Paris et les environs. Autant de cibles potentielles se dit Franck Waltersen.

*

Aéroport de Redhill.

Si l'anticyclone s'était ancré sur la France, les appareils devaient d'abord affronter un temps incertain pour quitter la banlieue de Londres et rejoindre les côtes de la Manche pour atterrir sur l'aérodrome de Lydd MD. Ces derniers furent même franchement secoués à un certain moment au point que le chef de groupe songea à se poser à Farnborough LF. Finalement, ils y renoncèrent et poursuivirent leur route vers la côte et l'aérodrome de Lydd MD.

Lors de l'approche, les passagères s'aperçurent que les autogyres ne maintenaient pas le plan de vol annoncé et se dirigeaient vers un terrain privé, de bonne qualité certes, mais qui n'était pas un aérodrome. C'était un paysage de plaines et de plateaux, monotone : un immense terrain désolé s'étendant à perte de vue ; perdues dans les halliers, quelques petites constructions vides semblaient abandonnées depuis bien longtemps.

Le minibus arrivait au même moment et se gara à proximité des appareils. Dans une organisation toute militaire, les cinq pilotes demandèrent aux passagères de descendre et d'attendre près du minibus tandis qu'ils s'activaient à descendre du véhicule des boîtes noires, dont cinq paraissaient visiblement lourdes car portées par deux personnes, tandis que cinq autres, plus petites, étaient portées chacune par une seule personne.

Il s'agissait de caisses métalliques qu'ils posèrent auprès de chaque appareil. Puis ils fixèrent chaque grande boîte sur le siège situé derrière le pilote à la place du passager et chaque petite boîte à la place des pieds, le tout avec un équipement de fixations et de fils électriques. Francesca s'approcha de Steve pour l'interroger sur ce remue-ménage. Il parut très embarrassé et finit par répondre évasivement sans grande conviction et un peu comme s'il voulait écarter une importune :

— Ce sont des réservoirs supplémentaires pour traverser la Manche. C'est obligatoire. Question de sécurité.

La question n'avait pas échappé à Aysen, la brunette frisée qui pilotait le minibus et qui parut s'en contenter. Chaque pilote se montrait très tendu et ceci créa un climat totalement inhabituel dans le groupe. Le site était désert. Il s'agissait d'un terrain qui avait été utilisé durant la dernière guerre mondiale et qui, désormais, continuait à être entretenu comme un green, son usage se limitait à quelques manifestations aériennes régionales du printemps à l'automne.

Le minibus ayant été soulagé de son encombrant chargement, les cinq jeunes filles purent emprunter la rampe d'accès et s'y installèrent. Leurs bagages avaient été rangés à l'avant, juste derrière le chauffeur. Annabel remarqua qu'un jeu de caisses noires était resté dans le véhicule, sous les sacs de voyage… mais elle ne fit aucune remarque. Elle fut également étonnée que les cinq pilotes n'aient qu'un unique bagage. Pourquoi ce seul sac ?

Le véhicule quitta le terrain et prit la direction de Folkestone, laissant les pilotes à leurs travaux d'installation. Curieusement, aucun ne sembla s'intéresser au départ des cinq jeunes filles, même pas Steve ni Kevin, absorbés par leur tâche, ce qui contraria terriblement Francesca et Annabel.

Le minibus avait disparu dans le lointain depuis plus d'une heure quand les cinq autogyres reprirent leur envol au-dessus de la Manche pour atterrir, non pas à l'aérodrome de Saint-Inglevert mais sur un terrain relativement plat, à proximité de quelques corps de ferme dont on pouvait douter de l'exploitation actuelle, tant ceux-ci paraissaient à l'abandon. Les mauvaises herbes avaient progressivement pris possession de cet espace éloigné de la ville.

Un setter anglais, visiblement âgé, vint vers eux en aboyant mais davantage pour alerter son maître que pour présenter une menace ou une forme quelconque d'agression.

Un homme de plus de soixante-dix ans, peut-être même quatre-vingts, aux cheveux gris, presque blancs, sortit de ce qui pouvait lui tenir lieu de maison. Cette grande bâtisse semblait en meilleur état que les autres bâtiments.

Il siffla son chien qui revint aussitôt tranquillement à ses pieds. Les cinq appareils se posèrent et furent tirés un à un par les pilotes dans une grande grange qui ne devait plus recevoir de foin ni de paille depuis bien longtemps, même s'il subsistait encore quelques vestiges épars de cet usage passé. Ils procédèrent au démontage inverse et rangèrent toutes les caisses noires dans un petit bâtiment fermé à clef qui jouxtait la grange.

Le hobereau, maître des lieux, fut gratifié de quelques packs de bière et de bouteilles de whisky ainsi que d'une enveloppe dont il ne vérifia pas le contenu, la ramassant prestement dans la poche de son pantalon. Cet homme se retrouva rapidement seul chez lui, bien qu'il eût voulu partager la soirée avec ses hôtes, mais il n'en fut rien. Pourtant, il aurait tellement aimé évoquer avec eux le bon vieux temps que, d'une certaine manière, ils lui faisaient revivre...

En effet, lors de la dernière guerre mondiale, sa ferme avait souvent servi de lieu de rencontre et de passage entre la France et l'Angleterre... Plus de soixante ans s'étaient passés et pourtant il se revoyait encore avec son père, comme si c'était hier. Il avait une dizaine d'années quand il portait les seaux dans lesquels était disposée une sorte de torche à pétrole et qu'il devait aller placer sur le terrain, là justement où avaient atterri ces jeunes avec leurs drôles d'appareils qui ressemblaient à des hélicoptères. Il se souvenait que, lorsque son père lui donnait le signal, il devait courir pour allumer le contenu des seaux et son père faisait des signaux avec sa grosse lampe-torche au milieu de ce qui ressemblait à un bout de piste. Que de souvenirs portait-il encore en lui de cette période particulière de sa vie! Finalement, après quelques bières, le whisky lui parut d'une excellente qualité. « Vraiment sympas, ces jeunes! » se dit-il. L'alcool aidant, l'homme ne résista pas à l'envie de retrouver, l'espace d'une nuit, ces jours disparus à tout jamais...

Les cinq hommes s'étaient installés à l'étage de cette grande maison, évitant tout lien avec le vieil homme. Ils dînèrent frugalement et se couchèrent dans ce lieu isolé. Il s'avérait que l'un des cinq pilotes, fort discret jusque-là, était le meneur du groupe. Chacun suivait méticuleusement ses consignes. Au son de son appel ou de ses propos, certains relevaient la tête, esquissant une grimace en forme de sourire vide venu de l'enfer. Ils avaient perdu toute humanité. Leur visage semblait flotter entre la clarté diffusée par les réchauds à gaz et l'éclat d'une ampoule nue qui pendait au plafond. En les regardant bien, on pouvait y déceler une tristesse fugace. Il y avait Dieu et personne d'autre pour remplir le néant quotidien de leur vie.

Plus tard dans la nuit, Kevin ne dormait pas, les yeux fixant le plafond qu'il ne voyait pas mais devinait seulement. Son ami, à côté de lui, dans la même situation, lui souffla quelques mots :

— Il ne faut pas regretter cette vie d'opprimé. Plus tu feras de morts chez les Occidentaux, plus tu monteras vite au paradis : c'est comme un carburant. Tu sais, le shahid se purifie dans le sang de ses ennemis…

Kevin n'écoutait plus. Des vagues nacrées l'entouraient. Aux commandes de son autogyre ou d'un rêve, il se laissait porter. Ce n'était plus son ami qui parlait. Des formes confuses se mêlaient et s'effaçaient. Les cheveux d'Annabel se gonflaient d'air dans le vent et son beau visage flottait dans les irisations de la fumée qui enveloppait ses rêves.

*

Groupe des filles.

Dans le même temps, une petite inquiétude avait germé dans l'esprit de Francesca et d'Annabel. Elles décidèrent que, le soir même, elles auraient une discussion franche avec leur ami respectif. Le passage dans le tunnel se fit sans encombre et elles s'installèrent dans l'hôtel qui leur était réservé à Calais mais toujours pas la moindre trace des pilotes.

N'y tenant plus, elles demandèrent à parler à l'accompagnatrice, Aysen Kenenar. Celle-ci répondit d'abord d'un ton glacial que les pilotes étaient trop occupés à suivre la maintenance de leur matériel pour venir les rejoindre et ceci afin d'assurer au mieux leur sécurité durant le voyage. Puis, elle se détendit et, d'un sourire presque enjôleur, leur confia, sur le ton de la confidence, qu'elles auraient toutes le plaisir de les retrouver dès le lendemain et qu'ensuite, ils ne les quitteraient plus.

— Je crois savoir, d'ailleurs, que certaines d'entre vous font preuve d'un attachement tout particulier à leur pilote instructeur ! lança-t-elle à l'attention de Francesca et d'Annabel, appuyant ce propos d'un regard entendu.

Ces deux dernières devinrent alors aussi rouges qu'une caroncule de dindon, ne sachant plus où se mettre ni vers qui se tourner. La mise au point d'Aysen fut close aussitôt. Dans son regard se lisaient une arrogance et un mépris dissimulé par la politesse sucrée de ses propos. Elle leur sourit franchement et invita le groupe à une visite de la ville en minibus. Un guide de l'office de tourisme les accompagna et commenta le périple avant le dîner. Annabel et Francesca tentèrent à plusieurs reprises d'appeler Kevin et Steve sur leur portable, mais ceux-ci semblaient être coupés. Elles n'avaient pas d'autre solution que d'attendre le lendemain matin !

XII

Samedi matin. Franck Waltersen, privé.

Franck avait réussi à passer quelques heures avec son amie et n'en revenait pas d'avoir eu l'audace de lui parler de sa fille, de leur avenir… Les réactions de la jeune femme préfiguraient d'un futur heureux, une fois toute cette affaire terminée…

Il put dormir quelques heures, mais d'un sommeil inquiet. Ses rêves se fragmentaient, se mélangeaient, réunissant dans de mêmes scènes le visage de sa fille, de plus en plus grave, celui de son amie et au loin, comme pour le hanter, celui de son ancienne épouse encore présente… S'y mêlait l'inquiétude causée par le chantage terroriste, ce qui l'entraînait dans des délires si éprouvants qu'à plusieurs reprises, en se réveillant, il avait craint d'avoir de la fièvre, mais il n'en était rien…

Au petit matin, malgré ses angoisses et ses craintes, il fut heureux de déposer un baiser sur le front de son amie plongée dans un profond sommeil avant de filer rejoindre son poste. Toujours pas d'appel ni de message de sa fille sur son portable.

*

Samedi matin. Cellule de crise.

Désormais, pour chacun, les dés étaient jetés. Qu'allait-il se passer ? Même si l'ultimatum évoquait la fin de la journée, à quel moment l'attentat allait-il se produire ? Pour chaque intervenant, ce serait la journée la plus longue de toute leur vie. Si la crainte et l'angoisse ne les quittaient jamais, au fond de chaque esprit subsistait l'espoir qu'il ne se passât rien…

Franck Waltersen et le juge refirent un tour complet de ce qui était en place et, comme des commandants de bord de gros porteurs, ils égrenaient une check-list de tous les points de contrôle considérés comme névralgiques. Tout le monde se trouvait à son poste. Jusque-là… rien d'anormal. Il y avait toujours tout lieu d'espérer que les maîtres-chanteurs ne mettraient pas leur menace à exécution.

Durant cette réunion, le chef de l'État, en personne, appela le juge pour s'assurer que toutes les dispositions avaient bien été prises. En raison d'absence de signes visibles, il exprima le souhait, lui aussi, que toute la pression exercée sur les services depuis de nombreux jours fût classée, à court terme, comme un « immense exercice grandeur nature de nos systèmes de sécurité ».

Une petite note d'optimisme et une lueur d'espoir flirtaient sans cesse avec le pire scénario catastrophe. Les nerfs de chacun étaient soumis à rude épreuve, mais la peur n'évite pas le danger… De toute façon, comment traiter avec une telle organisation sans avoir la certitude qu'elle se soucie de la vie humaine ? La réunion s'acheva dans une ambiance de farouche détermination. Tous étaient fatigués, mais ce ne fut pas l'image « d'une armée vaincue » qui transpira du groupe.

*

Départ de Calais. Samedi matin.

Annabel et Francesca avaient passé une nuit perturbée. Elles n'arrivaient pas à comprendre ce qui se passait exactement. Mais, dans leur esprit, il devenait certain qu'il se passait quelque chose. Tout ceci ne leur paraissait pas normal. Et d'ailleurs, où les pilotes des autogyres avaient-ils dormi ? La réponse quant à l'entretien, la maintenance des appareils ou encore l'étude du plan de vol, ne les avait pas convaincues du tout. Pourquoi cette volonté de les tenir à l'écart ?

Et cette Aysen Kenenar… elles ne l'aimaient pas du tout ! Elles ne savaient pas très bien définir pourquoi, mais quelque chose en elle les dérangeait fortement.

Une seule chose les comblait de bonheur, l'anticyclone des Açores s'était bien ancré sur la France comme annoncé et, ce matin, le ciel s'offrait à elles, si pur ! Après un petit déjeuner joyeux en groupe, Aysen sonna l'heure du départ en faisant porter tous les bagages dans le minibus, puis le groupe prit la direction de l'aérodrome… Annabel remarqua que le jeu des deux caisses noires s'y trouvait toujours, à peine dissimulé par les bagages.

Le véhicule traversait la campagne verdoyante. Ici ou là, quelques vaches paissaient nonchalamment et se déplaçaient de leur démarche pataude, dans leur champ bordé d'une clôture.

Nouvelle surprise pour les deux filles et le groupe : le véhicule les conduisit dans ce qui ressemblait à une ancienne ferme plus ou moins désaffectée. Mais pourquoi venait-on ici, alors qu'il leur avait été annoncé un départ de l'aérodrome de Saint-Inglevert ?

Dans la cour, le setter anglais donna aussitôt l'alerte, mais son maître n'entendit rien, il dormait profondément, allongé tout habillé sur son lit, plusieurs canettes de bière vides sur le sol, de même qu'une bouteille de whisky, tout aussi vide… Le chien n'insista pas et revint vers le pas de la porte de la maison où il s'allongea pour attendre son maître.

Les cinq autogyres furent sortis et alignés sur le champ devant la ferme. Aysen demanda à chaque jeune fille de se rendre près de son appareil… Annabel et Francesca remarquèrent que les cinq pilotes s'activaient pour charger les fameuses caisses noires dans le minibus. Mais que pouvaient-elles bien contenir ? Impossible de le vérifier par elles-mêmes. L'embarquement terminé, Aysen s'installa au volant du minibus et s'en alla aussitôt, négligeant totalement le groupe.

Cette fois, les pilotes se détendirent et prirent le temps de parler un peu avec leur passagère. Kevin et Steve se montrèrent plus attentionnés que jamais, serrant dans leurs bras longuement et amoureusement leurs protégées, tout en les embrassant fougueusement, debout près de l'appareil. Ayant repris son souffle, Annabel ne put s'empêcher de demander à Kevin :

— Mais où étais-tu passé ? J'espérais te voir hier soir !

— Je sais. Nous avons eu du travail. Mais, si tu le veux, ce soir nous nous rejoindrons devant Dieu, à Paris ! Tiens, je veux t'offrir ceci…

Il sortit de sa poche une enveloppe sur laquelle était écrit simplement son prénom : Annabel.

— Qu'est-ce que c'est ?

— Regarde, tu verras.

Annabel ouvrit précautionneusement l'enveloppe. Elle contenait une photo, sans doute prise lors du périple à l'Île de Wight, on y voyait Kevin et Annabel l'un près de l'autre. La photo était entourée d'oiseaux verts et une inscription en arabe y figurait. Annabel demanda la signification du texte :

— Il est écrit : « Des oiseaux verts nous porteront vers Allah. » C'est une allusion à une parole de Mahomet, se contenta-t-il de répondre.

— Merci ! T'es un amour ! s'exclama Annabel en l'embrassant une nouvelle fois fougueusement sans poser plus de questions sur le sens de la citation. Ce soir, tu me promets que nous nous retrouverons ?

— Oui. C'est plus qu'une promesse, un engagement irrévocable ! Si tu le veux, Dieu nous réunira à tout jamais ! Est-ce que tu le veux vraiment ?

— Et comment !

— C'est toi seule qui décidera et là, plus rien ne pourra désormais nous séparer pour l'éternité…

Ils s'embrassèrent une nouvelle fois. Annabel oublia tous les doutes de ces dernières vingt-quatre heures, une seule chose comptait désormais, la nuit parisienne… Les trois premiers appareils s'apprêtaient à décoller. Francesca, visiblement venait de vivre la même déclaration qu'Annabel, son visage paraissait rayonnant, transcendé… Les deux jeunes filles mirent leur foulard blanc, puis leur casque et, aidées par leur instructeur, s'installèrent. Les trois premiers appareils firent un tour d'honneur au-dessus de la ferme pour attendre les deux retardataires et les cinq, réunis, prirent la direction de Beauvais.

Insensibles à la beauté des paysages et de la côte, Annabel et Francesca ne pensaient qu'à la folle nuit qu'elles imaginaient passer avec leur ami à l'hôtel. L'impatience les empêchait de penser à autre chose…

*

Émirats Arabes Unis. Samedi matin.

Après un passage rapide à Riad et puis atterrissage à Dubaï, Ayman, Souleyman et Yasmine prenaient la direction de Ras Al-K et sa capitale Ra's Al-Khaima afin de rejoindre le siège du groupe islamico-maffieux à la tête de toute l'organisation. Le visage d'Ayman était plus que jamais marqué par les stigmates de sa haine et la double excitation qu'exerçaient sur lui la violence et le goût de la traque. Il esquissa une sorte de petit sourire sans joie, à l'idée de savoir que l'opération se déroulait parfaitement comme prévu et que, ce soir même, la ville de Paris découvrirait, horrifiée, l'attentat qui endeuillerait la capitale et la France tout entière. Ce choc, rejaillirait certainement aussi sur l'Europe de l'Ouest quand elle découvrirait l'horreur provoquée par celui-ci.

Abdullah Hamwadar, l'imam de la mosquée de Finsbury Park à Londres, avait emporté les enregistrements des déclarations effectuées par les cinq jeunes pilotes. Il attendait la transmission du chef du groupe des cinq appareils afin de transmettre les enregistrements à la chaîne d'*Al-Jazeera* ainsi qu'aux autres stations de télévision pour être diffusées aussitôt que l'organisation aurait revendiqué l'attentat.

Son regard brillait avec une intensité inexplicable. Maigre et même émacié, ses vêtements flottaient sur son corps. Des ombres cernaient ses petits yeux sombres, profondément enfoncés dans leurs orbites. Il se souvenait encore de la dernière phrase rituelle qu'il avait délivrée aux cinq jeunes :

— Tu as offert ta vie à Allah. Tu mourras glorieusement en *shahid*. Tout le monde musulman parlera encore de toi dans mille ans ! Je t'envie, tu seras au paradis avant moi, garde-moi une place. *Inch Allah* !

Abdullah Hamwadar semblait jouir d'omnipotence sur les jeunes en même temps que sur leur vie et leur mort. Il paraissait terriblement inquiétant, tant il appréciait cette toute-puissance sur eux…

Il savait que le rêve d'ascension instantanée au paradis d'Allah jouait toujours un rôle primordial dans la volonté de devenir jeune *shahid*. Il ne fallait pas non plus négliger la renommée immédiate relayée systématiquement par les chaînes de télévision des pays d'Extrême-Orient. D'ailleurs, ces vidéos spécialisées circulaient d'un bout à l'autre du monde arabo-musulman et constituaient un marché florissant. En effet, sitôt sa mission accomplie, « la bombe humaine » rejoignait, d'un coup, d'un seul, le cercle des stars de l'au-delà, ce qui expliquait qu'il n'y avait jamais pénurie de volontaires.

C'est ainsi que de nombreux kamikazes étaient connus de tous, y compris des tout-petits. Même si rien dans leur vie ne les avait préparés à écouter un jour les propos abstrus d'un imam érudit et prédicateur, comme tant d'autres, ils avaient suivi aveuglément ses ordres, abusés par ses paroles. On n'entrait pas comme ça dans l'organisation… à moins d'être un jeune volontaire pour un attentat-suicide, de la chair à canon potentielle. Alors, ces jeunes étaient endoctrinés jusqu'au fanatisme, apprenant exclusivement, jusqu'à l'infini, les versets du Coran et le maniement de la Kalachnikov AK-47, tout en ayant le droit à un peu d'égards, en attendant…

*

Paris. Samedi matin.

Avec son insouciance habituelle, Paris riait, Paris chantait et profitait au maximum de cette journée de chaleur quasi caniculaire. Rien ne pouvait venir perturber ce week-end qui s'annonçait exceptionnel. Les aéroports et les gares parisiennes, malgré un plan vigipirate qui n'avait jamais été aussi soutenu, ne semblaient pas trop perturbés dans leur fonctionnement. Au Stade de France, à Bercy et tous les hauts lieux de spectacle, les dernières répétitions et mises au point donnaient le ton de la soirée qui s'annonçait fastueuse et variée. Des milliers de visiteurs continuaient à filmer ou à photographier la Tour Eiffel à défaut de pouvoir y monter dans le moment et progressivement, à présent, un périmètre de sécurité se mettait en place aux pieds de l'édifice, mais tout se passait d'une manière bon enfant, comme insouciante.

*

Aéroport de Beauvais-Tillé. Soirée de samedi.

L'aéroport de Beauvais-Tillé prenait depuis quelques années un essor considérable du fait des compagnies aériennes à bas coût. Le trafic étant essentiellement constitué de passagers de charters, les consignes de sécurité étaient sans communes mesures avec celles de Roissy ou d'Orly.

Après avoir suivi la côte pratiquement jusqu'à Dieppe, les cinq appareils avaient piqué tout droit vers l'aéroport de Beauvais-Tillé. Ils prirent contact avec la tour de contrôle, précisant qu'ils devaient aller se positionner devant un hangar qui leur avait été réservé exclusivement. Ce que la tour confirma.

Peu de temps après leur atterrissage, le minibus conduit par Aysen stationnait à son tour devant le dépôt. Plusieurs bâtiments se suivaient, très proches l'un de l'autre, équipés d'une grande porte coulissante dont le chuintement sur son rail trahissait qu'un peu de graisse sur ses roues n'eût pas été un luxe. Aysen y fit entrer son véhicule dès que la porte fut suffisamment ouverte. Le local était complètement vide et se situait le plus à l'écart de l'activité de l'aéroport. Dans un autre, tout proche, trois hommes s'activaient sur l'entretien ou la remise en état d'avions datant de la dernière guerre mondiale. Aucune autre animation ne régnait à proximité.

L'espace essentiel de chaque bâtiment était réservé au stationnement des appareils, deux ou trois bureaux avaient aussi été aménagés à l'intérieur, dans des unités mobiles de type Algéco. Les cinq appareils furent rapidement tirés à l'abri. Les cinq passagères furent invitées à attendre sur le côté tandis que les pilotes transvasaient, une fois de plus, les caisses noires du minibus au pied de chaque appareil. Aysen attira les cinq jeunes filles vers elle :

— Nous allons nous rendre à l'hôtel qui vous a été réservé. Un autre bus de la compagnie chargée de la visite de Paris viendra vous chercher et un guide vous fera découvrir certains aspects de la capitale. Puis vous dînerez sur un bateau-mouche avant d'être reconduites à l'hôtel où nous nous retrouverons tous…

Aysen Kenenar semblait plus fermée que jamais, le visage hâve, elle paraissait plus nerveuse, moins amène encore que d'habitude et on la sentait prompte à s'énerver. Elle s'était avancée vers les jeunes filles, les yeux comme deux diamants que la colère aurait fait étinceler. Elle avait délivré ses informations sans le moindre sourire ni enthousiasme, ce qui ne manqua pas de choquer les cinq Anglaises. Aysen donnait l'impression d'effectuer une tâche dans laquelle les jeunes filles représentaient une corvée dont il fallait se débarrasser. Elles ne comprenaient pas son attitude.

À cet instant précis, il régnait un silence particulier. Annabel et Francesca réalisèrent qu'elles avaient conservé leur voile blanc sur les cheveux. Sans se concerter, elles décidèrent de le garder jusqu'à l'arrivée de Kevin et de Steve.

Les cinq jeunes filles embarquèrent dans le minibus. Les moniteurs s'activaient sur leur appareil à l'intérieur du hangar. Annabel remarqua une fois de plus les deux caisses noires, la grande et la petite, disposées sous leurs bagages. Curieusement, elle s'aperçut de l'absence du sac de voyage qui, selon elle, devait appartenir aux cinq pilotes. Mais pourquoi ce trafic ? Ces caisses ? L'unique sac de voyage des pilotes ? Et Aysen, avait-elle un bagage ? Elle tenta d'en glisser un petit mot à Francesca qui ne s'y montra pas sensible et ne souhaita pas y accorder la moindre importance. Néanmoins, toutes ces questions troublaient Annabel étrangement mais, puisqu'elles ne semblaient pas avoir de réponses, elle les mit de côté, peut-être pour les reconsidérer plus tard…

Le véhicule démarra et quitta les lieux. Annabel et Francesca esquissèrent un petit signe de la main en passant à hauteur de Kevin et de Steve qui le leur rendirent avec un léger sourire crispé. Elles furent soudain saisies d'une peur inexpliquée qui vint par vagues dans leur poitrine comme si elles redoutaient de ne plus les revoir… Elles ressentaient leur beauté comme une foi, avec la naïve certitude d'avoir trouvé l'être d'exception qui leur apporterait ce qu'elles espéraient tant, elles réalisaient également qu'elles n'avaient encore jamais aimé autant, ce qui leva en elles des émotions nouvelles et occasionna un véritable désordre intérieur.

Cette peur s'installait de manière insidieuse et croissait en elles tandis que l'autoroute défilait et que les énormes panneaux annonçaient l'approche de Paris. Attristées, elles se laissèrent plonger dans la rêverie, elles ne supportaient plus d'attendre. Surtout, elles ne comprenaient pas ces manipulations et devinaient qu'on devait leur cacher quelque chose. Mais, quoi et pourquoi ? Elles ne demandaient qu'à vivre leur passion, main dans la main, avec ces jeunes qu'elles admiraient et elles souffraient d'aimer l'autre sans être payées en retour. Elles ne voyaient que leurs visages.

Le besoin qu'elles avaient d'eux devenait une véritable douleur physique plus violente qu'elles ne l'eussent jamais imaginé. Sans le voir, elles regardaient dehors le ciel bleu et lisse où quelques nuages déchirés flottaient ici ou là. De grands panneaux sur le bord de la route conseillaient aux automobilistes de ralentir et indiquaient plus loin le nombre de morts qui n'avaient pas tenu compte de ce conseil. À l'approche de la capitale apparurent les mêmes zones d'activité commerciale que partout ailleurs et leurs enseignes, puis des zones industrielles sans âme. La monotonie dans l'unité. L'intensité de l'instant dissimulait, pour un temps encore, une vérité simple, grave, exempte d'émotion…

*

Franck Waltersen, privé.

Franck avait pu s'isoler quelques minutes pour tenter de joindre sa fille et son ancienne épouse, mais ce fut un nouvel échec des deux côtés. Demain, il espérait en savoir plus…

Il put joindre son amie qui n'ignorait pas que cette journée était décisive dans l'affaire que Franck suivait, sans en connaître la teneur. Elle l'assura de son soutien dans l'épreuve.

Curieusement il pensait moins à ses soucis de santé, mais ceux-ci se rappelaient à lui, à chaque fois qu'il se levait de son bureau pour faire quelques pas. Il eut soudain la sensation, au même titre que celle qu'il éprouvait à propos des maîtres-chanteurs, que ce mal insidieux qui touchait ses membres inférieurs était lui aussi tapi dans l'ombre, prêt à frapper… qu'il attendait, lui aussi, son heure. C'était comme s'il devait faire face à deux situations inquiétantes à la fois, l'une qui allait conditionner son avenir professionnel, l'autre sa santé et son quotidien tout simplement… Il s'efforça de chasser ces angoisses de son esprit.

*

Cellule de crise.

Dernière mise au point avant la soirée. Le calme avant la tempête. Aucun signe de tension… La centaine de points névralgiques faisaient remonter à intervalles réguliers un R.A.S.[28] qui en devenait banal et laissait douter de l'ultimatum annoncé par les malfaiteurs. Les aiguilleurs du ciel d'Athis-Mons ne décelaient pas le moindre incident. Une équipe spéciale avait pris en charge la surveillance en dessous des planchers de vol habituels, détectant ici ou là quelques hélicoptères ou ULM sans grand potentiel et qui ne présentaient donc pas le moindre risque. L'escadron militaire se tenait prêt à décoller à tout instant, conformément aux instructions inlassablement répétées ces dernières heures. Les contrôles aux frontières avec l'Angleterre et ceux de la moitié nord de la France n'avaient rien donné, si ce n'étaient des délits de droit commun, mais rien qui puisse apporter une information particulière quant à l'objet de cette alerte générale.

---

28. Rien à Signaler.

La soirée se présentait tranquille et estivale, même si toutes les personnes concernées par cette opération éprouvaient une fatigue provoquée par la crainte de se sentir brutalement débordées par un drame. Mais elles espéraient qu'une fois l'alerte levée, elles auraient le temps de considérer ces états d'âme. À ce moment-là seulement, elles libéreraient leur colère contenue. À ce moment-là seulement, elles s'autoriseraient un vertueux courroux. Mais dans l'immédiat, elles devaient se concentrer totalement sur leur mission et faire preuve d'une vigilance totale… Il régnait une atmosphère contradictoire : un mélange d'espoir et de crainte, d'impatience et de nonchalance, d'épuisement et d'excitation, mais tous œuvraient pour atteindre le même objectif. C'était terrible d'attendre, l'estomac noué avec cette éprouvante impression d'étouffer.

*

Hôtel situé non loin du parc des expositions de la Porte de Versailles.

Le minibus venait de débarquer ses passagères. Les cinq jeunes filles discutaient devant l'accueil de l'hôtel. Le hall suintait d'un luxe si convenu qu'il en devenait presque vulgaire avec son marbre blanc ; quelques lithographies qui se voulaient modernes, mais sans goût, quelques objets sans valeur paraient la réception, donnant à l'ensemble une ambiance impersonnelle.

L'hôtesse les informa que la direction n'avait pas réussi à les mettre dans des chambres voisines, car toutes ne bénéficiaient pas du même aménagement convenant à leur handicap. L'établissement n'en disposait que de deux qui soient équipées de cet aménagement particulier à chaque niveau. L'hôtesse proposa de délivrer les six premiers badges permettant de déclencher l'ouverture de la porte d'entrée : deux au troisième niveau, deux au sixième et enfin deux au dixième.

Francesca murmura dans le creux de l'oreille d'Annabel qu'elles prenaient le plus haut, elles iraient ainsi plus vite au septième ciel ! Elles pouffèrent d'un rire éclatant qui rayonna sur tout leur visage avant de partir dans un fou rire incompris de leurs amies.

Elles se retrouvèrent rapidement au dixième, tandis que les trois autres amies et Aysen s'étaient partagé les quatre autres chambres. Annabel ne put s'empêcher de se poser des questions : comment se faisait-il qu'Aysen ne disposât d'aucun bagage ? Où était passé le sac de voyage des cinq pilotes ? Quelles chambres leur étaient réservées ?

La vue était sublime à cette hauteur et elles reconnurent certains édifices caractéristiques et particulièrement prestigieux, dont la Tour Eiffel. Les deux chambres étaient mitoyennes. Francesca vint rejoindre aussitôt Annabel pour tenter d'appeler Kevin et Steve. Mais le portable de ces derniers paraissait coupé ou hors service. Elles regrettaient vivement de devoir attendre, dans le plus grand silence et sans la moindre nouvelle, une fois de plus.

Comme la veille, elles appelèrent leur domicile londonien pour faire partager leur bonheur à leur famille, évitant soigneusement à chaque fois d'évoquer leur déconvenue sentimentale. Puis elles descendirent à l'accueil où Aysen s'entretenait avec une jeune femme dont l'uniforme portait les couleurs de la société de tourisme qu'elle représentait.

Les cinq jeunes filles étaient réunies et attendaient.

— Bien, je vous présente Magali, annonça Aysen, c'est elle qui sera votre guide et vous accompagnera durant tout votre séjour parisien. Pour ma part, je vous laisse avec elle et je vous dis à plus tard…

Sans autre forme de politesse, Aysen regarda ostensiblement sa montre, il était dix-neuf heures. Elle quitta les lieux, presque précipitamment, ne manquant pas de surprendre Magali qui se ressaisit aussitôt et, avec un sourire commercial, forte d'une certaine expérience, prit en main le groupe dans un anglais parfait, créant aussitôt une ambiance décontractée par ses commentaires et ses anecdotes. Tandis que les cinq jeunes filles empruntaient la rampe d'accès au minibus, elles virent arriver Aysen au volant de son véhicule, le regard tendu. Elle passa sans les regarder, sans le moindre signe, comme si elle ne les avait pas vues ou qu'elle ne les connaissait pas !

Annabel et Francesca fermaient la marche. Juste avant de monter, Annabel eut une idée et signala à Magali qu'elle retournait à l'accueil. Elle n'en avait pas pour longtemps et revenait tout de suite. Sans attendre la moindre réponse, elle fila vers le plan incliné d'entrée situé près de l'escalier et se retrouva devant le guichet de l'accueil.

— Quelle chambre a été réservée à Habib Mourrashak et Mohamed Askenazi, s'il vous plaît ?

— Je vérifie, Mademoiselle, répondit l'hôtesse d'accueil en interrogeant son ordinateur, sans résultat. Vous êtes sûre qu'une chambre leur a bien été réservée ?

— Certaine. Il s'agit des cinq pilotes… Puis, elle se ravisa : et au nom de notre club de vol ?

— Je n'ai aucune réservation pour cinq personnes, pas plus en individuel qu'en groupe, je suis désolée. Nous n'avons que vos réservations de chambre au nom de votre université en Angleterre.

— De notre université ? fit-elle.

Annabel n'insista pas car elle crut déceler en filigrane de la réponse, de l'impatience, presque de l'animosité. La mine dépitée, elle rejoignit donc le groupe. Mais que se passait-il ? Où se trouvaient Kevin et Steve ? Que faisaient-ils ? Pourquoi ne disposaient-ils d'aucune chambre ? Cela signifiait-il qu'ils avaient prévu de venir les rejoindre dans leur chambre, elle et Francesca ? se dit-elle, tout en en doutant fortement. Mais alors, les trois autres pilotes, où dormiraient-ils ?

Elle s'installa dans le minibus qui démarra aussitôt et ne put s'empêcher d'en parler discrètement à Francesca qui, dans un premier temps, sembla s'en réjouir. Mais, très vite, le doute et l'inquiétude s'installèrent également chez elle. Les autres, dubitatives, s'interrogeaient sur leurs discussions à voix basse.

Magali distillait ses commentaires, tentant de captiver ses cinq passagères qui lui paraissaient bien préoccupées et peu attentives à ses propos. Annabel écoutait avec distraction et elle mordait sa lèvre inférieure comme si elle contenait ses émotions.

Au troisième arrêt, devant Notre-Dame, cette fois, enfin, les cinq jeunes filles s'abandonnèrent au plaisir de la visite, se laissant envahir par l'ivresse que leur procuraient ces lieux, jusque-là encore mythiques pour toutes, car la guide évoqua tour à tour la comédie musicale *Notre-Dame de Paris*, puis le *Da Vinci Code* du côté du Louvre. La descente des Champs-Élysées fut un émerveillement tandis que la capitale s'assombrissait d'heure en heure, permettant à la multitude des lumières de dessiner un nouveau décor.

La nuit s'était complètement installée quand elles montèrent sur le bateau-mouche. Elles étaient les dernières à accéder à bord. Déjà le bateau s'écartait légèrement du quai, dans le murmure profond de ses moteurs, et les hommes de bord s'activaient à défaire les dernières amarres. Le bateau pivota pour s'orienter et s'éloigna en glissant sur l'eau. Magali les conduisit à leur table…

*

Au même moment.

Aysen ne ménageait pas le moteur de son véhicule sur l'autoroute en direction d'Orléans, Châteauroux, Limoges, Brive-la-Gaillarde et Toulouse… Elle repensait à son itinéraire. Elle devait absolument passer la frontière espagnole avant le petit jour afin d'être à Barcelone dans la journée. Les consignes étaient strictes. Elle devait ensuite faire sauter son minibus dès qu'elle serait arrivée à destination, près de l'aéroport de Barcelone… Elle regarda alors furtivement les deux caisses noires fixées derrière elle. Plus de trace ! La fameuse technique du barbecue, pensa-t-elle. Elle prendrait tranquillement son avion dans la soirée… Cent trente à l'heure, décidément ce fourgon ne dépassait pas la vitesse autorisée…

*

Hangar. Aéroport de Beauvais-Tillé. Même moment.

Les cinq pilotes venaient tout juste d'installer les fameuses caisses noires sur l'appareil, derrière eux. En réalité, il s'agissait de bombes à triple commande, la première permettant de se déclencher lors d'un choc important, la deuxième, par un système de fils électriques commandé par un bouton par le pilote et la troisième, par un déclenchement à distance par le chef des cinq pilotes, en cas de problème particulier du pilote. Un système monstrueusement sophistiqué. Le plus grand caisson contenait une bombe de trente kilos environ et le petit, une d'une dizaine de kilos, interconnectées et répercutant l'une sur l'autre leur action au moment de la mise à feu. Chaque autogyre était prêt pour son dernier voyage.

Le chef du groupe sortit du sac de voyage collectif les lunettes de pilotage nocturne munies d'un système militaire, dernier cri, utilisé par les pilotes d'hélicoptères de combat. Il en déposa une paire sur la commande de chaque appareil et rejoignit les quatre autres pilotes dans la salle d'une des structures mobiles installées dans le hangar. Les quatre jeunes avaient déjà entamé les préparatifs pour leur entrée au paradis. Ils se rasaient entièrement le corps pour éliminer toute trace de pilosité afin de se montrer aussi purs que possible, le moment venu, devant Allah.

Puis ils répétèrent en chœur leurs dernières proclamations de foi. Chacun livrait ses dernières volontés à haute voix, conformément à celles délivrées devant l'objectif de la caméra de l'imam Abdullah Hamwadar qui leur avait pratiqué, précédemment, l'adoubement. Ils évoquaient aussi tous les leurs, massacrés par les Américains et l'Occident, et la joie qu'ils auraient bientôt à les retrouver après avoir châtié l'Occident... Les cinq hommes avaient décidé de mourir en martyrs mais cela n'empêchait pas que, durant les derniers préparatifs, la situation leur portât sur les nerfs. Seule la prière, plusieurs fois renouvelée, leur permettait de garder leur calme et leur foi en ce qu'ils faisaient. Leur certitude absolue d'agir pour une sainte cause, bénie par Allah lui-même, les persuadait d'un accès direct au paradis et, pour eux, tout cela dépassait de très loin tout amour de la vie terrestre !

Celui qui pouvait être considéré comme le chef, le plus fanatique, le plus taciturne, maintenait d'une poigne de fer le groupe uni vers un seul objectif. Il fit encore preuve de prosélytisme en leur rappelant qu'ils étaient des élus, choisis parmi tous les vrais croyants de la planète et que « le coup qu'ils allaient porter » serait d'une telle importance qu'on en parlerait encore dans un siècle ! Tous le regardaient et il les regardait tous. Ils se contentaient de l'observer comme des enfants obéissants qu'on aurait emmenés voir un magicien.

— Comme jadis le Prophète, nous partons tous pour un dernier voyage, pour le paradis... Bientôt, nos pays du Moyen-Orient seront tous libres et plus forts que l'Occident. C'est pour cette raison qu'Allah le miséricordieux a besoin de combattants comme vous, comme nous, comme chacun d'entre nous !

Après cette harangue, le silence retomba. L'ambiance était tendue. La froideur et l'intransigeance de cet homme, par sa présence, ajoutaient encore à la tension. Cette mission n'était que routine pour lui qui avait fait partie, en Irak, d'un groupe extrémiste islamique et fait massacrer des gens par centaines avec, pour seul objectif, d'envoyer un message au gouvernement de son pays. Hommes, femmes, enfants, il en avait tant fait tuer par ses attentats que celui-ci ne représentait, pour lui, qu'une formalité de plus et il se réjouissait, à l'avance, de commettre ce dernier attentat, non pas en Irak ou en Syrie mais en Occident, comme il l'avait tant souhaité…

Par diverses interventions, il avait réussi à obtenir cette faveur auprès de l'imam Abdullah Hamwadar… La haine qui l'habitait agissait sur son âme comme un acide corrosif. Spécialiste mondial du terrorisme, son contrat auprès du groupe islamico-maffieux allait s'arrêter là. Et, si l'un d'entre eux devait changer d'avis, au dernier moment, il avait le pouvoir de le faire exploser à distance. Désormais, aucun ne s'en sortirait vivant, ils mourraient tous en *shahid* quoi qu'il puisse se produire, une fois qu'ils auraient décollé et pris la route de leur destination finale.

Quant à Kevin, les considérations sur la mort avaient le don de l'apaiser. Il était tellement pénétré de cette idée qu'il considérait avoir appris à mourir. Il se situait aux antipodes de cet avide besoin de biens matériels et de l'occultation de la mort qui caractérisaient tant la société moderne d'Europe de l'Ouest. Cette action pour laquelle il était totalement conditionné lui apportait une certaine quiétude face à la mort. Il lui était impossible de décrire à quiconque cette voix intérieure qui l'interpellait, il percevait une injonction comme si quelqu'un lui parlait tout haut dans sa tête, si bien qu'il en arrivait à être impatient de céder à l'appel qui l'emporterait vers cet autre monde idéal, débarrassé de toute futilité.

Le chef du groupe rappela l'ordre de déplacement et de piqué sur l'objectif final. Quand ils seraient rendus sur la cible, ils devaient effectuer une boucle bien en hauteur au-dessus et ensuite chacun se lancerait dans l'ordre convenu et maintes fois répété. Il fermerait la marche, car il avait embarqué une caméra afin de filmer, grâce à un ordinateur branché sur un téléphone satellitaire, les dernières images qui seraient transmises à l'autre bout du monde pour être enregistrées et diffusées. Internet et le Cyberespace étaient devenus pour les terroristes de formidables outils de propagande. Tout massacre qui pourrait être vu par des millions de jeunes Musulmans, dans plus de soixante pays, était bon à prendre, car ces images pouvaient permettre de recruter de nouveaux fidèles parmi tous ceux qui allaient découvrir leur action et, dès lors, rêver de les imiter.

Défier ainsi tous les principes de la société occidentale les excitait au plus haut point et leur donnait le sentiment d'être, eux aussi, de dangereux iconoclastes que la société établie du monde chrétien devait craindre. Tous considéraient finalement que la mort avait toujours fait partie de leur horizon, qu'elle s'inscrivait dans l'ordre des choses.

Fin prêts, ils quittèrent le local pour rejoindre leur appareil et essayer leurs lunettes de pilotage de nuit. Leur utilité serait toute relative, car ils devaient suivre l'autoroute jusqu'à destination. Leurs regards se croisèrent dans l'ombre du bâtiment et l'instant prit des allures d'irrévocabilité. Ils n'étaient pas angoissés, ils étaient impatients que l'action commence et avaient vraiment hâte d'en finir.

Tous ignoraient que la cause qu'ils croyaient servir n'avait aucun rapport avec l'origine de l'action. Ainsi pouvait-on utiliser à dessein des individus pour défendre des valeurs en les manipulant, les trompant pour servir des groupes dont ils méconnaissaient totalement les finalités mais dont les dirigeants se gardaient bien de mettre en danger leurs fils, leurs enfants…

*

Au même moment.

Les trois hommes qui s'activaient sur la remise en état d'un des avions de la dernière guerre mondiale rencontraient une difficulté technique sur un point particulier et l'un d'entre eux eut une idée :

— Paulo, va demander aux Englishes d'à côté, ils vont sûrement pouvoir te dépanner !

— Tu crois qu'ils disposent de ce type de clef et peuvent nous la prêter ?

— J'te l'dis !

— S'ils le font, on leur paye un coup après, alors ?

— Pas d'problème !

Le Paulo en question se rendit au lavabo pour nettoyer ses mains, puis prit son courage à deux mains pour demander aux voisins, qui s'étaient montrés si discrets jusque-là, ce dont il avait besoin. Le grand portail n'était pas complètement fermé. Timide ou peu courageux, il glissa d'abord une tête pour observer à l'intérieur et fut très surpris de voir les pilotes installer leurs lunettes de nuit à infrarouge, puis leur casque. Ils ressemblaient désormais à des Martiens… Stupéfait, il n'osa pas entrer et encore moins demander ce qu'il était venu chercher et repartit en courant vers ses collègues, comme s'il avait rencontré le diable.

— Déjà ! Mais Paulo, qu'est-ce qui t'arrive ?

— Les en les enen… les Englishes, ils sont en train de se déguiser et on dirait qu'ils s'apprêtent à partir de nuit !

— Qu'est-ce que tu racontes ?

— J'te l'dis, comme des commandos militaires…

À cet instant, ils entendirent le lourd portail du bâtiment voisin glisser sur ses rails en produisant une sorte de feulement. Puis, rapidement après, en quelques minutes, les cinq autogyres quittèrent les lieux devant les trois mécanos éberlués qui ne savaient que faire.

— Dis, Fredo, tu ne crois pas qu'on devrait le dire à la tour de contrôle, c'que j'ai vu ?

— T'inquiète ! Ces types-là, ce sont sûrement des pros. Ils sont certainement en liaison avec la tour et puis, ça s'trouve, ils ne font qu'un petit tour pour un exercice de nuit…

— Peut-être. Mais, c'est quand même bizarre, tu n'trouves pas ?

Songeurs et perturbés, ils se remirent au travail, sans conviction cette fois. La fameuse clef manquait toujours à Paulo qui ne voulut plus se remettre à sa tâche d'autant qu'il s'était lavé les mains. Il réussit même finalement à convaincre ses deux collègues d'arrêter et de se rendre au club-house pour prendre un pot et parler de leur découverte aux compagnons qui se trouveraient là, s'il en restait certains…

Quand ils arrivèrent, le bar était presque vide. Il s'emplissait et se vidait brutalement au rythme effréné des charters. Par chance, un des responsables de la tour de contrôle arriva juste au même moment. Il échangea avec les trois mécanos et écouta ce que venait de découvrir Paulo, mais se montra dubitatif.

— Il faut savoir que ces engins n'ont pas d'autorisation à demander ni pour arriver ni pour décoller, sauf s'ils utilisent les accès réservés aux avions, comme ils l'ont fait en arrivant, mais en dehors de ça, nous n'avons rien à y voir. Ils sont peut-être seulement partis faire un tour pour un exercice de nuit et ils vont revenir sans tarder…

En définitive, la discussion coupa court. Paulo et ses deux amis regrettaient même finalement de ne pas être allés les voir pour discuter avec eux de leurs appareils et leur demander ce qu'ils faisaient, tout simplement, échanger entre collègues intéressés par tout ce qui vole…

Avant de se séparer, la discussion ne porta plus que sur la remise en état de leurs fameux avions de guerre. Ils espéraient tant voir l'un d'entre eux voler pour l'été!

*

Cellule de crise.

Nouveau tour d'horizon des sites-clefs du dispositif. La nuit commençait à tomber, mais rien ne donnait le moindre signe d'inquiétude. Les heures s'égrenaient et n'offraient rien de nouveau. Le patron, Franck Waltersen, devenait de plus en plus dubitatif:

— Je crois qu'en haut lieu, certains doivent commencer à se dire que nous faisons courir tout le monde pour rien... Malgré tout, nous devons aller jusqu'au bout, plus que quelques heures ! rajouta-t-il en signe d'encouragement à ses proches collaborateurs.

Franck tentait de se rassurer comme il le pouvait. Curieusement, il se sentait moins tendu depuis une heure ou deux. Demain, s'il n'y avait rien, il quitterait le bureau et irait voir sa fille, où qu'elle puisse se trouver, et après, prévoirait une rencontre dans un bon restaurant avec son amie...

Il savait trop qu'entre ce qu'il aimait croire et la réalité, il existait parfois un certain décalage. Et s'il devait prendre ce décalage dans la tête, ça risquait de lui faire mal... Il se disait aussi qu'en vieillissant, on finit par accepter de reconnaître que la vie n'est, dans tous les cas, qu'une succession de hasards, parfois plus ou moins absurdes, heureux ou défavorables. Aussi opta-t-il pour un truisme, se disant qu'il pouvait s'attendre à tout et à son contraire.

À cette heure, les contrôleurs aériens se trouvaient tous sous une pression exceptionnelle. Quant aux frontières, rien n'avait été signalé non plus.

Seul Gérard de Kerbonnec de Silijou demandait de maintenir coûte que coûte une extrême prudence et la chasse au moindre détail qui permettrait de déceler toute menace encore cachée. En effet, les autorités supérieures venaient, à l'instant, de lui faire part qu'il y avait tout lieu de penser qu'une action terroriste spectaculaire allait se produire... Une fuite émanant d'un agent introduit dans une chaîne de télévision arabe laissait entendre que celle-ci attendait, en provenance d'un groupe islamico-maffieux, une video concernant un attentat qui serait commis à Paris. D'une humeur massacrante après cette assertion, il appelait sans cesse les uns ou les autres pour leur rappeler la situation, usant les nerfs de chaque chef de la cellule de crise, et surtout ceux du commissaire Franck Waltersen, par son ton impérieux.

Après cette nouvelle avalanche de pression de la part du juge, Franck Waltersen se retrouvait une nouvelle fois vidé. L'angoisse venait de reprendre le dessus, y compris au sujet de sa fille. À cause de cette dernière confidence du juge qui lui faisait part de son terrible sentiment d'un quelconque désastre imminent, il voyait déjà s'éteindre l'espoir d'une fin de carrière exceptionnelle et apparaître, à la place, la perspective d'une aimable mise au placard dans un quelconque service administratif. Mais que pouvait-il faire de plus pour éviter cet hypothétique attentat ? Une surveillance maximum était maintenue sur tous les points possibles nécessitant un contrôle. Il n'avait jamais eu autant hâte de voir passer le temps et qu'un jour nouveau, rayonnant, vienne balayer ces dernières heures si sombres. Mais, dans l'immédiat, le fatalisme ambiant l'empêchait de se demander ce que serait son avenir.

XIII

Paris. Nuit tombante.

Une certaine nonchalance envahissait les Parisiens qui traînaient en terrasse ou flânaient sur les Champs-Élysées. Chacun voulait profiter tranquillement de cette chaleur providentielle d'avant saison.

Les deux aéroports parisiens, tout comme celui du Bourget, assuraient le trafic sans signaler de problème. Rien ne laissait présager la moindre inquiétude pour la nuit qui s'avançait.

À Bercy, le groupe précédant la vedette chauffait la salle, le délire serait imminent avec l'apparition de leur idole, celui qu'ils attendaient tous.

Le Stade de France, lui, s'était totalement rempli sur les deux tiers réservés aux spectateurs, un bon tiers étant occupé par les installations des scènes, de la sono, cela pour permettre le renouvellement permanent des spectacles. Là aussi, l'euphorie était de mise et l'ambiance montait de minute en minute… Le dixième anniversaire de cette grande rencontre tenait ses promesses.

Porte de Versailles, au même moment, le parc se vidait tranquillement et progressivement de ses visiteurs. Seuls les exposants s'activaient afin de préparer leur stand pour le lendemain.

Sur le bateau-mouche, Magali et les cinq jeunes filles jouissaient du spectacle permanent offert par cette promenade sur la Seine et appréciaient le dîner qui leur était servi. Annabel et Francesca remisaient de côté, pour un temps, leurs préoccupations au sujet de Kevin et Steve, profitant de la torpeur de cet avant-goût d'été dans ce cadre féerique. Elles aimaient cette sérénité du soir et savaient qu'elles n'avaient pas d'autre choix que d'attendre de revenir à l'hôtel pour voir ce qu'il en était. Elles ne doutaient pas une seconde cependant de rejoindre leur ami pour toute la nuit et ne vivaient que dans cette attente.

*

Vol de nuit.

Après avoir quitté discrètement l'aéroport de Beauvais-Tillé, les cinq autogyres survolaient, en file indienne, l'autoroute A16 en direction de Paris, peu chargée dans ce sens. Ils se trouvaient déjà à mi-parcours. Ils venaient de laisser sur leur gauche la ville de Méru et, sur leur droite, Villeneuve-les-Sablons. Dans moins de vingt minutes, ils atteindraient leur cible.

Après le décollage et le suivi de l'itinéraire, Steve se trouvait en tête, suivi de Kevin et des trois autres, le chef fermant la marche.Les radios avaient été coupées et chacun écoutait en boucle des chants liturgiques pachtouns sur des musiques religieuses, poussant le son presque au maximum dans son casque. Kevin, concentré sur son pilotage et son objectif, ne pouvait penser à Annabel. Au-dessus de lui, constantes elles aussi, les étoiles ne clignotaient pas, uniques témoins muets des tragédies humaines depuis l'aube des temps. Ces constellations étourdissantes, il s'apprêtait à les rejoindre. Des visions dansaient déjà dans son cœur incandescent.

De temps à autre, un appel d'air faisait balancer l'autogyre. Les étoiles étaient-elles indifférentes au drame qui allait suivre ? se demanda-t-il, l'espace d'une seconde. Sa tête pensait paradis, Allah, guerre, crucifixions, résurrection, haine de l'Occident et encore et toujours, paradis, Allah, paradis, Allah… voilà ce qui le réjouissait à présent. Son visage ne trahissait ni peur ni curiosité, encore moins de l'enthousiasme. Il trouvait étrange sa facilité à abandonner certaines choses de la vie tandis que d'autres s'y accrochaient si fermement ! Tout lui semblait déjà si loin à présent dans ce vaste univers qui allait l'emporter…

Une immense excitation envahissait Steve au même moment… ou peut-être était-ce de la peur, de l'effroi mêlé d'admiration. Il ne ressentait qu'un excès de haine aveugle envers l'Occident et souhaitait de tout cœur rejoindre le paradis. Tout allait se passer très simplement, se dit-il, savourant déjà sa supériorité sur les êtres qu'il allait détruire.

*

Cellule de crise et centre de contrôle d'Athis-Mons.

Tout près de Paris-Orly, le centre de contrôle d'Athis-Mons maintenait une vigilance extrême au fur et à mesure que les heures passaient, relancée sans cesse par un représentant de la cellule de crise de la DCPJ.

Soudain, un des contrôleurs, spécialement affecté aux radars de surveillance en dessous des planchers habituels des avions, s'inquiéta du déplacement de cinq points qui empruntaient l'itinéraire de l'autoroute A16. Il crut d'abord qu'il s'agissait de véhicules roulants mais la trajectoire ne correspondait pas du tout à celle de véhicules suivant un couloir de circulation. Il appela son chef qui accourut aussitôt :

— Regardez ! Ce n'est pas normal ! Au vu de la signature magnétique, on dirait cinq ULM ou quelque chose de ce genre…

— Merde ! Mais qu'est-ce qu'ils foutent là à cette heure ? Déroute un écran spécialement pour un meilleur suivi de cette cible afin d'isoler les points de trafic et de tenter de mieux comprendre à quoi ils correspondent !

— O.K. voilà, c'est fait. Je confirme, ce n'est pas normal du tout. Je crois qu'il faut le signaler, sinon, nous ne sommes pas clairs, en cas de problème…

— Ouais, t'as raison, je déclenche l'alerte, on verra bien ! Peu importe ce que cela nous coûtera si nous nous trompons ! Je vais me mettre à côté de toi pour un tracé sur carte et GPS, afin de bien identifier l'itinéraire pratiqué.

Aussitôt, la DCPJ prit en compte l'alerte et déclencha la mise en route immédiate de l'escadron militaire par l'instance concernée, donnant l'ordre d'ouvrir le feu sur ces cibles dès qu'elles seraient localisées et à vue. Le groupe des cinq points non identifiés se situait à moins de dix minutes à présent de Paris, ce qui fit sursauter tout le monde. Ils eurent aussitôt la vision fulgurante d'une attaque apocalyptique sur un endroit encore indéterminé de la capitale. Ils devaient réagir vite, très vite… Chaque seconde comptait.

Les militaires en attente bondirent pour récupérer leur casque et rejoindre leur avion de chasse. Le chef de la patrouille avait noté qu'il s'agissait de cinq appareils de type ULM. Les intercepter ne devrait pas leur poser grand problème, pensa-t-il, si ce n'était leur hauteur de vol, car ce genre de petit appareil pouvait se faufiler dans une ville entre les immeubles et au-dessus des avenues ou boulevards et là, que faire ? Les abattre comme demandé ? Risqué ! C'était la première fois qu'il recevait un tel ordre à exécuter sur le territoire national et au-dessus d'une grande ville. Il n'avait pas imaginé une telle chasse et espérait encore que ce soit une fausse alerte concernant de jeunes égarés ou quelques écervelés, embrigadés dans le pari fou de vouloir défier les règles habituelles et qu'il inviterait à s'identifier, puis à suivre la patrouille pour se poser, dès que possible !

Tous les esprits de la cellule de crise étaient désormais en ébullition et focalisés sur ces fameux appareils non identifiés qui faisaient route vers Paris Nord.

Incrédule, le juge n'imaginait pas un seul instant pourtant que ces cinq points en mouvement puissent réellement constituer une menace pour la capitale, leur signature magnétique étant tellement faible ! Néanmoins, il attendait avec impatience le compte rendu de la patrouille militaire. Et si c'était une diversion ? Il frémissait à l'idée du pire. Il craignait tout et son contraire, comment savoir dans ce genre de situation ?

À Athis-Mons, la tension était à son comble. Les contrôleurs venaient d'entendre les instructions données directement par la plus haute autorité du ministère, aucun d'entre eux n'avait encore jamais été confronté à une telle situation et ils en appréhendaient l'issue finale, craignant toujours de s'être trompés en ayant donné l'alerte. Que pouvaient-ils faire d'autre ? Ils travaillaient désormais en ligne avec le chef de la patrouille. Les personnes chargées de se mettre en contact radio avec les cinq appareils n'avaient établi aucune liaison… Chose surprenante, ces derniers se déplaçaient de façon fantomatique.

*

Le groupe des cinq autogyres.

Encore quelques minutes, puis la cible finale serait en vue. Les cinq autogyres avaient quitté la trajectoire de l'A16 pour couper afin de rejoindre directement la Nationale 1 et volaient à hauteur de Sarcelles. Plus que quelques kilomètres et quelques minutes pour fondre sur leur objectif ! Ils revoyaient sans arrêt, pour la énième fois, l'itinéraire qui leur avait été indiqué et aucun n'imaginait sortir du chemin tracé avec précision, sans autre alternative et surtout sans retour.

L'esprit de Kevin frissonnait comme du cristal, à une poignée de secondes de la note ultime, suraiguë, destructrice… Il aurait sa place à la table du Prophète pour l'éternité ! Au dessous, le trafic était fluide, la ville n'avait encore nullement conscience de ce qui allait se produire.

Chaque pilote avait le regard vide et brillant du fanatique, aucun d'entre eux n'était capable de réfléchir. Les chants liturgiques pachtouns et les musiques religieuses leur trottaient inlassablement dans la tête, les obsédant à les rendre totalement envoûtés, personne ne pouvait plus leur enjoindre de cesser ce voyage. De tout arrêter alors qu'il en était encore temps…

Une poignée de secondes encore et leur nom entrerait dans la légende! Ils avaient tous un exemplaire du Coran à portée de main qu'ils flattèrent de la paume de la main, comme un talisman. Point de compte à rebours dans leur tête, il ne leur restait que des secondes d'existence et, loin d'être tristes ou inquiets, ils éprouvaient une exaltation de plus en plus grande qui générait un bien-être étrange et réconfortant dans leur esprit et dans leur cœur.

*

Cellule de crise à la DCPJ. Aux alentours de vingt-deux heures.

Les secondes s'éternisèrent. La patrouille venait de décoller, il lui fallait de longues minutes pour arriver à hauteur des points en mouvement. Mais leur interception leur paraissait déjà hasardeuse car ces derniers venaient de pénétrer dans les environs immédiats de la capitale. Un regain de tension palpable s'installa autour de la table.

Franck Waltersen, ayant mis les suivis radio sur haut-parleur, se leva de son bureau pour se tenir devant la baie vitrée à regarder dehors avec un air belliqueux pour se donner le temps de rassembler ses idées. Il ressentait une très forte agitation dans son esprit, de la vulnérabilité aussi, comme si un coup de plus allait le briser définitivement.

Le chef de la patrouille écoutait dans son casque le déplacement des cinq points toujours non identifiés, il devait connaître leur position et leur déplacement, seconde après seconde. Et toujours impossible de joindre par radio ces appareils qui n'émettaient rien et semblaient ne rien capter !

— Les cinq cibles viennent de passer à hauteur de Sarcelles, à tous les coups, ils vont se diriger ensuite vers Roissy, entendit-il…

Les contrôleurs pensaient alors qu'ils se trouvaient bien sur la piste d'un truc énorme, ils le sentaient à cet instant et leur adrénaline montait d'une façon vertigineuse.

— C'est sûr, ils vont rester au-dessus de la ville en prenant sur leur gauche pour se diriger vers Roissy sans être remarqués, ou encore pour viser la Tour Eiffel comme nous le pensions… à moins qu'ils ne se dirigent vers l'aéroport du Bourget…

Cette dernière piste paraissait plus qu'improbable.

Brutalement, la cible de Roissy apparut comme une évidence à tous les interlocuteurs ou auditeurs qui accompagnaient l'écoute radio. À ce moment précis, cette effrayante perspective parut de plus en plus vraisemblable. Mais qu'allait-il se produire vraiment ? se demandaient toujours toutes les personnes qui suivaient cette poursuite infernale.

Il ne restait plus que quelques poignées de secondes aux avions pour atteindre leur objectif…

*

Minibus.

Aysen, soutenue par sa haine, ne ménageait guère son véhicule sur l'autoroute A20 où la circulation était très faible. À vingt-deux heures environ, elle passa à hauteur de Châteauroux et fonça vers Limoges. Après avoir écouté *Radio Autoroute FM* sur 107.7 en quittant la capitale, elle avait recherché sur son autoradio de bord une antenne qui offrît des informations en continu et venait de se caler sur *France Info*. La voix d'un homme détaillant les dernières découvertes médicales occupait l'antenne. Les mots traversaient sa conscience sans y trouver de prise.

Elle imaginait que, d'un instant à l'autre, les cinq appareils attaqueraient leur cible et que, très rapidement, l'information circulerait. Elle connaîtrait alors les premières réactions. Mais elle savait aussi qu'au même moment, toute l'organisation, située très loin de la France, attendait la même information qu'elle et qu'ils étaient tous à l'écoute de tous les médias de France.

*

Bateau-mouche.

Le bateau poursuivait sa promenade sur la Seine. Au-delà de chaque rive, les enseignes lumineuses perçaient la nuit, parfois de rouge comme autant de taches de sang donnant alors à toute chose une atmosphère mélancolique. Il passa à hauteur de péniches mafflues, amarrées à un quai de chargement. L'instant était paisible. Plus loin, les lampes d'un pont se reflétaient dans l'eau noire. Le courant et les remous torturaient ces reflets. Dehors, l'air était délicieusement doux.

Le dîner touchait à sa fin et une animation permettait aux passagers de se distraire. Annabel et Francesca repensèrent alors très fort à Kevin et à Steve et se montraient de plus en plus impatientes de les retrouver. La fatigue se faisait sentir et elles n'éprouvaient plus qu'une hâte, celle de rentrer aussi vite que possible à l'hôtel et retrouver ceux qu'elles considéraient désormais aimer. Leur esprit et leur cœur se trouvaient ailleurs, incapables d'être présents à cent pour cent avec le groupe. Quelque chose de nouveau les habitait, les tenaillait, en proie à un indescriptible mélange de sentiments.

Magali s'efforçait de garder sa petite troupe en main, mais réalisait parfaitement que trois jeunes filles sur cinq seulement se montraient captivées. Elle le regrettait vivement et en éprouvait une certaine frustration, ne comprenant pas les raisons du manque d'intérêt de deux d'entre elles, d'autant qu'elle avait la chance, pour une fois, d'avoir un aussi petit groupe et de pouvoir personnaliser sa prestation.

Le bateau-mouche devait terminer l'itinéraire prévu avant de revenir au point de départ. Il était environ vingt-deux heures, encore une heure d'attente au moins pour Annabel et Francesca, tandis que les trois autres jeunes filles se sentaient amoureuses des splendeurs parisiennes valorisées par des lumières appropriées…

*

Cible finale. Vingt-deux heures zéro quatre.

Les cinq autogyres ne quittèrent guère la trajectoire qui les conduisait à leur cible, toute proche d'eux.

Ils arrivèrent à hauteur du Stade de France. La silhouette noire du bâtiment se découpa dans une lueur sépulcrale.

Comme convenu dans leur scénario de déplacement, ils s'apprêtaient à faire un tour au-dessus du fameux stade. Désormais, plus rien ne pouvait stopper leur mission. Finalement, rien ne les avait inquiétés tout au long de leur périple et le plan semblait se dérouler avec une réelle facilité, comme si cette opération était simple et normale et que rien n'eût dû venir les perturber. Ils ignoraient tout de l'émoi qu'ils étaient en train de créer.

En effectuant leur boucle au-dessus de leur cible, ils se revirent furtivement, les uns après les autres, avant de s'élancer tel un essaim de frelons en piqué dans l'espace vide situé au-dessus de la partie stade de football. Ils remarquèrent l'emplacement réservé à la scène et au spectacle et le reste de l'espace bondé de spectateurs enthousiastes sur tous les gradins. Dans quelques secondes, la masse d'explosifs, située sur chaque appareil, les pulvériserait eux et tout ce qui se trouverait au point de l'impact et autour dans un rayon de plusieurs dizaines de mètres, tout serait fini pour chacun d'eux comme pour ces spectateurs…

*

Liaison contrôleur et chef de patrouille.

Les cinq points venaient d'amorcer une boucle sur l'écran radar, glaçant le sang du contrôleur et de son chef qui suivait à côté de lui la projection de cet itinéraire sur une autre carte par positionnement GPS.

— Attention ! Ils ne se dirigent ni vers la Tour Eiffel, ni l'aéroport de Roissy ni celui du Bourget… Ils amorcent une boucle à présent, nous nous situons… attendez… mon Dieu ! Au-dessus du Stade de France !

— Nous y serons dans une dizaine de secondes, hurla le chef de patrouille…

Au QG de la cellule de crise, on entendit alors sur tous les haut-parleurs l'ordre supérieur qui venait d'être lancé :

— Tirez ! Dès que vous les apercevez, tirez, tirez sans sommation !

La panique était totale. Tout était figé.

*

Les cinq autogyres.

Un bourdonnement de rires, d'applaudissements et de musiques disparates sourdait du ventre du Stade de France. Les pilotes devinaient ces spectateurs insouciants dans leur tranquille impiété.

À cet instant, le chef de groupe arborait encore un sourire sardonique. Cette situation faisait monter en lui une excitation nouvelle, une sensation de pouvoir qu'il avait toujours voulu avoir sur l'Occident et il se sentit grisé, impatient de se jeter à son tour dans ce qu'il imaginait comme une fournaise…

Avec une grande assurance, il balaya les alentours d'un œil torve, l'air terriblement menaçant et il ricana intérieurement, la haine semblait avoir enflammé son regard et il se dit tout haut : « Maintenant, je suis venu ici pour semer la mort et me venger ! *Inch Allah… Allah Akbar…* » Il avait toujours été impressionné par l'opiniâtreté des jeunes kamikazes. Ils démontraient une fois encore leur capacité à aller jusqu'au bout de leur engagement. Il commençait juste à filmer au moment même où Steve, le premier, s'élança dans le trou béant de l'espace ouvert sur le ciel au-dessus du Stade de France.

À cet instant précis, Steve ressentit une force implacable et invisible qui le projeta vers sa cible dans un absurde sentiment d'invulnérabilité. Il se dirigeait tout droit sur la tribune des places réservées, vers des centaines de visages terrifiés, vision surréaliste qui ne dura qu'une ou deux secondes. Son cœur battait si vite qu'il crut même, un moment, qu'il allait lâcher… Il poussa son cri que lui seul put entendre : *Allah Akbar…*

Au même moment, les avions de l'armée arrivaient sur zone et les premiers tirs effectués sans la moindre hésitation pulvérisèrent en vol Kevin qui s'apprêtait à virer et ressentait la même émotion devant cette évanescente vision du monde… mais il ne sut jamais ce qui venait de lui arriver, il explosa telle une boule de feu. Les autres suivirent et le chef du groupe, qui venait de réaliser la situation à cet instant, avait beau leur crier de se jeter dans le stade, peine perdue, ses appels furent vains car chacun n'avait que des chants religieux à pleine puissance dans leur casque. Le dernier autogyre, celui du chef de groupe explosa à son tour en vol et les débris tombèrent un peu partout sur le terrain du stade tels des insectes désarticulés qui se seraient trop approchés d'une lampe trop puissante.

Les restes de son appareil venaient de disparaître dans l'enceinte du stade, où l'explosion du premier engin et l'embrasement des équipements déclenchaient des cris d'horreur indescriptibles…

La patrouille ne put rien faire de plus et ne put que constater l'attentat en survolant le Stade de France. Le chef de la patrouille constata avec effroi le drame qui venait de se jouer ; ses traits étaient constellés de gouttes de sueur, il livra dans son micro ce qu'il découvrait sous ces yeux :

— Mon Dieu… c'est terrible… mon Dieu ! C'est véritablement atroce, nous avons détruit en vol quatre appareils mais l'un d'entre eux a réussi à se jeter dans le Stade de France en créant une immense explosion… À présent, est-ce son réservoir qui vient de s'enflammer ou l'appareil était-il porteur d'une bombe ? Ça semble être le cas au vu de l'explosion que cela a engendré à chaque fois nous avons détruit l'un des appareils ? Impossible de le dire. C'est fou, c'est incroyable ! C'est un horrible massacre ! Il faut immédiatement faire appel à tous les secours possibles… C'est un drame atroce qui vient de se produire, inhumain…

Les avions continuaient à survoler en boucle le Stade de France et à rendre compte quelques instants encore de la situation. Ils venaient de sauver des centaines de vies en ayant abattu les quatre autogyres, mais ce n'était pas ce à quoi les pilotes pensaient à ce moment précis…

Franck Waltersen s'était figé. Glacé par ce qu'il venait d'entendre comme tous ceux qui écoutaient l'évolution de la patrouille. Ce n'était plus, tout à coup, qu'un homme brisé, avec l'air hagard de quelqu'un qu'on aurait frappé au ventre par surprise sans qu'il sache pourquoi. Il ferma les yeux pour reprendre ses esprits, détourna la tête pour éviter le regard des collègues présents autour de lui. Sa fureur intérieure flambait de plus belle : mêlée au chagrin, elle formait un magma qu'il n'avait pas la force d'affronter dans la seconde. L'effroyable catastrophe, tant redoutée, venait de se produire, plus dramatique et plus terrible qu'il n'avait jamais osé imaginer. Il éprouva un instant de terreur énorme. Il aurait tellement voulu changer le cours des événements…

Le choc fut rude pour toutes les personnes concernées par cette affaire depuis de nombreux jours. L'incroyable s'était produit et ils venaient de vivre, pratiquement en direct, l'issue de cette tragédie.

Comment tout ceci avait-il été possible ? Après tout ce qui avait été dit et fait depuis l'atroce début de mois de janvier 2015 ? Depuis ce rassemblement d'une cinquantaine de chefs d'États avec une foule de plus d'un million de personnes à Paris le dimanche 11 janvier et près de quatre millions dans la France entière qui suivait les atrocités des jours précédents. Les énormes attentats de New-York, Madrid, Londres… venaient de se prolonger à Paris cette fois… Et bien au-delà d'un petit groupuscule d'extrémistes incontrôlables et imprévisibles, la France, après avoir été victime de groupuscules télécommandés par les organisations djihadistes, était victime à son tour d'une organisation de grande ampleur…

Dans les secondes qui suivirent, tous les moyens de secours furent déclenchés jusqu'au plus haut niveau, au-delà du plan ORSEC.

XIV

Stade de France.

En quelques minutes, police, pompiers, ambulances sillonnaient la ville comme des paramécies en goguette dans une eau douce stagnante, se dirigeant, toutes alarmes hurlantes, vers le lieu du drame. Rapidement, un monstrueux embouteillage se forma autour du stade dans le hurlement des sirènes et le mélange de lumières orange et bleues des gyrophares, qui créaient une ambiance dantesque.

Le drame humain s'imposa aux secours dans son horreur la plus crue. Ces hommes et ces femmes étaient pourtant aguerris à toutes sortes de situations, mais ils n'avaient jamais vu, jusque-là, autant de victimes à la fois et dans un tel état. Ils sentirent leurs jambes mollir et un effroi les parcourir de la tête aux pieds en découvrant l'horreur. Des gens couraient dans tous les sens, dans la confusion la plus totale, des cris s'élevaient de partout. Par endroits, il se dégageait une telle chaleur que l'acier donnait l'impression de se transformer en miel et le béton se consumer et devenir simple cendre. Les spectateurs frappés par le premier impact périrent de façon si soudaine qu'ils n'entendirent pas les explosions suivantes.

Trois espaces occupés par le public assis avaient été bombardés. Des vagues de feu dévalaient tous les gradins, se propageaient aux sièges et continuaient de faucher inexorablement des vies à leur passage. Des corps en flammes s'affaissaient dans un ballet obscène avant de rebondir plus bas sur d'autres spectateurs. Toutes les armatures des sièges se tordaient. Ceux qui avaient échappé au drame s'étaient précipités de façon incontrôlée vers les sorties, bloquant du même coup l'arrivée des secours. La chaleur des explosions brûlait la peau. Une épaisse colonne de fumée noire s'élevait du stade.

Le désordre était total, le spectacle, insoutenable dans cette atmosphère enfumée et difficilement respirable où chacun se mit à ahaner convulsivement. Il régnait une activité apocalyptique. Pourtant, certaines personnes tentaient de respirer à pleins poumons, obsédées par l'idée d'extirper de leurs entrailles les fumées méphitiques qu'elles avaient inhalées et pour tenter de réaliser ce qui s'était produit, recherchant vainement un proche ou un ami qui ne se trouvait plus auprès d'elles. Tous avaient les idées confuses.

D'autres personnes, prises de malaise, le cœur vrillé par la peur, le visage en sueur, incapables de bouger, n'entendaient plus ce que les gens disaient autour d'elles. Quand elles reprenaient leur esprit par paliers, leur premier geste était de chercher à s'enfuir, loin, très loin. Mais, elles restaient totalement immobiles, car leur corps ne pouvait suivre ce que leur commandait leur cerveau, leurs blessures étaient trop graves.

Certaines, lourdement mutilées, le regard halluciné, semi inconscientes, s'acharnaient à vouloir passer, à tout prix, par-dessus d'autres victimes blessées ou tuées. Mais les obstacles s'accumulaient, rendant impossible leur déplacement, malgré leur acharnement à sortir de cet enfer… Un vieillard, la tête chenue, choqué, les mains ensanglantées, s'était agenouillé près d'une femme aux cheveux blancs, inerte. Il pleurait en lui tenant la main, comme indifférent à toute l'agitation autour de lui. Il semblait être comme hors d'atteinte, quelque chose l'avait éloigné du désespoir à l'état pur.

D'autres encore déambulaient comme si leur cerveau refusait de fonctionner, comme si elles ignoraient ce qui se passait et ce qu'elles devaient faire, hébétées. On les aurait dites déconnectées de la situation. Peut-être se disaient-elles que c'était seulement un mauvais rêve, un affreux cauchemar et qu'il y avait encore un moyen de revenir en arrière ? Un homme, de taille moyenne, au visage d'oiseau de proie, aux cheveux bruns parsemés de fils d'argent, errait, ignorant où il était, ce qu'il y faisait et où il devait aller, comme malheureusement un grand nombre de victimes en état de choc. D'autres s'étaient recroquevillées sur le sol. Ici ou là, les blessés figés sur leur siège laissaient couler des gouttes de sang qui tombaient vers le sol où elles éclataient sur le ciment en étoiles incarnates.

Et, partout, cette odeur âcre de plastique, de vêtements et de chair qui se consumaient. Ces effluves fétides se répandaient dans l'espace opaque et impénétrable. S'élevaient des cris, des pleurs et des gémissements douloureux, insupportables. Très choqués, les premiers survivants qui avaient atteint l'une des sorties avaient le regard fixe et ne parvenaient pas à s'exprimer.

L'état d'urgence était décrété : médecins, infirmiers, ambulanciers, secouristes étaient mobilisés dans toute l'Île de France et convergeaient en un temps record vers le lieu du sinistre. Plusieurs hôpitaux de campagne furent dressés à la hâte tout autour du stade et dans les squares tout proches. Un élan de solidarité, sans précédent, s'était aussitôt mis en œuvre. Tous les centres hospitaliers de la capitale furent mis en état d'alerte afin d'organiser l'arrivée des blessés. Malheureusement, il était déjà trop tard pour des centaines d'entre eux… Une morgue devait être constituée pour recevoir les premières victimes afin de faciliter ensuite leur identification. Partout régnaient la mort et le chaos…

*

Autoroute A20.

Aysen fonçait toujours vers sa destination et s'impatientait, regardant sans arrêt l'horloge de bord, le cœur en proie à un indicible désordre ; espoir, excitation, appréhension s'y mêlaient dans une confusion brûlante et la tension se lisait sur son visage. Vingt-deux heures quinze, toujours rien. Pas d'information. Pourtant le massacre devait avoir eu lieu à cette heure, que s'était-il passé ? Tracassée, elle affichait en permanence une expression grave, absente. Une insaisissable lueur habitait son regard. Elle rageait à l'idée que les cinq autogyres n'aient pu atteindre leur cible. Elle se posait bien des questions pour lesquelles aucune réponse convenable ne lui venait à l'esprit.

Quand… enfin… le message, tant attendu, se déversa sur l'antenne :

« Nous apprenons qu'une ou plusieurs explosions, d'une extrême violence, viennent de se produire au Stade de France au cours du grand spectacle de l'anniversaire des rencontres France, Allemagne, Benelux… Selon les premiers témoignages, une grande partie des installations serait dévastée faisant de très nombreuses victimes en raison de l'importance du rassemblement. À l'heure qu'il est, nous ne savons pas exactement ce qui s'est produit. Mais ce que nous pouvons dire, d'ores et déjà, c'est que la ou les explosions ont été d'une ampleur inimaginable. Nous ne savons pas encore, à cet instant précis, s'il s'agit d'un accident ou d'un attentat, même si nos premières informations semblent aller dans le sens d'un attentat terroriste… »

Alors, Aysen se laissa aller à un sourire cruel comme elle n'en avait encore jamais affiché, satisfaite de ce qu'elle venait d'entendre. Ils avaient réussi ! Tous les pays arabes allaient recevoir cette information et des milliers de jeunes vivraient dans l'allégresse en pensant aux martyrs qui venaient de rejoindre le paradis et, par leur profession de foi, transmettre le flambeau à d'autres jeunes comme eux afin que le peuple arabe soit le plus puissant du monde et écrase les Croisés, l'Occident et le grand Satan américain…

Tous ne retiendraient que l'acte lui-même, ignorant totalement les raisons véritables de celui-ci et la machination machiavélique du groupe islamico-maffieux qui venait de le réaliser à des fins qui n'avaient rien à voir avec la religion… La spiritualité dans ce genre de phénomène n'existe pas, seuls subsistent la démagogie et la manipulation…

*

Communications sur le drame.

Dans les minutes qui suivirent, des millions de Français qui regardaient la télévision ou écoutaient la radio virent leur émission perturbée par un flash spécial. Le ton inhabituellement grave les glaça véritablement. Tout le monde reçut l'information avec incrédulité d'abord. La situation paraissait irréelle. Le choc était énorme. Chacun recherchait une explication logique pour qu'une telle catastrophe puisse se concentrer en un seul lieu. En voyant les premières images, tous repensaient à New-York et 2001 et à partir de cet instant, tous les médias de France se mirent en diffusion spéciale sur l'événement qui venait d'endeuiller la France une nouvelle fois… Tous les programmes en cours avaient été interrompus.

La voix des journalistes tremblait tandis que les secours s'organisaient et évacuaient les blessés et les morts de l'enfer du stade. Des appels étaient lancés à tous les professionnels du monde médical de rejoindre leur service dans la capitale et ne plus tenter de rejoindre les secours sur place. Il était aussi demandé à la population parisienne d'éviter les alentours du Stade de France pour ne pas gêner les évacuations. De même, il était fait appel aux psychologues et personnes maîtrisant parfaitement l'allemand, le hollandais, voire le flamand, de se faire connaître en venant sur place afin de tenir des cellules de prise en charge psychologique ou d'apporter leur aide aux unités de suivi administratif des blessés qui partaient vers tous les hôpitaux de la région.

Des précisions venaient éclairer d'heure en heure ce qui s'était produit. On commença par annoncer d'abord plusieurs morts et des centaines de blessés. Les premiers survivants parlèrent « d'engins volants » venus s'abattre sur les spectateurs dans l'enceinte même du stade, créant d'énormes explosions, détruisant tout autour de l'impact. La thèse de l'accident fut vite évacuée pour laisser place à celle de l'attentat. Rapidement, des mots comme : « attentats-suicides » et « kamikazes » furent lâchés, à l'écoute des premiers témoignages crédibles. Puis déjà le bilan s'aggrava, il était question à présent de plusieurs dizaines de morts et de centaines de blessés.

Chacun devinait, à travers les propos encore imprécis des journalistes, que quelque chose de très grave venait de se produire et la colère se muait en tristesse. Un tourbillon d'émotions contradictoires maintenait chaque esprit dans la confusion la plus totale.

Les Français étaient d'autant plus traumatisés qu'ils ne comprenaient pas pourquoi les attentats avaient eu lieu chez eux. Certains songeaient au fait que la France restait militairement présente en Afghanistan et au Pakistan, d'autres pensaient à l'Iran, d'autres encore évoquaient la position de la France dans son intervention plus récente au Mali puis aux côtés d'autres pays en Irak ou en Syrie. Certains mêmes évoquèrent notre position envers diverses organisations islamiques, tandis que le gouvernement en place taisait le chantage et les menaces précédentes. Pour combien de temps encore ? Quels allaient être les effets secondaires de toute cette affaire ?

*

Bateau-mouche.

Le bateau arriva à sa destination finale un peu plus tôt que prévu. L'ambiance avait radicalement changé à bord. Un message avait annoncé l'attentat et il était demandé aux passagers médecins, professionnels du milieu médical ou psychologues, de rejoindre dès que possible leur service en raison des besoins énormes qui s'avéraient nécessaires.

Magali n'était plus d'humeur à évoquer les sites visités. Cet attentat venait dissiper tout le plaisir de la soirée. Annabel lui demanda ce qui s'était passé, choquée de constater que ceci semblait traumatiser tous les passagers.

— Nous avons été victimes d'un attentat au Stade de France. Il semblerait que ce soit très grave, se contenta-t-elle de lui répondre, n'en sachant pas davantage pour l'instant.

— Je comprends, répondit simplement Annabel qui se remémora les attentats de Londres et l'effroi que ceux-ci avaient provoqué dans les esprits en

Angleterre, à cette époque. Mais pourquoi à Paris ? demanda-t-elle.

— Nous ignorons tout pour l'instant... Dès que nous serons à quai, nous rentrerons directement à votre hôtel, contrairement à ce qui était prévu initialement...

— Bien sûr, c'est normal, acquiesça sans conviction Annabel qui voyait là une bonne opportunité pour rentrer plus tôt qu'espéré afin de retrouver Kevin.

Kevin. Elle y pensait sans arrêt. Et plus elle y pensait et plus elle éprouvait pour lui une admiration d'une violence singulière ; elle réalisa, à cet instant, qu'elle était tombée immédiatement amoureuse de lui, dès leur première rencontre. Elle garda le silence et, à cette pensée, une expression heureuse passa sur son visage.

Elle dit discrètement à Francesca que, finalement, c'était une aubaine pour elles de rentrer plus tôt que prévu et elles eurent des difficultés à dissimuler leur sourire de satisfaction à l'idée de revenir plus vite à l'hôtel. Mais, réalisant le caractère dramatique du moment, par respect pour la situation, elles s'efforcèrent d'afficher un visage de circonstance.

*

Siège de l'organisation.

Au siège social de l'organisation, là où on était prompt à expédier des jeunes kamikazes se faire exploser aux quatre coins de la planète, les informations venaient de tomber. Tous les participants avaient la même allure : gestes, ton, signaux imperceptibles de reconnaissance, bref, ils étaient du même monde.

Ayman et Souleyman, entourés des quelques caciques de l'organisation, se congratulèrent en apprenant la réussite des attentats qu'ils avaient organisés. À présent, il s'agissait d'étudier de quelle façon préparer l'après attentat. Car, à ce jour, les six personnes détenues par la France n'avaient toujours pas été libérées...

Le chef du groupe resta silencieux. Il observait chaque personne autour de lui, coudes sur la table et mains jointes sous le menton comme pour une prière, sans presque battre des paupières. L'organisation s'octroya à la hâte un nom de groupe improvisé pour revendiquer l'attentat en prenant part en faveur de l'O.S.M. Un enregistrement fut effectué, réclamant la responsabilité de l'attentat au nom des Forces Islamiques Libres et jumelant la présentation de cette entité et le drapeau de l'O.S.M., afin que l'état français sache exactement que ceci constituait bien la réalisation de l'ultimatum qui lui avait été donné, conformément à leur dernier entretien.

— J'espère ainsi qu'à l'avenir, il saura exactement à quoi s'en tenir ! précisa celui que l'on pouvait considérer comme le chef. Il se ménagea une pose dramatique en adressant son regard le plus machiavélique à son entourage.

L'imam Abdullah Hamwadar reçut l'enregistrement par Internet et eut ordre de le remettre ainsi que les videos montrant les actions des jeunes martyrs aux différentes chaînes de télévision des pays arabes, à commencer, bien sûr, par *Al-Jazeera* au Qatar, et *Al-Manar* au Liban avant d'en adresser à toutes les autres.

En dehors d'Aysen Kenenar, il ne restait plus de membres de l'organisation en France ni dans un pays d'Europe Occidentale.

L'organisation pouvait d'ores et déjà réfléchir à la manière de se déployer sous une nouvelle identité, bientôt sur les pays d'Europe de l'Ouest, malgré tout, plus perméables que les États-Unis surtout depuis la suppression des frontières. L'augmentation sensible du prix du pétrole ces dix dernières années, même si ce n'était plus le cas, avait permis aux pays producteurs et partenaires d'apporter des capitaux de plus en plus considérables auxquels s'ajoutaient les capitaux occultes des divers trafics, le tout continuant à s'accumuler dans les paradis fiscaux, il leur était aisé de mettre en place une kyrielle de sociétés pour asseoir un nouvel ordre dans ces territoires, puis dans les pays arabes, avant de voir de quelle manière acquérir des participations dans des sociétés en vue de l'Occident afin de mieux les dominer plus tard…

Le drame qui venait à peine de se produire, faisait déjà, à leurs yeux, partie du passé. Restaient encore quelques formalités à accomplir dans les jours prochains auprès de la France. Puis la page serait tournée, pour l'instant… Car déjà ils songeaient à leurs prochains projets…

*

Cellule de crise.

Franck Waltersen comprit soudain que ce jour resterait à jamais gravé dans son esprit et dans son cœur. Le choc passé, il convint de ne pas perdre de temps pour débusquer, sinon les chefs, au moins les seconds couteaux de toute cette affaire. Personne dans le groupe ne pouvait imaginer que l'organisation terroriste qui avait victorieusement mené le chantage jusque-là s'était évaporée dans la nature…

Les premières constatations montraient que, contrairement aux attentats de New York, Madrid ou Londres, cette fois, les terroristes avaient changé de stratégie, même si la minutie de la préparation semblait similaire. Subsistaient la cruauté et la perversion de l'acte lui-même, mais surtout l'habileté de l'imbroglio imaginé pour arriver discrètement à leurs fins et enfin, leur incroyable cynisme. Ils n'avaient jamais rencontré de personnes aussi monstrueuses.

Dans le groupe, chacun se sentait plus « coupable » vis-à-vis des victimes que ceux qui avaient réellement commis cette épouvantable machination qui avait laissé place à l'horreur et à la barbarie. D'innombrables pensées contradictoires s'affrontaient dans leur esprit tourmenté tandis qu'un sentiment de vide, de honte et de remords s'emparait de Waltersen.

Il s'agissait de diligenter, le plus vite possible, des spécialistes sur les lieux de l'attentat afin de récupérer quelques traces qui pourraient leur être utiles pour l'enquête avant qu'elles ne disparaissent totalement, immanquablement détruites par les secours qui devaient s'y affairer.

Un premier hélicoptère de la police survolait à présent le Stade de France, découvrant l'horreur absolue et, tout autour, les va-et-vient incessants des ambulances, des camions de pompiers et des véhicules de police. Vu de l'hélicoptère, le spectacle était stupéfiant. Une panique indescriptible semblait envahir les abords du Stade. Une immense colonne de fumée continuait à s'élever de la partie centrale, hors de l'édifice.

*

Hôtel situé non loin de la Porte de Versailles.

Magali raccompagna les cinq jeunes filles à leur hôtel et, sans plus attendre, leur souhaita une bonne nuit et leur donna rendez-vous pour le lendemain matin, comme prévu. Les cinq jeunes s'attardèrent quelques minutes à l'accueil pour parler à l'hôtesse qui écoutait également la radio. Elle leur indiqua que des kamikazes venaient de se faire sauter au Stade de France. Mais que, selon la radio, les modalités de l'attentat restaient encore confuses. Le bilan s'alourdissait de minute en minute, il était question d'une centaine de morts et de plusieurs centaines de blessés, à présent…

Les cinq jeunes filles décidèrent de rejoindre leur chambre. Annabel et Francesca étaient impatientes de voir si Kevin et Steve les attendaient. Leur espoir fut déçu… Personne devant la porte ni dans la chambre. Elles restèrent parler quelques instants en tentant vainement de les joindre par téléphone, sans succès. Elles décidèrent donc de redescendre à l'accueil et de se rendre au salon pour prendre une consommation, question de se distraire et de patienter…

*

QG de la DCPJ et Radios.

Comme dans la traque des deux frères qui avaient commis l'attentat au journal *Charlie Hebdo*, de minutes en minutes des informations parvenaient à la police et presque aussitôt transmise aux médias du monde entier qui s'étaient emparés de ce drame et relataient…

En effet, les mécaniciens qui s'étaient activés sur l'aéroport de Beauvais-Tillé firent le rapprochement de ce dont ils avaient été témoins avec ce qu'ils venaient d'entendre à la radio. Ils appelèrent la tour de contrôle puis, après discussion, signalèrent à la police ce qu'ils avaient vu.

Aussitôt, celle-ci prit en compte ce renseignement capital, qui permit de reconstituer, partiellement au moins pour l'instant, l'itinéraire des cinq autogyres. Il correspondait à ce que les contrôleurs avaient détecté et signalé à la patrouille militaire. L'information remonta rapidement à la DCPJ qui allait pouvoir désormais remonter le fil de ces cinq appareils partis de Beauvais. Qui étaient les pilotes ? D'où venaient-ils ? Quand ? Comment ? Pourquoi ? Autant de questions qui trouveraient une réponse sans tarder.

Les radios annoncèrent aussitôt que, selon les premières informations, l'attentat aurait été commis par cinq kamikazes britanniques pilotant cinq autogyres, en provenance de Beauvais-Tillé. La police remontait le parcours pour tenter d'aller à la source de cette action. Ces indications donnaient une autre dimension à cette affaire.

Un des chefs de la cellule de crise se chargea aussitôt de contacter les mécaniciens et la tour de contrôle de Beauvais-Tillé pour en savoir davantage. Il fallait faire vite, très vite, pour remonter le plus près possible des donneurs d'ordre. Car, s'ils étaient partis d'Angleterre, il fallait savoir d'où exactement, quand, qui commandait ce groupe, qui avait assuré la logistique et le suivi jusqu'au point final.

*

Accueil de l'hôtel.

Les dernières informations venaient de tomber et les radios avançaient désormais des hypothèses plus précises sur ce qui s'était déroulé. Au même moment, Annabel et Francesca arrivaient à hauteur de l'hôtesse. Par pure politesse, avant de commander une boisson au salon, elles lui demandèrent si elle en savait davantage sur l'attentat qui venait de frapper Paris.

L'hôtesse prépara soigneusement sa réponse et prit une profonde inspiration avant de la formuler en anglais et leur confia alors ce qu'elle venait d'entendre dans les secondes précédentes concernant les appareils, les pilotes et leur point de départ de Beauvais-Tillé... Le choc fut d'une violence extrême pour les deux jeunes filles. Elles se levèrent au même moment de leur fauteuil roulant, se jetèrent dans les bras l'une de l'autre et poussèrent un hurlement si inhumain qu'aucune expression n'eût pu la décrire. Elles pleuraient, saisies de convulsions. Divers sentiments les traversaient et se bousculaient en elles brutalement, le désespoir les terrassait. Elles étaient deux êtres perdus, et il leur fut doux, voire réconfortant, un instant, de réchauffer l'une contre l'autre leurs deux solitudes.

L'hôtesse ne comprenait rien à la soudaine hystérie de ses deux clientes. Désemparée, elle ne savait que faire et resta ainsi, figée, à attendre les réactions des deux jeunes filles, leur demandant à plusieurs reprises ce qui se passait, ce qu'elles avaient et si elle pouvait leur être d'une aide quelconque, mais elle n'obtint pas la moindre réponse.

L'effet de choc passé, en quelques minutes, Annabel avait fait un véritable flash-back et réentendait Kevin lui dire : « si tu le veux, Dieu nous réunira à tout jamais à Paris. Est-ce que tu le veux vraiment ? Ce sera pour l'éternité » Cette phrase résonnait à présent avec violence dans son esprit et elle revoyait la photo, le texte : « des oiseaux verts nous porteront vers Allah… » Et elle s'entendait lui répondre qu'elle le voulait. Elle commença alors à prendre conscience des illusions qui la berçaient, l'image de Kevin s'élevait dans son esprit qui avait rêvé d'absolu.

Des souvenirs récents, mais confus, surgirent, dans lesquels ne cessaient de s'imposer à elle le son de sa voix, les traits de son visage… Ces mots qu'il lui avait dits la poursuivaient, instillant inexorablement leur venin dans son cerveau. Elle avait le sentiment de ne plus exister. D'être devenue transparente. Quelque chose venait de l'éloigner du désespoir, elle se concentra au maximum sur cette idée et elle décida aussitôt « qu'une parole donnée était une rue à double sens ». Elle balaya le hall de l'hôtel d'un regard indifférent, tout à ses pensées et à son désarroi ; sa décision était prise…

Annabel glissa fermement au creux de l'oreille de Francesca… « Je pars rejoindre Kevin ». Sans attendre, elle s'assit dans son fauteuil roulant et se dirigea, la rage au ventre, vers l'ascenseur. Surprise, Francesca tenta de la suivre et la rattrapa juste avant qu'elle n'entre dans la cabine et que les portes ne se referment.

— Où vas-tu ? Que vas-tu faire ?

Malgré ses efforts pour capter leur attention, l'hôtesse ne comprenait vraiment rien au comportement des deux jeunes filles. Constatant l'inanité de ses efforts, elle se contenta de hausser les épaules et vint se placer derrière sa console pour écouter la suite de l'émission spéciale consacrée à l'attentat.

Dans la cabine qui gravissait les étages, le regard d'Annabel n'avait plus rien d'humain tellement il était glacial. Elle répondit de façon quasi mécanique, sans même entendre ni bien réaliser ce qu'elle disait mais d'un air illuminé par l'inspiration et d'une voix lointaine, à la frontière de l'au-delà et de la dérision :

— Je pars rejoindre Kevin ! Nous nous sommes promis de nous retrouver devant Dieu à Paris. Je vais sauter dans le vide, de ma chambre et, dans quelques minutes, je serai dans ses bras… pour l'éternité…

— Non ! Tu ne vas pas faire ça !

— Si ! Et tout de suite !

— Je fais comme toi… dit alors son amie, sans hésiter.

Elle leva vers Annabel un regard d'une intensité brûlante. Elle sourit et tenta de se moquer de l'accès de faiblesse qui avait failli la submerger quelques secondes plus tôt. Elle paraissait soudain parfaitement résolue.

La cabine les déposa au dixième étage. Elles se dirigèrent vers leur destination et, sans se regarder, entrèrent dans leur chambre respective. Elles portaient toujours leur foulard blanc sur la tête. Francesca se dirigea vers la fenêtre et se hissa hors de son siège, l'ouvrit et, sans réfléchir, de façon spontanée, se pencha en avant et laissa son corps basculer dans le vide.

Dans la chambre voisine, Annabel pensa, à cet instant, à sa famille. Elle saisit son portable et la photo que Kevin lui avait donnée, composa le numéro, puis ouvrit la fenêtre. Après plusieurs sonneries, sa mère décrocha et, d'un ton inhabituel, Annabel lui annonça :

— Maman, papa, Adam, je vous aimmmmm…

Son corps venait de basculer dans le vide du dixième étage de cet hôtel et il tomba, malheureusement, sur des personnes qui tentaient de porter secours à Francesca dont le corps venait de s'écraser sur le sol, quelques dizaines de secondes avant. Le téléphone portable explosa un peu plus loin sur le macadam tandis que sa main serrait toujours la photo.

Les deux jeunes filles furent tuées sur le coup et blessèrent très grièvement deux personnes qui se trouvaient au pied de l'hôtel. Une panique s'empara aussitôt des témoins. Il fallait prévenir tout de suite l'hôtel afin d'éviter que d'autres personnes ne fassent de même. L'hôtesse accourut et reconnut les deux jeunes filles malgré la forme grotesque de leurs corps ensanglantés sur le sol. Elle réalisa à cet instant ce qui venait de se produire. Elle appela le directeur qui téléphona aussitôt à la police, au SMUR et aux pompiers.

Tous se dirent que le monde était devenu fou ce soir à Paris. Mais qu'arrivait-il donc brutalement dans la capitale pour qu'autant de drames se déroulent au même moment ?

XV

À Londres.

La famille Jones était sous le choc. Le portable avait été coupé et ne répondait plus. Qu'était-il arrivé à Annabel ? Que s'était-il passé pour qu'elle appelle pour laisser ce message, comme un adieu ? Sa maman s'acharnait à tenter de la rappeler, en larmes et affolée, mais en vain… plus d'interlocutrice.

La mère, trop effondrée et énervée, céda la place au père qui n'eut pas plus de succès. Charles rechercha donc fébrilement le numéro de téléphone de l'hôtel où devait résider sa fille. Il eut l'hôtesse d'accueil en ligne, visiblement perturbée, elle lui passa aussitôt le directeur, expliquant à ce dernier, comme elle le pouvait, en masquant de sa main le combiné, qu'il devait s'agir du père d'une des deux jeunes filles qui venaient de se jeter du dixième étage.

Le directeur s'efforça de se montrer très calme. Il demanda à Charles Jones de se présenter et de lui expliquer en quelques mots en quoi consistait le voyage de sa fille. Puis il lui annonça que sa fille venait d'avoir un accident mais qu'il ne pouvait rien lui dire de plus, pour l'instant. Il lui conseilla de venir sur place, que ce serait mieux s'il était là, si possible avec son épouse... Charles Jones et son épouse confirmèrent qu'ils prenaient leurs dispositions immédiatement pour se rendre à Paris, à l'hôtel où résidait leur fille, après avoir tenté vainement une nouvelle fois d'arracher une quelconque information au sujet d'Annabel. Ils pourraient y être le lendemain matin.

Le SMUR évacua les deux blessés victimes de la chute du corps d'Annabel tandis que police et pompiers ne firent que constater le décès des deux jeunes filles. Le directeur rapporta alors à la police l'entretien qu'il venait d'avoir avec le père de l'une d'entre elles et lui fit aussi part de ce que l'hôtesse d'accueil avait constaté avant le drame en lui précisant qu'elles étaient venues avec des appareils volants dont il ne connaissait pas le type, mais qui étaient pilotés par cinq jeunes Anglais. Il savait cependant que l'aéroport d'arrivée était Beauvais-Tillé. Les deux policiers en tenue appelèrent immédiatement leur supérieur au commissariat situé non loin de là. Le commissaire fut informé et il comprit aussitôt que le cas de ces jeunes filles pouvait avoir un lien avec l'attentat du Stade de France et en avisa la DCPJ.

Cette dernière, dont les effectifs s'envolaient de tous les côtés, se débrouilla néanmoins pour missionner une psychologue qui prenne en charge les trois autres jeunes filles et détacha aussi deux OPJ pour les entendre, si possible, avant de leur faire part de la relation existant entre l'attentat, les instructeurs de vol et la disparition tragique de leurs deux amies.

Quatre chambres avaient été réservées, en plus des deux chambres des deux victimes. Les policiers contrôlaient les entrées et les sorties tandis que les deux corps prenaient la direction de la morgue. L'hôtel étant parfaitement insonorisé et toutes les chambres ne donnant pas du même côté, a priori, les trois jeunes filles n'avaient rien dû savoir de la défenestration de leurs amies.

Dès leur arrivée, les deux OPJ de la DCPJ demandèrent d'abord à visiter les chambres des deux victimes. Tout semblait à sa place dans la chambre, pourtant ils se sentirent mal à l'aise. Ils ne remarquèrent rien de particulier : pas de message écrit pour expliquer le geste, pas de désordre, juste une fenêtre ouverte et un fauteuil roulant devant.

— Elles étaient handicapées ? s'enquit l'un d'eux.

— Oui, approuva l'hôtesse qui les accompagnait. Mais j'ai pu constater qu'elles avaient la capacité à se tenir debout.

— Donc, selon vous, elles étaient capables, je veux dire physiquement, de se hisser devant la fenêtre et de basculer dans le vide ? Il voulait clarifier autant que possible l'hypothèse du suicide ou du meurtre…

— Oui, je le pense… sans problème.

Ils se dirigèrent ensuite vers la chambre de l'accompagnatrice. L'hôtesse fit usage de son passe-partout. Le geste sec, le verbe bref, les OPJ étaient connus pour la précision quasi clinique de leurs observations. Mais cette chambre était parfaitement vide, aucun bagage n'y était déposé et rien n'avait été utilisé. Aysen y était-elle seulement entrée ? Rien ne permettait de le dire. Aucune trace biologique ni aucun élément comme une empreinte digitale ne pouvaient dans ce cas être prélevés. Où se trouvait-elle ? Qui était-elle ? La direction de l'hôtel fut incapable de le dire.

Les trois autres jeunes filles devaient dormir à poings fermés car elles mirent un certain temps à se présenter à la porte de leur chambre, à l'appel de la police. Les deux OPJ leur demandèrent de les suivre à tour de rôle dans une pièce mise à disposition par le directeur de l'établissement. Ce dernier leur servit des boissons. Elles ne cachèrent pas leur étonnement face à cette demande et s'étonnaient surtout de ne pas voir leurs amies Annabel et Francesca. Il leur fut répondu que, dans l'immédiat, c'était surtout avec elles qu'ils voulaient s'entretenir.

Une fois installés, ils leur demandèrent de raconter, dans le détail, tout ce qui concernait leur périple… Mais rapidement, les OPJ découvrirent qu'au-delà, il y avait leur pilotage, leur club, leur origine, les pilotes instructeurs, tant et si bien qu'ils décidèrent de tout enregistrer, d'autant qu'à tout instant l'idée de l'une entraînait une nouvelle idée chez une autre et la discussion prenait une allure désordonnée. Elles se prirent véritablement au jeu de façon insouciante et totalement détachée, se montrant intarissables sur le sujet et ne cachant pas certaines allusions quant aux sentiments éprouvés par Annabel et Francesca à l'égard de Kevin et Steve, dans l'hilarité générale et la décontraction.

Et l'accompagnatrice ? Aysen Kenenar ? Personne ne l'aimait, elles la connaissaient très peu finalement, seulement depuis leur prise en charge en minibus pour le voyage. Elles évoquèrent alors aussi le curieux périple par des terrains privés, l'histoire des caisses noires, du passage de la Manche. Toutes les questions qu'elles s'étaient posées sans avoir jamais pu y apporter la moindre réponse.

Pour la police, tout ceci constituait une mine de renseignements de la plus haute importance. Ils décidèrent de faire une pause, le temps pour l'un d'entre eux de rendre compte à la DCPJ. Le QG s'apercevait avec surprise que toutes les informations se recoupaient et tombaient de façon exemplaire et très rapide, mieux qu'il n'eût jamais osé l'espérer. Nul doute qu'à cette vitesse, les services n'allaient pas tarder à mettre la main sur un certain nombre de personnes gravitant autour de ces cinq jeunes kamikazes. Une petite note d'optimisme revenait malgré la cruauté de la situation. Ils se dirent même que la chance allait peut-être enfin leur sourire…

Ils revinrent avec le groupe et demandèrent plus d'indications sur l'accompagnatrice, seul maillon manquant et qui permettrait certainement, si on la retrouvait, d'en apprendre beaucoup plus sur le groupe, l'attentat et, sans doute, bien d'autres choses…

Elles communiquèrent ce qu'elles savaient, mais ceci ne permettait pas de faire avancer l'enquête. Par contre, plusieurs d'entre elles se souvenaient avoir pris des photos à la volée, en douce à l'aide de leur portable notamment, car les consignes étaient formelles, interdiction de prendre des photos avec quelque membre de l'organisation que ce soit, isolément ou en groupe. Aussitôt, les appareils numériques mais surtout les téléphones portables furent recherchés dans les chambres et les photos furent projetées sur un écran d'ordinateur. Les OPJ purent ainsi avoir les photos, pas toujours très nettes, de la jeune femme, du véhicule utilisé et de son numéro d'immatriculation britannique ainsi que par recoupements… du groupe tout entier qu'ils tirèrent aussitôt sur imprimante.

Aucun psychologue n'ayant pu être missionné, les OPJ décidèrent, en accord avec leur hiérarchie, de ne rien dire aux jeunes filles et de leur demander simplement de remonter dans leur chambre. Le lendemain matin, après le petit-déjeuner, un nouveau tour de table serait fait. Intérieurement, ils ne s'avouaient pas satisfaits de cette manière d'agir, mais ne pouvaient guère faire autrement.

*

Q.G. de la DCPJ.

Une communication générale fut aussitôt lancée tous azimuts : Aysen Kenenar et son véhicule devenaient, en quelques instants, la personne et le minibus les plus recherchés de France. Il fallait coûte que coûte les retrouver. La Police de l'Air et des frontières, les Douanes, toutes les polices et les gendarmeries de France devaient se mobiliser. Ils ne devaient pas leur échapper, car il ne faisait aucun doute pour la DCPJ que cette femme était en fuite et qu'elle allait chercher à passer une frontière si ce n'était déjà fait…

Franck Waltersen, malgré la fatigue, venait de retrouver une nouvelle vitalité. Pour la première fois depuis de nombreux jours, il ressentit un frisson de bien-être. Brutalement, plusieurs pistes de recherche s'offraient qu'il convenait d'exploiter au plus vite. Plusieurs fois au cours de sa carrière, il avait été pris au dépourvu, mais à chaque fois, une nouvelle issue s'était présentée, lui permettant, malgré les difficultés rencontrées, de retomber sur ses pieds. Serait-ce encore le cas cette fois-ci ? Dans le moment, ce n'était pas le temps de s'appesantir, il fallait agir ! Et vite ! Il devait assumer ses choix et continuer. Une fois de plus, il crut avoir la confirmation que, dans les enquêtes complexes, les percées décisives se produisent à des moments inattendus. Il était épuisé, mais excité en même temps, par cette source d'information qui venait inopinément de se présenter. Les jours à venir seraient mouvementés.

*

Mayfair. Londres.

Les époux Jones venaient de quitter leur domicile et le train qui les emmenait fonçait en direction du tunnel sous la Manche. Itinéraire emprunté peu de temps avant par leur fille. Madame Jones était visiblement perturbée. Elle répétait sans cesse les mêmes mots, pour se rassurer. Elle les laissait sortir un peu comme on laisse couler des larmes qui vous soulagent.

Sous le choc, bouleversé par la situation et trop préoccupé, Charles n'avait toujours pas fait le moindre rapprochement avec les informations que lui avait confiées son ami, George Brown. Dans un tel contexte, il était incapable de réfléchir. Une seule chose l'obsédait, sa fille avait eu un accident, pourvu que ce ne soit pas trop grave ! L'angoisse et l'anxiété le tenaillaient. Le couple restait persuadé qu'il devait s'agir d'un accident de la circulation, compte tenu du handicap de leur fille, c'était la seule explication valable qu'il trouvait. Il n'avait pas appelé les parents de Francesca, il n'avait aucune raison de le faire. De toute façon, dès demain matin, ils retrouveraient leur fille, le groupe et auraient alors toutes les explications souhaitées sur ce qui s'était passé.

*

Aysen Kenenar.

Elle venait de passer à hauteur de Brive-la-Gaillarde et filait vers Toulouse où elle envisageait de faire une pause pour se détendre et refaire le plein avant de continuer.

Elle écoutait en permanence à la radio les informations concernant l'attentat et se réjouissait de ce succès. Elle était comme ivre et affichait un sourire béat. À ses yeux, c'était le plus bel attentat auquel elle avait participé, par son ampleur et la médiatisation qui s'ensuivait. Au-delà même de ses propres sentiments, elle voyait, une fois de plus, la force dominante de l'Islamisme sur l'Occident et considérait dès lors que le processus ne ferait que s'accélérer au fil des mois. C'était l'un des concepts qui lui avait été inculqués en Afghanistan et qu'elle s'était, depuis, appropriés. Il était vrai que, parmi les sources de persécution du Christianisme, la plus importante était désormais l'Islamisme, qu'il soit d'état ou le fait de terrorisme sous quelque forme que ce soit. Rien que cette idée favorisait un certain envoûtement chez des jeunes fanatisés.

Aysen était avant tout une cyclothymique. Ses yeux reprenaient de l'éclat à chaque fois qu'elle plongeait dans ses souvenirs. C'était d'une effroyable banalité de dire qu'une partie d'elle-même était morte depuis la disparition brutale d'une grande partie de sa famille. Cette jeune femme, autrefois volcanique, était devenue effroyablement calme. Réagissant à tout sans émotion, presque avec indifférence. Ses démons intérieurs avaient pris le dessus.

Pourquoi s'était-elle brutalement arrêtée de lutter ? Sans doute parce qu'elle ne pouvait rien oublier, le passé restait omniprésent avec comme de la violence qui sommeillait en elle en permanence. Chez elle, compassion et réflexion n'existaient plus. Elle était ravagée de l'intérieur, dévorée par une tourmente.

À cet instant, elle repensait à ce que disait l'un de ses imams préférés : « ce que l'on pense de quelqu'un n'est jamais stable. De même, l'opinion que l'on a de soi peut changer d'un instant à l'autre. SEULE, LA HAINE EST STABLE ! » Cette formule lui plaisait et elle y repensait souvent. Elle se souvenait qu'il avait le don de lancer certaines phrases avec un enthousiasme paradoxal, toujours à la limite de l'ironie et de la sincérité, mais c'était aussi peut-être pour cette raison qu'elle l'appréciait. Le visage des gens témoigne-t-il toujours de ce qu'ils sont ?

*

QG de la DCPJ.

Franck Waltersen venait de rassembler toutes les informations qui lui avaient été remontées des OPJ en relation avec les mécaniciens et la tour de contrôle de Beauvais-Tillé, ainsi que de ceux qui se trouvaient à l'hôtel Porte de Versailles et des différentes autres pistes en cours. Il appela Gérard de Kerbonnec de Silijou qui reconnut :

— Voilà du bon travail ! Dommage que tous ces renseignements nous arrivent trop tard, mais au moins, vous devriez mettre la main rapidement sur les commanditaires ! Vous avez carte blanche pour tout ! J'en avise immédiatement le chef de l'État et ses ministres concernés car ce dernier est en visite à l'étranger. Il va certainement rentrer précipitamment et, demain matin, ou plutôt dans quelques heures, nous aurons certainement à émettre un communiqué sur cette affaire. Il vaut mieux anticiper plutôt que de se laisser dépasser par les événements…

— Rien n'est gagné d'avance, car j'imagine qu'ils ne vont pas rester nous attendre !

— Avez-vous pu joindre votre homologue de Londres ?

— Il s'agit d'une femme, Pénélope Botz, elle était absente et ses équipes font tout pour tenter de la joindre afin qu'elle me rappelle.

— Bien, tenez-moi informé au fur et à mesure.

Peu de temps après, Pénélope Botz appelait Franck Waltersen :

— Je viens d'apprendre la catastrophe ! C'est très grave…

— Très, en effet. Nous avons obtenu le nom des cinq pilotes kamikazes, si tant est qu'ils soient authentiques et non d'emprunt, ainsi que celui d'une femme accompagnatrice du groupe. Nous avons également leurs photos. Pour cinq d'entre eux, ceci n'a plus beaucoup d'importance car ils ont disparu avec leurs appareils. Mais, nous avons pris en chasse la jeune femme qui se nommerait Aysen

Kenenar. De toute façon, un de mes collègues vous a transmis toutes les informations par Internet.

— Très bien. Je rentre immédiatement sur Londres pour être à mon bureau dès que possible. Mais j'ai demandé de lancer également les recherches de notre côté.

— Qu'est-ce que tu en penses ?

— Depuis le 11 septembre 2001, il se passe de plus en plus de choses dans le monde islamique et le tout accéléré depuis la disparition de Ben Laden et l'arrivée des différents groupes dont le plus terrible Daesh ou État Islamique. Il suffit de voir ce qui s'est passé à Benghazi, l'ambassadeur américain et tout le pataquès un peu partout, prenant comme prétexte le film islamophobe… Personne n'est dupe. Depuis les décapitations, nous sommes encore montés d'un cran et désormais, le pire est à venir. Cependant, il faut savoir que ces derniers considèrent désormais qu'ils exercent un certain pouvoir sur nos sociétés occidentales, qu'ils vont nous dominer sous peu. Il suffit de voir ce qui s'est passé suite aux caricatures de Mahomet et les menaces toujours persistantes qui continuent au Danemark, États-Unis et chez vous avec l'attentat de janvier dernier au journal *Charlie Hebdo*… Et je ne parle même pas du Mali où AQMI fait un pied de nez à tous les pays qui veulent intervenir dans la moitié nord du pays. Rien ne les arrête !

— Maintenant, il faut s'attendre à ce que le crime et la violence soient partout et toute action de ce genre sera l'occasion de faire pression. S'appuyant sur ce principe, des sociétés ou associations-fantômes se créent un peu partout dans le monde sans arrêt et toutes sortes d'organisations recrutent des fanatiques avec lesquels tout est possible mais, surtout, totalement imprévisible. Les fins des terroristes sont bien éloignées de la religion !

Ils restèrent silencieux quelques secondes. Franck Waltersen songeait à ce que venait de dire sa collègue de Londres, puis reprit le fil :

— Mais qui sont ces kamikazes ?

— Ils appartiennent, au moins, à une quarantaine de nationalités. Les organisations qui les préparent, les forment à outrance, les font voyager et l'argent ne leur manque pas. Ils brassent des millions de dollars en provenance de pays producteurs de pétrole et d'organisations occultes qui s'enrichissent de trafics les plus divers. Je ne te ferai pas de commentaires développés sur ces sujets que tu dois connaître aussi bien que moi ! Il faut savoir que la seule province de Helmand en Afghanistan produit quatre-vingt-treize pour cent de l'opium mondial, soit huit mille deux cents tonnes, selon les chiffres du rapport de l'ONU, alors tu penses bien que la source n'est pas près de tarir !

— Et vous les connaissez, dans ton service ?

— Certains, oui ; d'autres, non. Ils vont, ils viennent, changent d'identité... Jusqu'à ce jour, nous n'avons jamais réussi à atteindre « la tête » de quelque organisation que ce soit. Ils arrivent toujours à filer dans leurs pays ou une région d'un pays qui les protège et là, il est impossible de leur mettre la main dessus.

— Mais, tout de même, ces jeunes kamikazes, comment peuvent-ils se faire sauter avec leur bombe, aveuglément, pour une cause qui n'est pas toujours celle qu'on leur a inculquée ?

— Il faut savoir que tous les kamikazes se revendiquent comme des martyrs. En réalité, ils ont été trompés, même s'ils sont instruits. Les imams prédicateurs sont tellement puissants qu'ils les maîtrisent parfaitement et, une fois qu'ils les ont en main, ils en font ce qu'ils veulent en interprétant des versets du Coran qu'ils leur servent jusqu'à plus soif! Ce sont toujours les imams les plus radicaux de toutes les mouvances islamiques. Ils cultivent l'intolérance absolue qu'ils enseignent aux jeunes pour en faire des assassins en guerre contre l'Occident et la Chrétienté, prônant l'assassinat de masse, la guerre et la destruction, au nom de la foi en l'Islam. Ces jeunes sont ainsi endoctrinés jusqu'au fanatisme, ils font confiance à leur maître et le suivent aveuglément, persuadés que cette haine plaira à Allah tout-puissant! Bien entendu, nous savons tous que nous sommes très éloignés de ce qu'incarne réellement l'Islam dans le monde entier, mais c'est cette toute petite minorité qui commande, agit et fait parler d'elle! Je suis d'avis que tous les représentants de l'Islam modéré des pays occidentaux se montrent bien trop « timides » dans leur opposition.

— Eh bien, ce n'est guère réjouissant. Cela veut-il dire que nous avons peu de chances d'arrêter les vrais commanditaires?

— Hélas, oui! Infimes! Nous n'y sommes pas parvenus jusqu'à présent. De toute façon, demain matin, ou plutôt tout à l'heure, nous reprendrons ensemble ce dossier.

L'espoir que Franck Waltersen avait vu naître dans son esprit était en train de vaciller. Selon Pénélope Botz, il ne devait pas se faire trop d'illusions, mais il garderait cette information pour lui. Il sentait subitement sa vie chahutée par des pensées négatives et son humeur devint maussade. Malgré sa lassitude, il se sentait incapable de se reposer, tant son esprit était agité par les idées les plus contradictoires.

Quand il regagna son bureau, il avait l'impression que ses pieds pesaient une tonne chacun et son cerveau lui transmettait qu'ils s'étaient enflés et devaient être énormes ; du moins, c'était la sensation qu'il percevait.

Il s'assit à sa place, releva le bas de son pantalon, fit glisser ses chaussettes après avoir enlevé ses chaussures… Rien… Ses pieds étaient normaux, il sentit à peine ses mains qui glissaient sur sa peau. Il se frictionna les jambes avec cette curieuse sensation d'irréel comme si ce n'étaient pas ses propres membres… Que lui arrivait-il ? Il remit chaussettes et chaussures, partiellement rassuré… Mais dubitatif devant cette curieuse sensation sur ses membres inférieurs.

Les lois sont semblables
Aux toiles d'araignées,
Qui attrapent les petites mouches
Mais laissent passer guêpes et frelons.

Jonathan Swift.

XVI

Dimanche matin au lever du jour. Stade de France.

Le matin blanchissait au-dessus des toits de Paris. Émotion du jour qui naît. Il y avait pourtant dans ce ciel matinal clair d'un bleu très pâle comme un ravissement inattendu, de légères traces d'avions le sillonnaient comme les lignes de vie d'une main céleste.

Dans le même temps, dans le quartier du Stade de France, les rues étaient écrasées sous un ciel de cendre et un soleil fuligineux qui se répandait difficilement comme une coulée nauséabonde.

À l'intérieur du Stade, dans la lumière grise de l'aube, les secouristes ressemblaient à des épouvantails échappés d'un film d'horreur. Sales, puants, hirsutes, le visage et les mains noircis par la fumée et les scories, ils sortaient les derniers cadavres de l'enfer. Ils avançaient à pas lents, presque chancelants, comme s'ils traversaient un univers fantasmagorique, dans le jour obscurci par un matelas de fumée qui ne s'échappait que difficilement par le trou béant situé au-dessus du stade de football.

Celui-ci ressemblait, en réalité, plus à un terrain dévasté par un bombardement qu'à un terrain de football et les enquêteurs poursuivaient leur chasse pour recueillir le plus d'indices possibles notamment sur les débris des autogyres détruits en vol…

Tous les médias reprenaient en boucle le déroulement de l'attentat et la reconstitution qui avait été faite du circuit des kamikazes, les déclarations se succédaient, que ce soit de bon nombre de représentants politiques de toutes sortes ou de personnes de la sécurité. La population entière criait sa reconnaissance à l'armée qui avait réussi in extremis à limiter l'attentat dont l'ampleur aurait été effroyable sans la destruction des quatre appareils au-dessus du Stade de France. L'enthousiasme à leur égard était aussi important que celui réservé à la police le dimanche 11 janvier 2015… L'heure était à l'unité nationale. Tous les pays du monde ou presque soutenaient la France et le témoignait par leurs messages et les rassemblements dans les grandes capitales de ces pays…

Pendant ce temps, gênés par la fumée, inlassablement, les spécialistes de la police relevaient, avec difficulté, ce qu'ils pouvaient récupérer des autogyres dont le fuselage explosé avait fondu. Les pilotes, attachés au siège avant, bien que disloqués, s'étaient presque consumés. Ce qui restait de leur cadavre avait été isolé. La puissance de l'impact de la bombe du seul autogyre qui avait atteint sa cible avait certainement fait travailler les structures des constructions du stade et certains ingénieurs spécialisés étaient sur place pour examiner la résistance de celles-ci et évaluer les conséquences de l'attentat sur l'édifice.

Des hélicoptères, sans doute au service d'une chaîne de télévision et de la police et tous les services de sécurité, filmaient du ciel les décombres. Au sol, la nuée de journalistes avait été tenue, jusque-là, hors des lieux. Les blessés avaient été évacués vers tous les centres hospitaliers disponibles de la capitale et de la région. Des tentes d'accueil avaient été installées, des hôtesses y répondaient aux demandes de renseignements des familles. Cinq bureaux se répartissaient les rôles dans cinq langues différentes français, anglais, allemand, hollandais, flamand afin de faciliter au mieux les relations avec les personnes des différentes nationalités présentes la veille au stade. Tout dans leur attitude trahissait une gravité frappante et il y avait dans cette douleur comme une stigmatisation du mal universel qui vous imposait à tout jamais une image désolée de l'existence et la solennité du moment ne pouvait être troublée par quoi que ce soit.

Journalistes, reporters de radio et de télévision tournaient sans cesse à la recherche du document ou du témoignage choc, interrogeant les uns et les autres au hasard. Le chef de l'État, en déplacement à l'étranger depuis la veille, avait immédiatement interrompu son voyage pour être présent aux côtés des victimes et des services de secours. Suivrait ensuite le cortège des ministres, secrétaires d'État, préfet de Seine-Saint-Denis, élus locaux et autres représentants du pouvoir…

Le chef de l'État décréta un deuil national de trois jours, rapidement suivi par les gouvernements des pays directement affectés par cet horrible attentat. Si la France semblait la plus touchée, on dénombrait également beaucoup de victimes d'Allemagne et du Benelux. Le chiffre d'une trentaine de morts et de centaines de blessés venait d'être annoncé. Ce chiffre provisoire devrait, hélas, s'alourdir encore dans les heures suivantes en raison de la gravité des blessures d'un grand nombre de victimes.

Bien entendu, le chef de l'État, comme toujours en pareille circonstance et à chaque fois qu'il était pris du prurit justicier, affirma haut et fort que tout serait mis en œuvre pour arrêter les auteurs de cette tuerie barbare et qu'ils seraient poursuivis sans relâche afin qu'ils puissent être traduits devant la justice… Il réclamait l'unité nationale.

Des témoignages du monde entier venaient soutenir le peuple français dans sa peine, y compris d'un certain nombre de pays arabes… Tous dénonçaient la lâcheté d'un tel acte.

Sur le territoire national, tous les élus et ceux qui disposaient d'un quelconque pouvoir, ne serait-ce que médiatique, se lancèrent dans une litanie déplorant des meurtres odieux, suivie d'un discours furibond et sécuritaire, celui que nous entendons toujours dans ces moments-là, aussi inepte et creux que démagogique… Les politiques ne se refaisaient décidément pas… Grands rassemblements dans toutes les villes et minute de silence, marches silencieuses faisaient partie de l'ambiance du moment…

*

Aysen Kenenar.

Après une pause du côté de Toulouse, Aysen se trouvait entre Perpignan et la frontière espagnole et venait de s'arrêter sur une aire de repos peu fréquentée. Elle regardait par la vitre la nuit virer au gris de plus en plus clair, avant de passer au bleu. L'aire était paisible. Une accalmie entre l'effervescence de la journée et l'activité interlope de fin de nuit.

Elle voulait brancher les systèmes de mise à feu des deux caisses noires dans le minibus et dissimuler le tout comme prévu car elle savait qu'une fois en Espagne, elle devrait se rendre directement au plus près de l'aéroport de Barcelone et ne pas se faire remarquer lorsqu'elle abandonnerait le véhicule qu'elle ferait sauter à distance, après être entrée dans l'aéroport et juste avant son embarquement. Elle ajusta les trois types de mise à feu : l'un déclenché par le choc, l'autre par le bouton à portée de main et le dernier par le cadran de commande à distance ; cela permettait un déclenchement à partir de son téléphone portable.

Ce ne fut qu'un jeu d'enfant pour elle. Les informations diffusées à la radio la remplissaient de joie, mais elle essayait de cacher celle-ci en prenant un air distrait, balayant sans cesse du regard tout l'espace de l'aire. Elle ne s'accorda que quelques minutes pour manger quelques barres de friandises et boire un peu d'eau avant de reprendre la route pour la dernière ligne droite. Tous ceux qui avaient pu la croiser dans les aires de stations de service lorsqu'elle se rendait aux toilettes ou lorsqu'elle achetait de quoi se restaurer ne pouvaient imaginer une seule seconde ce qui se cachait derrière cette femme presque banale, courtoise et discrète.

Dans moins de deux heures, elle serait à destination, pour un décollage en cours d'après-midi. Plusieurs fois déjà, elle était passée par cette frontière qu'elle connaissait bien, pour rejoindre l'aéroport de Barcelone et elle considérait ce passage comme une formalité… L'espace Schengen avait ça de bien, se dit-elle, qu'on pouvait faire le tour de l'Europe sans être jamais repéré ! Ça l'amusait et la surprenait toujours de pouvoir agir à sa guise dans toute l'Union Européenne alors qu'elle devait montrer patte blanche à l'entrée de n'importe quel pays arabe et même pour tout déplacement intérieur y compris dans son propre pays ! Quant aux États-Unis, depuis le Patriot Act[29], il ne fallait pas y penser !

L'Europe n'était pas prête à franchir ce pas et d'établir un Patriot Act à l'européenne, on l'avait bien vu après l'attentat de janvier 2015 à Paris, et pourtant…

*

Hôtel Porte de Versailles.

Les deux OPJ se présentèrent avant l'heure convenue à l'hôtel, ce qui permit aux jeunes filles de prendre leur petit déjeuner, ils leur demandèrent de les suivre dans la petite salle déjà utilisée la veille ; une psychologue et un médecin venaient d'y prendre place.

Les trois jeunes filles s'étonnèrent encore de ne pas voir Annabel ni Francesca, pas plus qu'Aysen. L'une d'entre elles s'était même permis d'aller frapper à leur porte, sans succès et très surprise de voir des scellés sur leur porte. Mais cette inquiétude

29. *Loi votée après les attentats du 11 septembre, restreignant l'exercice d'un certain nombre de libertés.*

se dissipa et n'entama pas la bonne humeur des trois jeunes filles qui en rirent entre elles, imaginant que leurs deux copines avaient peut-être enfin réussi à trouver une combine pour aller rejoindre leur petit ami… Puis elles évoquèrent la soirée de la veille sur le bateau-mouche et leur joie de passer le week-end à Paris. Elles se sentaient heureuses mais lasses à cause de cette irruption surprenante de la police, la veille. Bien qu'elles aient passé une nuit paisible et sans rêve, elles s'étaient réveillées avec la sensation de ne s'être pas reposées.

Ce ne fut qu'en entrant dans la petite salle qu'elles comprirent que l'heure était grave et qu'on avait dû leur cacher bien des choses… Elles regardèrent les personnes présentes, toutes arboraient l'air de celles « qui savent », face à celles « qui ne savent pas », et ce regard ne trompait pas.

Un des deux OPJ commença calmement à leur expliquer qu'elles ne reverraient plus leurs amies Annabel et Francesca. Mais, dès les premières phrases, une sorte d'hystérie collective s'empara des trois jeunes filles. La deuxième étape consistait à les avertir qu'elles ne reverraient plus, non plus, les cinq pilotes qui avaient fait le choix de mettre fin à leur vie. Le médecin dut rapidement leur administrer des calmants compatibles avec leur état de santé et leur pathologie. Puis la psychologue consacra toute son énergie et son professionnalisme à maîtriser la situation qui venait de plonger dans un état de choc ces jeunes femmes dont le système nerveux et immunitaire était déjà très fragile. S'en remettraient-elles d'ailleurs ? En l'état des connaissances sur leur maladie, personne ne pouvait le prédire, tant les chocs émotionnels et le stress pouvaient causer des dégâts considérables sur leur organisme.

La situation finit par se calmer au bout d'une bonne heure et il fut décidé qu'un adulte, soit un OPJ, soit un des deux professionnels, accompagnerait chaque jeune fille à sa chambre pour qu'elles rassemblent leurs affaires pour le retour. Ensuite, l'agence de voyages chargée de la découverte de la capitale les raccompagnerait pour prendre l'Eurostar. L'ambassade d'Angleterre suivait aussi ce dossier et se chargeait d'informer les familles de leur retour à Londres et des circonstances de celui-ci.

*

Arrivée de la famille Jones à l'hôtel porte de Versailles.

À l'approche du lieu de rendez-vous, Charles Jones avait téléphoné à l'hôtel pour obtenir certaines précisions afin de savoir comment s'y rendre. Le directeur appela aussitôt la DCPJ, car Franck Waltersen avait demandé d'être prévenu de leur arrivée. De Kerbonnec de Silijou souhaita aussi l'accompagner, il se trouvait en effet dans le bureau de ce dernier pour établir une chronologie minutieuse de tout ce qui s'était produit la veille. Le patron de la DCPJ s'efforçait de se montrer prudent dans ses propos, craignant en permanence, les foucades du juge. Le commissaire Franck Waltersen, quant à lui, ne savait plus très bien dans quel monde il vivait, tout lui paraissait si futile désormais… Il avait oublié son téléphone portable privé sur son bureau, en allant rejoindre le juge dans la voiture qui les conduirait à l'hôtel, Porte de Versailles.

Un peu plus tard, avec un OPJ, ils se dirigèrent, toutes sirènes hurlantes, vers l'hôtel, afin d'être présents à l'arrivée du couple, prévue dans le courant de la matinée. Les trois jeunes filles avaient déjà quitté les lieux. La psychologue et le médecin étaient restés attendre. Cela aurait dû être une belle matinée car un soleil brillait et une agréable brise animait le ciel.

La démarche de Charles Jones était à l'image de sa façon de s'exprimer : volontaire et posée. Celle de quelqu'un qui se sent mentalement fort. Madame Jones, affaiblie et repliée sur elle-même, présentait un visage ravagé par la stupéfaction et la douleur qui devaient la miner depuis la veille, on pouvait y déceler une lourde appréhension. Cette femme ne savait pas masquer sa vulnérabilité derrière un vernis quelconque. Des cernes profonds creusaient les traits de son visage.

Franck Waltersen et de Kerbonnec de Silijou firent de leur mieux pour leur révéler la vérité car madame Jones exigea, dès les premiers mots, de savoir comment allait sa fille et où elle se trouvait. Il y avait dans ses yeux un mélange de défi et de supplication.

Ils durent donc leur annoncer que leur fille était décédée ainsi que son amie, Francesca. Quand ils comprirent la situation, ce choc effroyable déclencha une épouvantable stupeur chez eux. Ils laissèrent plusieurs minutes s'écouler sans dire un mot. Après ce court silence, ce fut Charles Jones qui rompit le silence et les interrogea sur les circonstances de cette disparition brutale.

Madame Jones, bouche bée, fut horrifiée en apprenant qu'il s'agissait d'un suicide.

— Un suicide ? Mais pourquoi ? bafouilla-t-elle d'une voix empreinte de résignation et de lassitude en fixant Waltersen…

Ni lui ni elle ne pensaient plus, ils n'étaient qu'ouïe. La sueur qui ruisselait sur le visage de madame Jones se mélangeait à un torrent de larmes. Leur incompréhension était totale et ils étaient anéantis.

Franck Waltersen se mit alors à parler lentement, d'une voix monocorde : soliloque d'un homme bouleversé par la situation. Il expliqua alors que les jeunes filles devaient être intimement liées avec les pilotes d'autogyres qui avaient assuré leur voyage depuis Londres. Madame Jones cachait son visage dans son mouchoir et regardait le sol pour ne pas avoir à soutenir le regard des personnes présentes qu'elle ne supportait plus. Monsieur Jones approuvait de la tête aux probabilités évoquées, interrogatif, ne comprenant pas où voulait en venir le commissaire de la DCPJ.

— Avez-vous entendu parler de l'attentat qui vient de se produire à Paris, au Stade de France ?

Charles Jones secoua la tête, tandis que madame Jones continuait à pleurer et renifler dans son mouchoir, insensible à ce qui se disait, ne comprenant vraiment pas pourquoi ce policier venait leur parler de ce drame dont ils ignoraient tout… Ils avaient déjà suffisamment de soucis à supporter à titre personnel !

— Il s'avère que cet attentat a été commis par ces cinq pilotes qui se sont transformés en kamikazes.

À cet instant seulement, Charles Jones réalisa la situation et fit le rapprochement avec l'entretien qu'il avait eu avec son ami, George Brown. C'était donc cette vérité si effrayante ! se dit-il. Il se prit la tête entre les mains et se mit à parler par bribes :

— Non ! Mon Dieu ! George… Mon Dieu ! Qu'est-ce que j'ai fait… Non, ce n'est pas possible ! Mon Dieu ! Il parlait d'une voix étouffée, un souffle haché filtrait avec peine de sa gorge.

Réalisant alors les propos de son époux, madame Jones leva la tête, se demandant ce que son époux voulait dire. Elle respirait difficilement et se mit à harceler son époux de questions :

— Charles ! Qu'est-ce qu'il y a ? Tu savais quelque chose ?

— Ce n'est pas possible, oh non, mon Dieu ! George avait raison, qu'est-ce que j'ai fait !

— De quoi parles-tu ? Que veux-tu dire ?

— Pour Annabel… J'aurais pu savoir, j'aurais pu l'empêcher, mon Dieu… George Brown m'en avait averti…

Son épouse entra alors dans une colère folle, véritable transe hystérique. Plus rien ne pouvait l'arrêter. Le médecin proposa de lui administrer un calmant. Sur un signe de Waltersen et du juge, le médecin et la psychologue évacuèrent la femme vers une chambre. Ils devaient faire parler Charles Jones, car ils avaient deviné, à travers ses propos, qu'il disposait de quelques informations.

Le calme revenu, le juge demanda à Charles Jones s'il s'estimait en mesure de dialoguer avec eux et de leur confier tout ce qu'il savait. Après avoir repris ses esprits et bu un verre d'eau fraîche, celui-ci prit un temps de réflexion supplémentaire et consentit à s'exprimer. Il se sentait mal à l'aise subitement et terriblement seul. Il s'exprima sur un ton monocorde et confidentiel, comme s'il ne s'adressait qu'à lui-même. Il tenta de raconter, d'une façon aussi fidèle que possible, tout ce que George Brown lui avait confié et évoqua les démarches que ce dernier entreprenait pour en savoir encore davantage. Les larmes aux yeux, il n'eut plus la force de résister à son chagrin. Après avoir délivré ces longues explications, il sentit soudain une fatigue immense s'abattre sur ses épaules et un sentiment de vide s'emparer de lui. Malgré son angoisse et sa détresse, il restait pourtant lucide.

Sans perdre une seconde, Franck Waltersen appela aussitôt Pénélope Botz pour lui faire part de ces renseignements, devant Charles Jones, et lui transmit, du même coup, les coordonnées de George Brown et de son cabinet qu'elle connaissait d'ailleurs.

Elle lança aussitôt des équipes spécialisées à l'assaut de l'arrière de la mosquée de Finsbury Park et assura à l'OPJ qu'elle les tiendrait informés au fur et à mesure des événements.

Ils interrogèrent ensuite Charles Jones sur Aysen Kenenar. Mais il ne la connaissait pas et n'en avait jamais entendu parler. Celle-ci était devenue la femme la plus recherchée de France, pourtant, pour l'instant, elle n'avait été signalée nulle part.

La psychologue revint dans la pièce et invita Charles Jones à se livrer, elle lui parlait doucement, afin de le déculpabiliser et de l'exhorter à se libérer de ce sentiment de responsabilité qui risquait de le détruire si elle ne le désamorçait pas immédiatement. Le froid de la solitude s'était abattu sur

Charles Jones, anéanti par la situation. Il lui lança alors un regard furtif dans lequel transparaissaient et sa gratitude et son consentement de se confier. Elle l'approuva et l'encouragea d'un signe de la tête compréhensif, plein de compassion.

Le regard de Charles Jones était empli d'une grande tristesse et d'un grand détachement à la fois. Quelque chose, pensée ou prière, animait son esprit, mais nul n'était en mesure de le définir. Les yeux noyés de larmes, dont certaines perlaient à ses paupières qu'il gardait closes pour ne pas sombrer comme son épouse, il se repassait les souvenirs des derniers jours en compagnie d'Annabel, puisant à cette source empoisonnée mais intarissable de la mémoire. Elle était belle. Malgré sa maladie, elle charmait par cette impression de gaieté et d'insouciance qui émanait d'elle…

Silencieux, Waltersen et le juge songeaient, quant à eux, que chacun avait ses propres échardes à l'âme…

*

Frontière franco-espagnole.

Toute la frontière franco-espagnole était en alerte de la côte Atlantique à la Méditerranée, mais pas à la recherche d'Aysen Kenenar, car, vu de la Catalogne ou de la chaîne des Pyrénées, l'attentat du Stade de France n'avait pas encore pris toute son importance. Pour la police et les douaniers, il s'agissait surtout de maintenir une vigilance extrême sur les éventuels passages de membres de l'ETA qui venaient de faire parler d'eux par de nombreux actes de violence du côté de Bilbao... Tous les indépendantistes évitaient la frontière côté Atlantique et privilégiaient celle du côté de la Méditerranée et bon nombre tentaient de se dissimuler à Barcelone. Jamais Aysen Kenenar n'aurait pu imaginer une seconde qu'un jour elle aurait pu être victime, par effet de ricochet, de l'action de l'ETA. Ironie du sort ? N'appartenaient-ils pas à la même catégorie de par leur extrémisme et leur lâcheté en s'en prenant à des innocents ?

De doubles équipes de policiers et de douaniers filtraient la circulation, repérant prioritairement les fourgons et fourgonnettes signalés volés par des membres présumés de l'ETA et, accessoirement, un minibus immatriculé en Angleterre, conduit par une jeune femme dont le signalement et la photo étaient affichés dans tous les points de passage de frontière de l'Hexagone. Mais aucun des contrôleurs n'imaginait devoir la rencontrer à cet endroit, ce n'était donc pas leur préoccupation première.

Un jeune policier vit arriver le minibus et, simplement par réflexe, lui fit signe de se garer, puis se présenta à hauteur de la vitre de la conductrice. Après un salut réglementaire, il lui demanda d'éteindre son moteur et de lui présenter ses papiers d'identité ainsi que ceux du véhicule. Elle le dévisagea avec une expression où il discerna du mépris lorsqu'elle lui tendit ses papiers. Il s'en saisit et, toujours sans conviction et par routine, se dirigea vers le fourgon de la police, situé à quelques dizaines de mètres, sur la droite, pour demander à son collègue de procéder aux vérifications d'usage sur le terminal informatique. Ce dernier maîtrisait parfaitement tous les logiciels et son analyse habile ne laissait jamais rien au hasard ni au doute. Ce n'était pas seulement un bon technicien, il avait aussi de l'imagination et une mémoire exceptionnelle.

Aysen restait très calme pour l'instant, considérant cette vérification comme un contrôle ordinaire, ses papiers étaient plus vrais que des vrais… Pendant qu'elle roulait, elle avait mis au point l'histoire qu'elle allait servir pour répondre à d'éventuelles questions. Elle s'étonnait toujours de fabuler si facilement.

*

Londres. Mosquée de Finsbury Park.

Les différents groupes de policiers venaient de prendre position juste derrière la mosquée, devant le petit immeuble indiqué par Charles Jones, puis par George Brown contacté dans l'intervalle. Objectif, investir la salle de rencontre et les logements de l'imam et des huit jeunes, instructeurs de vol en ULM, dont cinq étaient décédés.

C'était un bâtiment tout en longueur et sans étage, à la façade austère, sale et noircie par la pollution. Aucun signe de vie n'en filtrait, aucun volet n'était pourtant fermé. Le coup d'envoi fut donné. Au premier coup de butoir d'un *door-breaker*, l'effraction des lieux fut effectuée en un éclair, chaque binôme sécurisa les pièces. Vides ! Elles étaient toutes vides ! Pas de maître de céans pour les accueillir ! Ce fut la surprise générale. Dans le couloir qui menait à la *madafa*, salle réservée aux rencontres et à l'échange sur les versets du Coran, les murs étaient couverts de *dazibaos* explicites sur l'état d'esprit des occupants envers l'Occident, d'autres encore fustigeaient la Chrétienté.

La salle était parfaitement rangée. Quelques obscurs symboles de nécromancie fixés sur un pan de mur leur faisaient face. Ils poursuivirent vers ce qui leur semblait être le lieu de résidence. Une première pièce devait servir de chambre avec coin toilette, la fenêtre donnait sur l'arrière de la mosquée, ses vitres n'avaient jamais dû être nettoyées. Elle était meublée d'une simple chaise et d'une petite table en bois brut sur laquelle étaient éparpillés quelques papiers, des photocopies de versets du Coran, portant quelques commentaires manuscrits en marge. Là encore, quelques documents tout au plus, mais rien d'autre. Un lit avec sommier métallique et un matelas nu. Pas d'ustensile quelconque…

La consigne était claire : ne pas fouiller la pièce et éviter le plus possible d'y entrer afin de laisser le terrain vierge pour que les équipes scientifiques puissent collecter cheveux, poils ou autres éléments utiles pour déterminer l'ADN ainsi que des empreintes ou indices exploitables par la suite.

Suivait une dizaine de petites chambres, encore plus spartiates. Toutes donnaient une impression de tristesse, une peinture grise se devinait encore sur les murs plutôt sales. Chaque instructeur de pilotage devait sans doute être confiné dans l'une d'entre elles. C'était une sorte de réduit sans fenêtre, seuls des pavés de verre intégrés dans le mur laissaient passer la lumière, sans possibilité d'ouverture.

Une ampoule nue pendait au plafond. À gauche, une simple table et une chaise, à droite un véritable châlit de prison et un coin toilette très rudimentaire. Dans chaque pièce, traînaient quelques ouvrages. Pas la moindre fleur, plante, décoration ni touche personnelle. Partout, le sol était recouvert d'un carrelage gris des années soixante-dix, banal et aussi douteux que les murs. Même les prisons actuelles faisaient meilleure impression, pensèrent-ils.

Dans l'une des chambres, les ouvrages traitaient de la sclérose en plaques, pour l'un, et de toutes les solutions proposées par la médecine non allopathique pour soigner cette pathologie, pour les autres. Pénélope Botz pensa immédiatement qu'il devait s'agir de la chambre de Kevin et qu'il avait dû se documenter et s'informer au mieux pour donner le change à Annabel… Dans la pièce voisine, les documents traitaient de tout ce qui concernait la finance, on pouvait donc l'attribuer à Steve. En fait, chaque jeune homme avait approfondi un sujet en fonction de ce qu'il voulait faire paraître. Il était aisé de comprendre leur efficacité à se fondre dans la société.

Tout au bout, une pièce qui devait servir de cuisine et de salle de repas, affichait une froide ordonnance, tout aussi impersonnelle et lugubre. « Normal pour des personnes qui accordent à la vie spirituelle une telle importance ! » pensa Pénélope Botz. Les murs défraîchis étaient sales et la peinture s'écaillait par endroits. Une fenêtre laissait entrevoir, fait exceptionnel, un coin de verdure et un platane d'un jardinet situé juste devant.

Les pièces inventoriées, les groupes d'intervention se retirèrent pour faire avec leur chef un débriefing rapide devant le petit immeuble bas et cédèrent leur place aux spécialistes. Pour les autres bâtiments environnants, mosquée et autres, Pénélope Botz savait qu'elle devait agir avec prudence, car il convenait d'éviter tout incident, les religieux de cette obédience étant particulièrement attachés à leurs prérogatives…

Elle attendait le compte rendu de cette investigation pour appeler Franck Waltersen, qu'elle n'avait encore jamais rencontré, mais qui lui paraissait sympathique au téléphone et avec lequel elle partageait les mêmes points de vue sur leur métier…

*

Frontière franco-espagnole.

L'OPJ entra aussitôt les données remises par son collègue sur son clavier d'ordinateur, quand, soudain, il réagit en voyant son écran déclencher le signal d'alerte.

— Zut ! Mais c'est la fille de l'attentat de Paris ! Grégory, vérifie le numéro de la plaque d'immatriculation pour voir s'il n'y a pas d'erreur !

Le jeune homme sortit du fourgon, vérifia en lançant un regard comminatoire en direction du minibus et confirma l'information au responsable en rentrant à nouveau dans le véhicule de police.

Ce manège n'échappa pas à Aysen qui se dit aussitôt que quelque chose était en train de se tramer la concernant. Elle se redressa de son siège, tous les sens en alerte. N'abritait-elle pas des secrets dont la violence la dépassait ? Curieusement, elle en éprouva un tressaillement, un frisson de joie profonde.

L'OPJ s'était mis aussitôt en rapport avec le DCPJ qui leur demanda d'être prudents, mais de l'arrêter sans ménagement, vivante à tout prix, même s'ils devaient faire usage de leur arme pour la neutraliser. Ce fut aussitôt le branle-bas dans le fourgon et quatre hommes sortirent, arme au poing, pour se diriger vers le minibus.

Aysen comprit immédiatement que c'était pour elle. Il ne fallait pas qu'elle soit prise vivante. Un éclair courroucé brilla dans ses yeux. Elle se saisit aussitôt du boîtier comportant le bouton du détonateur, démarra son véhicule et fonça droit sur les quatre hommes qui se dirigeaient vers elle. Les *houris*[30] lui apparurent, lui donnant une véritable proximité sensorielle avec le paradis. Il devenait incroyablement proche… là, sous les yeux… là, sous le pouce, de l'autre côté du détonateur, en une évanescence cruelle. C'était l'image de sa future réalité… mais pas la réalité.

Deux policiers eurent juste le temps de se jeter de côté sur le sol, le troisième écarquilla les yeux, il ne comprenait pas ce qui se passait ; tétanisé, il se laissa happer par le véhicule tandis que le quatrième, plus en arrière, visa la conductrice du véhicule. Aysen portait dans son regard une lueur de défi et de démence, quand, soudain, elle sentit une douleur lui traverser le cou et la gorge… Un des projectiles venait de l'atteindre. Le véhicule était lancé, elle eut juste le temps d'appuyer sur le bouton au moment même où elle s'évanouissait… L'explosion fut terrible, elle embrasa le minibus et le fourgon de police, souffla tout à proximité et blessa de nombreuses personnes.

---

30. Dans le Coran, vierges du paradis, promises aux croyants.

Les deux véhicules se consumaient et aucun secours ne pouvait être porté aux malheureuses victimes prises dans le brasier et sans doute décédées dès l'explosion. Deux policiers avaient aussi disparu, écrasés par le minibus et traînés contre le fourgon de la police. Les deux autres, sonnés et blessés, plaqués au sol, essayaient de se relever, ne réalisant pas très bien ce qui venait de se produire.

Le fourgon des douaniers, situé à une centaine de mètres de là, vint aussitôt vers eux pour tenter d'apporter leur aide tout en appelant les secours. Les deux policiers, très commotionnés, étaient incapables de dire ce qui s'était passé et de préciser que le minibus était recherché par la police, la conductrice étant impliquée dans l'attentat de Paris. Une amnésie partielle et momentanée venait de les saisir après cet autodafé ; d'ores et déjà, on devinait qu'à l'avenir, ils ne seraient plus les mêmes hommes, comme ces rescapés frôlés par le vent du boulet et qui restent marqués à vie.

XVII

Pénélope Botz de Londres, en liaison avec Franck Waltersen.

Elle lui indiqua aussitôt que tous les oiseaux s'étaient envolés du nid et qu'il allait devenir particulièrement compliqué, dans ces conditions, de mettre la main sur quelque personne que ce soit ayant pu commanditer l'attentat.

— Que penses-tu du repère de Finsbury Park et de ces personnes ?

— Difficile de le dire dans l'immédiat. Nous pouvons y trouver toutes sortes d'unions, d'alliances ou de communautés constituées au service, aussi bien de la charia, que de n'importe quel groupe islamico-maffieux. Ils disposent d'importants moyens, car l'argent coule à flots de partout, drogue, pays arabes, sociétés diverses, soit des millions de dollars de pure haine envers l'Occident. Si bien qu'on y trouve de tout, d'abord des djihadistes autoproclamés, ces combattants de la guerre sainte, et un nombre impressionnant de factions ayant des objectifs et des comportements différents, tantôt émules d'Al-Qaïda, tantôt dissidents se défendant même parfois de faire partie de cette mouvance, mais dont l'idéologie est la même, quoique leur objectif diffère.

— Mais c'est complètement incroyable !

— Incroyable ? Non, pas du tout ! Je pourrais t'en parler pendant des heures, depuis que j'ai travaillé sur les attentats du 11 septembre, de Madrid et surtout de Londres, sans compter plus récemment celui de Stockholm dont le kamikaze est encore parti d'ici… D'ailleurs, sans évoquer des groupes organisés, d'autres, comme la ligne dure du wahabisme, doctrine très stricte de l'Islam, religion d'État en Arabie Saoudite, s'opposent plus ouvertement à la Chrétienté. Il faut tout de même savoir que l'Arabie Saoudite finance amplement la construction de mosquées dans le monde, mais ne permet toujours pas chez elle la moindre construction d'église ! Alors, la liberté religieuse dans tout ça, le respect de l'autre et compagnie, je te laisse méditer…

— À propos de wahabisme, j'ai lu un article là-dessus concernant le comportement des hommes vis-à-vis des femmes…

— Il y en a en permanence, ce culte interdit formellement à la femme de rester seule avec un homme qui n'est pas de sa famille proche et, récemment, en Arabie Saoudite, un mari jaloux a demandé le divorce au motif que son épouse regardait trop souvent, toute seule, une émission de télévision présentée par un homme !

— C'est complètement surréaliste !

— Mais suffisant pour casser l'union dans cette monarchie conservatrice du Golfe. Quant au salafisme, ce sont des militants du retour aux sources, mille ans en arrière, âge d'or de l'Islam ! D'ailleurs, tu n'ignores pas l'appel lancé par Ayman Al-Zawahiri, numéro deux d'Al-Qaïda, demandant de soutenir, à une époque, la branche nord-africaine du réseau terroriste afin de débarrasser le Maghreb islamique des fils de la France et de l'Espagne. Dans son même message, l'Islamiste égyptien appelle les Musulmans à libérer l'Andalousie espagnole sur laquelle leurs ancêtres régnèrent jusqu'au XVe siècle ! Et je te passe les réactions de Daesh à propos des pays qui interviennent contre eux en Syrie et en Irak. Quant aux prises d'otages qui se multiplient, et aux décapitations tu en sais autant que moi…

— Mais, ce n'est ni sérieux ni très réaliste !

— Le réalisme n'a jamais été le premier souci des fanatiques ! reprit-elle. Aucune difficulté n'arrête un terroriste. Ils sont lancés à la poursuite de leur rêve fou. Qu'ils soient staliniens ou maoïstes ou partisans de Pol Pot, ils ont massacré des centaines de millions d'êtres humains, dont plus de la moitié étaient des leurs, sous le simple prétexte qu'ils ne partageaient pas leur extrémisme ! Et je ne te parle même pas de Staline ni de Mao dont les massacres étaient justifiés au nom du « déviationnisme » ! Et j'exclus aussi de ce cartel toutes les narco-dictatures militaires au pouvoir, en Birmanie par exemple. Là encore, il y a un certain nombre de pays concernés et ça se passe à l'heure actuelle ! Il nous faut beaucoup d'optimisme pour supposer que nous autres, humains, pourrions développer un monde meilleur, conclut-elle, sarcastique…

— C'est vrai, tu as raison. Mais, dans notre cas pourtant, ces jeunes avaient plutôt l'air gentils, attentionnés avec les jeunes filles. Comment comprendre que ce massacre puisse être leur œuvre ? Ce sont des victimes, eux-mêmes. Ils ont été abusés, non ?

— Certainement, il faut bien savoir qu'ils adoptent la tenue et toutes les manières des pays occidentaux, quelle que soit la répulsion qu'elles leur inspirent, afin d'avoir l'air complètement occidentalisés et donc inoffensifs. Ils sont tous polis et dévoués pour la cause des gens, toujours souriants, tout en se préparant à assassiner des dizaines, voire des centaines de personnes. Instruits, rasés de près, plutôt élégants, véritables caméléons dans la phase ultime précédant l'action. Apparemment, ils peuvent ainsi paraître en contradiction avec leur foi, néanmoins, ils veulent perpétrer des attentats de masse au nom de cette foi. Ils ne se plaignent jamais et sont prêts à accepter toutes les privations, ils travaillent tant leur accent anglais qu'ils font illusion.

Elle lui rapporta longuement la documentation découverte dans les chambres des jeunes kamikazes, concernant aussi bien la sclérose en plaques que la finance. Non seulement, ils étaient capables de faire illusion mais, en plus, ils arrivaient même à s'attirer les sympathies de nombreuses personnes. La famille Jones n'était-elle pas prête à recevoir à bras ouverts le jeune Kevin ? Le kamikaze de Stockholm n'avait-il pas une vie familiale parfaitement réglée à Londres au point même que son épouse et ses enfants ignoraient tout de ses activités ?

Pénélope Botz se montra intarissable sur le sujet, elle s'était tellement renseignée sur ces fanatiques depuis l'attentat du 11 septembre 2001 qu'elle voulait en devenir une spécialiste pour tenter, à tout prix, d'éviter ceux qui risquent encore de suivre. Hélas, sans succès une fois de plus au vu du désastre au Stade de France… Leur façon de procéder était redoutable. À ce jour, encore, nombreux étaient les pays occidentaux qui hébergeaient, à leur insu, des groupes capables d'agir à tout moment. Elle poursuivit :

— Et, je peux te dire que ce ne sont certainement pas des pays comme l'Iran, la Syrie, l'Irak ni même les pays récemment révoltés comme la Libye ou l'Égypte et la plupart de tous ceux qui vont suivre car je ne te parle pas de la Somalie et de bon nombre de pays véritables repaires de pirates, qui vont nous aider à les dénicher. Au contraire, ils vont tout faire pour les couvrir et les aider. Il faudrait en attraper un ou plusieurs, pour tenter peut-être de remonter le fil, et encore, ce n'est même pas certain que nous arrivions à frapper la tête de l'édifice !

— Mais, parmi ces jeunes, aucun ne veut arrêter son action avant de sauter ou, une fois arrivé en Europe de l'Ouest, changer de religion ou fuir un tel système ?

— Ça ne risque pas ! Il serait immédiatement traité d'apostat, de relaps et de traître à l'Islam. Passer du Christianisme à l'Islam, c'est très facile, l'inverse est quasiment impossible pour des Islamistes radicaux. Regarde ce qui se passe en Égypte à ce sujet, avec les Coptes… ou même en Arabie Saoudite.

— Oui. C'est vrai, je l'ai lu dans la presse… Eh bien, on ne peut pas dire que tu m'encourages beaucoup.

— Non. Désolée, il faut voir les choses en face ! Mais, nous allons tout faire pour te trouver une piste quelconque…

— Il me reste encore une chance, celle de mettre la main sur Aysen Kenenar, si elle n'a pas encore réussi à repasser la frontière !

— Bonne chance ! Pour notre part, nos scientifiques vont récupérer tous les éléments permettant d'établir un fichier parallèle, affecté à cette opération. Nous le ferons tourner avec tout ce que nous avons ou ce dont l'Europe dispose ; et cela de même à chaque fois qu'un nouvel attentat se produira. Un jour, peut-être, aurons-nous la chance de découvrir quelqu'un ? Ne serait-ce que par les ADN des personnes qui n'ont pas disparu dans l'attentat : les trois autres pilotes, l'imam, le directeur du faux club, que sais-je encore. Ça peut prendre des mois et, plus sûrement, des années ! Ah ! Une dernière chose, au sujet de l'association, l'*ULM Flying Club*, dont le siège se trouvait dans le fameux quartier de la finance et des affaires de Londres…

— Oui ?

— Nous n'avons découvert qu'une simple boîte postale avec des noms et des adresses fantaisistes, la location était payée d'avance et en liquide, bien entendu ! Idem pour le matériel, tout était loué selon la même méthode ! Quant au voyage organisé, tout était établi au nom de l'université et des élèves uniquement, aucune trace de quoi que ce soit d'autre autour de cette opération. Le cloisonnement habituel, si bien que rien n'était détectable, que ce soit au départ de Londres ou durant le trajet ! C'est comme si tout ce qui entourait ces cinq jeunes filles n'existait pas… Bye !

Franck Waltersen était horrifié par les propos de Pénélope Botz, mais semblait vouloir s'en pénétrer profondément. Il ne paraissait pas accablé mais plutôt absent, comme s'il voulait offrir un visage impénétrable, dont la sagesse puisait sa force dans la douleur. Peut-être avait-il réussi à se construire une cachette au fond de lui pour se soustraire à l'impuissance de sa situation, s'échapper de la prison de la terrible réalité.

*

DCPJ.

Franck Waltersen et le juge regagnaient la DCPJ au moment même où le signal venait de se déclencher dans le sud de la France.

En effet, le terminal d'interrogation des fichiers, déclenché à la frontière franco-espagnole, avait laissé une trace d'alerte et la DCPJ put contacter rapidement le demandeur de renseignements.

Les policiers du poste frontière expliquèrent ce qui venait de se produire : le minibus, chargé d'explosifs, que la jeune femme venait de lancer contre le fourgon de la police, avait fait cinq morts, dont la conductrice, et plus d'une dizaine de blessés. Les collègues avaient interrogé aussitôt les deux policiers blessés rescapés du carnage, à l'hôpital où ils venaient d'être admis. L'un d'entre eux avait confirmé qu'il s'agissait bien d'Aysen Kenenar. Puis il avait expliqué, comme il l'avait pu, le déroulement des faits, alors qu'ils s'apprêtaient à appréhender la terroriste.

La dernière personne présente en Europe de l'Ouest et qui aurait pu permettre de remonter une piste quelconque venait donc de disparaître à son tour. Franck Waltersen ne devait pas se laisser perdre dans les méandres de ses doutes. Le regard impassible, il sentit une immense lassitude l'envahir. Il venait de réaliser que, pour tous ces gens qui se cachaient dans l'ombre de cette affaire, la vie humaine était indifférente.

L'immense espoir venait de laisser place… au vide.

En effet, en amont de ce drame, Franck Waltersen découvrait des existences banales, sans recoin d'ombre, et il devait se persuader très fort de ce qui s'était réellement produit. Face à une telle impuissance grandit en lui une boule de colère. De fureur. De rage. Et ça le brûlait. Ça palpitait. Sa gorge se nouait et il ressentait une sorte d'abandon de sa volonté dans son corps et dans son âme. Il ne sentait plus ses pieds ni ses jambes et se demandait encore comment il faisait pour marcher et se déplacer…

Il savait déjà que pendant toutes les nuits à venir, son esprit brûlerait de mille doutes qui l'assailliraient à son réveil, comme un tintement sourd qui vous tire peu à peu de votre sommeil. « Décidément, le métier de policier est un foutu métier ! Une affaire ne cesse jamais de vous préoccuper et vous ne l'oubliez que de rares instants… Même la vie de famille, pour ceux qui en ont une, ne suffit pas à créer le décalage. La pensée continue son travail de sape et la pression demeure… » méditait-il tout en se disant qu'il fallait qu'il s'occupe davantage de sa fille et qu'il envisage une autre vie avec son amie, car le métier n'était pas tout… Inlassablement, il se redisait « On ne vit qu'une fois… »

La voiture approchait de la DCPJ, il devait abandonner ses états d'âme. Cela nécessitait de se ressaisir et de faire face, vite ! Il devait aussi éviter que l'épidémie de morosité ne touche ses troupes. Il ne se décourageait jamais devant elles mais, si ses propos étaient toujours emplis d'optimisme, chacun de ses silences leur laissait deviner qu'il n'y croyait pas vraiment.

Juste en arrivant à la DCPJ, Gérard de Kerbonnec de Silijou reçut un appel sur son téléphone rouge, celui qui ne servait qu'aux liaisons avec les plus hautes autorités… En écoutant son interlocuteur, son visage se décomposa littéralement, il blêmit et ne trouva pas de mots… Franck Waltersen découvrit une nouvelle fois que derrière sa carapace de juge rigide et autoritaire se cachait un homme et que cet homme réagissait au drame humain.

Quand le juge raccrocha, il ne put prononcer la moindre syllabe, abattu, violemment choqué, il secouait négativement la tête, sans que Franck Waltersen ne pût imaginer l'information qui en était la cause… Il tenta néanmoins, timidement :

— Encore une mauvaise nouvelle ?

— Pire que ça… L'épouse et les deux filles de Jean-Hervé de la Buissonnière étaient aux places d'honneur au Stade de France, à l'endroit même du premier impact…

— Mon Dieu ! Mais c'est affreux !

— Il ne les a pas accompagnées car il était sur un dossier important sur le plan financier, il préparait les futurs sommets mondiaux sur la finance… Sinon…

Ils restèrent quelques minutes abasourdis par la nouvelle, dans leur voiture immobilisée sur le parking de la DCPJ, n'osant pas bouger, essayant juste d'intégrer cette horrible nouvelle…

Franck Waltersen ne pouvait s'empêcher de penser à Jean-Hervé de la Buissonnière et à leurs derniers contacts… Il avait véritablement l'impression de vivre un cauchemar…

Gérard de Kerbonnec de Silijou sortit de la voiture et demanda aussitôt à être conduit en haut lieu.

Franck Waltersen regagna son bureau pour s'isoler quelques instants, il en avait besoin. Il voulait éviter toute conversation pendant quelques instants. Il prit au passage un café fort, car il en avait besoin…

*

Franck Waltersen, privé.

Il posa son gobelet sur le bureau et s'écroula dans son fauteuil en fermant les yeux. Ne serait-ce que quelques secondes, ressentir le vide…

Après ce bref moment de récupération, il remarqua alors seulement qu'il avait oublié son téléphone portable personnel sur son bureau. Celui-ci clignotait, signalant que quelqu'un avait tenté de le joindre en son absence. Enfin, il allait avoir des réponses à ses questions ; était-ce son ancienne épouse, sa fille ou son amie qui lui avait laissé un message ?

Il se redressa, se saisit de l'appareil : pas d'appel en absence sur la boîte vocale ; en revanche, le fichier message texte, boîte de réception, restait affiché.

Il lut : « Si tu te libères enfin un moment pour moi, tu me trouveras dans mon logement. Ta fille A. »

Son sang se glaça dans ses veines. Toujours sous le choc du drame qui venait de toucher personnellement Jean-Hervé de la Buissonnière et dont il avait été informé par le juge appelé par téléphone… Soudain, son appareil téléphonique représentait une menace à ses yeux horrifiés. Les mots le choquaient et prenaient un sens qu'il ne leur aurait jamais donné en d'autres circonstances : pourquoi écrivait-elle : « Tu me trouveras » ? Pourquoi signer « Ta fille A. » ? Elle qui signait toujours : « Bisous, Amélie ! ». Pourquoi n'avait-elle pas cherché à le rassurer par un « T'inquiète pas, tout va bien », comme elle savait pourtant si souvent le faire ?

Un pressentiment lui disait que quelque chose de très grave avait dû se passer. Des tas d'hypothèses se mêlèrent dans sa tête brutalement. Avait-elle eu un problème ? Lequel ? Face à sa réticence à ce qu'elle aille vivre avec Fabien, avait-elle mal réagi ? Avait-elle décidé de faire une grosse bêtise… de mettre fin à ses jours ? Il repensa aux deux Anglaises, Annabel et Francesca. Avait-elle eu la même réaction face à une séparation ? Il savait ce qu'un chagrin d'amour, ajouté à une contrariété, pouvait causer comme dégâts dans un esprit fragilisé et parfois engendrer d'irréparable…

Subitement, son esprit devint confus et il pensa à mille choses dans le même moment. Tout se brouillait vraiment dans sa tête et, par association d'idées avec les deux jeunes filles, il se demanda : « Se trouvait-elle aussi au Stade de France avec son ami ? » Sans doute horrifié et totalement conditionné par tout ce qu'il venait de vivre lui venaient toutes sortes d'images morbides… Sa fille en état de choc… Vivait-elle encore ? Il ne savait plus que penser… Fou… Il devenait fou…

N'écoutant que l'élan de son cœur, incapable de conduire car il doutait de ses réflexes et de la capacité de ses pieds, il appela un OPJ afin qu'il le transporte de toute urgence chez sa fille. « C'est très grave ! » avait-il lancé en précipitant le mouvement du départ et laissant tout le groupe en émoi.

Tout au long de la route défilaient dans son esprit les situations les plus dramatiques… Le chauffeur, sirènes hurlantes, pilotait avec une très grande dextérité, se faufilant partout. Franck s'accrochait comme il pouvait à son siège. Il ne voulait pas appeler son ancienne épouse. Quoi qu'il en fût, à ses yeux, ceci ne servirait à rien, une seule chose comptait, sa fille… sa fille… La retrouver vivante encore et la sauver… Affronter la réalité, seul…

À peine le véhicule fut-il arrêté devant la résidence que Franck se précipita dehors et se propulsa jusqu'à la porte de l'appartement de sa fille, à une vitesse dont il se croyait incapable avec cette accumulation de fatigue et l'insensibilité partielle de ses pieds et de ses jambes. La porte était fermée, il sonna et savait que, si elle ne répondait pas, il sortirait son arme de service et ferait sauter la serrure, il n'avait plus de temps à perdre… Il sonna avec impatience une nouvelle fois et commença à compter jusqu'à trois…

La porte s'ouvrit. Surprise ! Amélie était là, bien vivante et souriante. En regardant le visage bouleversé de son père, son visage s'assombrit et elle cria en se jetant dans ses bras :

— PAPA !

Franck la serra de toutes ses forces. Sa fille se mit à pleurer très fort et Franck, n'y tenant plus, s'écroula en sanglots à son tour, incapable de maîtriser ses larmes. L'OPJ arriva à cet instant, sidéré par la situation. Mais Franck Waltersen ne pouvait plus se dominer, ses nerfs lâchaient, c'était trop… depuis trop longtemps… vraiment trop…

Voyant son père pleurer à chaudes larmes, comme elle ne l'avait jamais vu faire de sa vie, Amélie s'angoissa et pleura davantage encore en tentant de comprendre ce qui se passait soudain. Elle craignit qu'un drame qui les touchait personnellement ne fût venu s'abattre sur eux et que son père vienne lui annoncer la mauvaise nouvelle. S'agissait-il de sa mère ? Pourquoi une telle réaction ?

— Papa, papa… qu'est-ce qu'il y a, qu'est-ce qui t'arrive ?

Franck restait incapable de répondre.

— Papa ? Parle-moi !

Délicatement, l'OPJ les repoussa dans l'entrée du logement vers l'intérieur et referma la porte, par discrétion. Il fit le tour de l'appartement pour vérifier qu'il n'y avait rien d'anormal, par simple réflexe professionnel, puis attendit de longues minutes.

Mais, à chaque fois que Franck arrivait à se ressaisir et qu'il regardait sa fille, il éclatait à nouveau en larmes, ébranlé à l'extrême par tout ce qu'il venait de vivre ces dernières vingt-quatre heures et cette peur qui l'avait tenaillé à la lecture du SMS.

Enfin, il réalisa qu'Amélie était là, bien vivante et en bonne santé. Il pria l'OPJ de rentrer, sa fille le raccompagnerait à la DCPJ.

Enfin seuls et calmés, Franck supplia sa fille en la regardant :

— Ne me laisse plus jamais dans le doute et l'inquiétude sans répondre à mes appels… Même quelques mots m'auraient suffi « Ça va, à plus, bisous Amélie »… Tu comprends ? Avec tout ce que je viens de vivre, je devenais fou. J'ai imaginé le pire… Et ta mère… celle-là, je la retiens ! Car j'attends toujours qu'elle me donne de tes nouvelles !

— Excuse-moi, papa. Mais, quand j'ai entendu ce qui venait de se passer au Stade de France, j'ai tout de suite compris que tu ne savais plus où donner de la tête. Alors, j'ai évité de te laisser un message vocal enjoué. J'ai opté pour un texte simple, juste pour te dire que, lorsque tu aurais un moment, tu pourrais désormais me contacter ou venir me voir, c'est tout…

Devant ces mots simples, Franck retomba, une nouvelle fois, en larmes. Assis sur une chaise, il se prit la tête entre les mains, les coudes posés sur les cuisses. Sa fille lui proposa de faire un café et elle revint, quelques instants plus tard, avec une tasse fumante dans chaque main.

— Bois ça, ça ira mieux. Veux-tu quelque chose ? Tu me parais tellement éprouvé… Tu vas disjoncter comme t'es là…

Il secoua négativement la tête et ils purent enfin parler après avoir avalé quelques gorgées. Franck lui évoqua en quelques mots la situation et le drame qui touchait personnellement Jean-Hervé de la Buissonnière…

Puis, rapidement, ils s'expliquèrent sur leur situation et Franck demanda, désormais décidé à faire toutes les concessions :

— Alors… concernant Fabien, qu'as-tu décidé ?

— C'est fini ! Et, de toute façon, tu avais raison !

— Mais, ce n'est pas fini à cause de moi, j'espère ?

— Non ! Pas du tout ! Moi, je veux faire la magistrature, lui pas. Et d'ailleurs, je pense qu'il n'a pas le niveau… Nous avions parlé de nous diriger vers le métier d'avocat, j'étais prête à céder quand sa famille a rappliqué et lui a dit qu'il était hors de question qu'il devienne avocat et qu'il devait prendre l'étude notariée de son oncle, qui n'a pas de successeur, dans une petite ville du fin fond de la Normandie…

— Et alors ?

— Il a dit oui ! Il part vers le notariat… Moi, je ne me vois pas du tout, à moitié bourge, à moitié notable, dans une ville de province ! Je lui ai dit salut et bonne chance ! Il a, à peine, tenté de me retenir… J'ai donc bien fait de le laisser tomber !

Franck reconnaissait là sa fille, entière, énergique et déterminée.

— J'avais commencé à partager mon temps entre son appartement et le mien. Du coup, c'est réglé, retour à la maison ! Ah ! Autre chose. J'ai reçu ma confirmation pour mon job d'été, les restrictions sont partout ! Cette année, c'est maxi trois semaines, et en août seulement ! Il va falloir que je me remette à chercher autre chose pour compléter…

— Non ! Laisse tomber ! Tu prends ce qu'on te donne et je vais tenter de me débrouiller pour me rendre libre en juillet et nous partirons alors tous les deux pour Bordeaux et Arcachon, question de te faire découvrir ta nouvelle destination ! Tu verras, Bordeaux est devenue une ville superbe, quant à Arcachon, nous devrions y passer du bon temps !

— C'est vrai ?

— Puisque j'te le dis !

Les larmes coulèrent à nouveau…

Mais de joie, cette fois pour tous les deux réunis. Il en profita pour lui annoncer qu'il avait une amie et qu'il aimerait bien la lui faire connaître… Le pincement au cœur et l'angoisse de la réaction ne dura que quelques secondes, avant l'explosion de joie de sa fille :

— Mais c'est formidable ! Tu as raison, il serait temps que tu penses aussi un peu à toi !

XVIII

Quelques mois plus tard.

Les médias avaient assuré leur déferlement d'informations avec photos choc à l'appui. De la même manière que pour l'attentat de janvier 2015 à Paris, tout fut dit, ou presque, sur ce drame qui continuait à voir augmenter le nombre de morts : plus de cinquante recensés à présent, dont trente-trois Français, et plus d'une centaine de blessés. Ils relatèrent le parcours suivi par les autogyres, car ils avaient réussi à obtenir des révélations des trois amies d'Annabel et de Francesca. Elles leur avaient expliqué l'itinéraire particulier suivi par les appareils, l'astuce utilisée pour faire que les explosifs franchissent la frontière en toute discrétion.

Les ateliers de fabrication n'avaient toujours pas été localisés en Grande-Bretagne et rien ne permettait de connaître leur provenance, même si de fortes présomptions portaient pour un passage par la Belgique avant d'arriver en Angleterre. L'aérodrome de Redhill fut présenté sous tous les angles, tout comme celui de Beauvais-Tillé. L'opinion publique apprit une partie de ce qui s'était passé, tout au moins concernant les kamikazes et leur parcours ; en revanche, rien sur les commanditaires. Et pour cause…

Côté « poursuite de l'enquête », le mot d'ordre était « la police avance très rapidement sur plusieurs pistes et les premiers résultats significatifs ne devraient pas tarder, toute la clartésera faite sur cette affaire dans une transparence totale et sera communiquée aux Français qui ont le droit de savoir ce qui s'est passé… ».

En réalité, toutes les équipes de la DCPJ étaient au même point qu'avant les attentats, c'est-à-dire au point mort, ils ne possédaient presque rien. Il n'en demeurait pas moins que, depuis quelques semaines, les événements s'étaient enchaînés de curieuse façon. Ils avaient donc passé leur temps à faire la synthèse des pistes dont ils disposaient mais rien ne leur permettait d'être optimistes. Tout avait disparu en amont et en aval des cinq pilotes décédés dans la catastrophe. Aucune trace de l'environnement, de l'origine des explosifs même s'ils provenaient, semble-t-il, de la même source que celle des autres attentats et qui signaient donc leur origine, ni des personnes qui avaient pu être en relation, de près ou de loin, avec les cinq kamikazes. Une jeune fille disposait de la photo des trois autres instructeurs et du directeur du club, elle l'avait prise à l'aide de son téléphone portable. Sa manie de la photo avait ainsi permis de disposer d'une faible trace que la DCPJ enregistra dans ses fichiers et ceux de Londres, en toute confidentialité.

Même chose pour tous les relevés d'empreintes digitales et d'empreintes biologiques effectués en

Angleterre à Finsbury Park et à l'école de pilotage, ils étaient inscrits dans tous les fichiers mondiaux de lutte contre le terrorisme, chacun savait qu'un jour ou l'autre il retrouverait ici ou là un ou plusieurs des individus qui avaient participé à cet attentat, peu importe combien de temps cela mettrait…

Même si la France entière restait sous le coup de cet attentat, la vie poursuivait son cours. Les affaires reprenaient leur place et, sans doute comme dans tous les drames de ce genre, les effets se dissiperaient avec le temps, au même titre que ceux des précédents : la bombe dans une rame du RER en juillet 1995, l'attentat du RER B de décembre 1996, la tuerie des 11 et du 15 mars 2012 à Toulouse et Montauban et bien sûr le drame au journal *Charlie Hebdo* du 7 janvier 2015… Pour être ravivés ensuite, lors des dates d'anniversaire…

Sur le plan politique, les conséquences allaient être à la mesure de l'attentat.

Deux ministres durent démissionner, ainsi que le directeur de la DCPJ. Le commissaire Franck Waltersen attendait son tour et restait sur la sellette pour l'instant, pour ne pas casser tout ce qui était en place, mais chacun savait bien que, là aussi, quelques têtes allaient tomber dans les prochains mois. De même, le juge de Kerbonnec de Silijou ne bénéficiait plus des mêmes entrées en haut lieu.

À la rentrée de septembre, tout s'acheminait pour s'éteindre progressivement quand la DCPJ reçut un nouvel appel.

*

Dubaï. Début septembre.

Ayman Al-Fadira, très calme, sa voix n'étant altérée ni par le reproche ni par la colère, comme s'il ne s'était rien passé, prit tout son temps pour s'exprimer, se sachant intouchable sur ses terres. Il demanda à parler à Franck Waltersen.

— Vous avez bien compris que les ultimatums que nous lançons ne se font pas à la légère. La vraie question est de savoir si cet attentat vous a enseigné quelque chose ou si vous devez subir plus de douleur encore prochainement pour continuer à ignorer notre cause. Aussi allez-vous demander à votre gouvernement de libérer les six prisonniers que vous détenez sans raison dans vos prisons françaises. Vous avez dix jours pour les libérer. Passé ce délai, nous vous informerons du nouvel attentat que nous effectuerons sur le territoire français... Bien entendu, nous fournirons, dans ce cas, à vos médias, dans le même temps, tous les enregistrements de nos conversations durant les négociations précédentes qui viennent d'aboutir à ce que vous savez... Vous m'écoutez toujours ?

— Oui, oui. Je vous écoute.

— Je ne pense pas que le peuple français apprécierait. Alors, que les choses soient claires entre nous, dix jours pour libérer les six prisonniers, sinon, vous devrez une nouvelle fois assumer vos erreurs.

— Mais, nous ne pouvons pas libérer des prisonniers de cette façon, sans raison ; il faut du temps, des procédures...

— Vous n'avez pas bien compris ce que je vous demande. Le temps et les procédures, ce sont vos problèmes. Nous vous donnons simplement dix jours, vous m'entendez bien ? Dix jours ! Pas un de plus ! conclut-il en raccrochant comme pour mettre terme à un bavardage inepte.

Ayman quitta la cabine publique et regagna sa limousine noire conduite par Souleyman El-Moktar, son factotum, qui sortit pour lui ouvrir la porte arrière. Ayman s'installa à côté de Yasmine Shakar.

— Direction l'aéroport. Kaboul nous attend ! se contenta-t-il de préciser, avec un sourire cauteleux qui traduisait le plaisir qu'il venait de s'offrir en renouvelant son chantage.

La voiture démarra dans un silence ouaté. Le trio s'en allait vers le pandémonium de leurs futures actions.

*

DCPJ.

Le cauchemar recommençait. Le service n'eut aucun mal à identifier la voix caractéristique de Ayman Al-Fadira, ni l'origine de l'appel téléphonique en provenance de Dubaï. Impossible de mener quoi que ce soit contre lui dans cet émirat. Cet appel les plongea dans l'inquiétude. Ils devaient à nouveau se mobiliser.

Il fallait réunir la cellule de crise. Mais, autour de la table, personne ne se sentait le cœur de dire qu'il ne fallait pas céder au chantage, chacun gardait, gravé de façon indélébile, le souvenir du précédent ultimatum.

Gérard de Kerbonnec de Silijou suivit aussitôt le sentiment du groupe de la cellule de crise, il le remonta aux instances supérieures. Très rapidement, le chef de l'État lui demanda de rechercher une solution pour libérer « honorablement » et « discrètement », en y mettant les formes, les six détenus.

*

Médias.

Dans les jours qui suivirent, le juge chargé de l'affaire des six détenus conclut habilement à un non-lieu et abandonna les poursuites concernant les prisonniers. « Aucun élément tangible ne permettait de maintenir les six personnes en détention. Le parquet ne disposait pas de justificatifs concrets suffisants ». Du moins, ce sont ces arguments qui furent communiqués. Ceux-ci furent donc libérés sous contrôle judiciaire, dans un premier temps, avant d'être tout simplement blanchis peu de temps après. Comment pouvaient-ils faire autrement ?

*

Kaboul.

Ayman, en apprenant cette libération, ne put s'empêcher de sourire à ces palinodies gouvernementales. Il appela aussitôt la DCPJ pour dire qu'il avait pris bonne note de la libération des six personnes et que, désormais, le dossier de contentieux entre eux était refermé, cela d'un ton faussement courtois mais volontiers persifleur.

Épilogue… transitoire…

Fin septembre, Paris.

La France et les autres pays européens concernés par des attentats décidèrent de réunir à Paris les patrons de la police judiciaire de chaque pays.

L'objectif était de créer, au-delà des structures existantes actuellement en Europe et légalisées, une entité spéciale capable d'agir dans le monde entier avec l'aval des gouvernements de chaque pays concerné. Ce principe inédit obtint l'accord de tous les participants. Il ne s'agissait pas de refaire une brigade antiterroriste comme il en existait dans chaque pays, pas plus que de recréer le « Monsieur Terrorisme Européen » incarné par le Néerlandais Gijs de Vries, mis en place après les attentats de Madrid de 2004 et dont le rôle se trouvait au point mort depuis la démission de ce dernier en septembre 2007.

Non. Il fallait inventer autre chose. Créer une équipe d'un nouveau genre avec des objectifs et des moyens d'action différents ne mettant pas en cause la souveraineté des états-membres. D'ailleurs, le chef de l'État français, avec son sens habituel des aphorismes et de l'utilisation des ellipses, avait interpellé son auditoire avec vivacité par une image forte :

— Ce n'est pas en tentant d'améliorer l'efficacité de la lumière d'une bougie que nous avons inventé l'ampoule électrique ! Laissons donc tomber les bougies ainsi que les ampoules électriques et inventons une nouvelle organisation, un concept nouveau pour lutter contre le terrorisme ! D'autant que nous ignorons si d'autres groupes ne sont pas en train de se mettre en place un peu partout dans l'Europe de l'Ouest. Ce qui vient de se produire, comme pour tous les attentats précédents, n'a pas été décidé du jour au lendemain et par quelques personnes isolées… D'autres villes et d'autres pays peuvent également devenir le théâtre de prochaines actions.

— Vous êtes en train de nous dire que ces espèces de cinglés sont déjà en train de préparer d'autres coups et, comme nous ignorons à qui nous avons affaire et ce qu'ils visent exactement, le problème reste entier, c'est bien ça ?

— Comme vous le savez sans doute, ils veulent régner sur les pays industrialisés.

— Savez-vous s'ils préparent quelque chose à Londres ?

— Nous ne craignons qu'une chose : notre vulnérabilité. Londres est devenue la plaque tournante de l'Europe, des États-Unis et du Moyen Orient, c'est aussi une gigantesque place financière. N'oubliez pas qu'à la suite d'un accord avec le NASDAQ américain, la Bourse de Dubaï a pris une participation de 28 % dans la Bourse de Londres dont le Qatar possède déjà 20 % !

— On parle de plus en plus du Qatar un peu partout en France, également, même là où on ne les attend pas…

— Nul n'ignore son achat d'un prestigieux club de foot de Ligue 1 ni ses prises de participations dans nos grandes entreprises de presse ou autres !

— Effectivement.

— Et plus récemment, pour revenir à la bourse, Deutsche Börse[31] et l'opérateur de la Bourse de Paris, Amsterdam, Lisbonne et Bruxelles, NYSE[32] Euronext, ont annoncé leur fusion pour donner naissance à la première Bourse mondiale !

— Ce qui veut dire que l'économie de marché, l'autre nom du capitalisme, va de plus en plus continuer à conduire le monde…

— Effectivement. Il faut tout de même savoir que la capitalisation boursière cumulée des trente premières entreprises américaines pèse le même poids que celle des deux cents premières entreprises de l'Union Européenne. À ce jeu-là, inutile de vous préciser le risque de se faire filialiser tôt ou tard…

— La logique de tout cela est effrayante.

— Je pense que tous ici, vous avez compris que c'est bien la finance qui commande !

— Que pouvons-nous faire ?

— Eh bien, nous devons analyser le fonctionnement de l'esprit qui préside à tout cela, pour comprendre la situation actuelle et prévoir ce qui pourrait se produire à l'avenir. Nous devons apprendre à penser comme ces terroristes. C'est pour cette raison que je vous propose de mettre en

---

31. L'opérateur de la bourse de Francfort.

32. New York Stock Exchange.

place une unité différente de nos groupes constitués, afin que celle-ci pense comme eux et puisse les détecter, les suivre et les mettre hors d'état de nuire avant qu'ils n'agissent. Car, pour les terroristes comme pour tout le reste du monde, rien ne peut se faire sans argent et c'est à partir de là que nous pouvons les déceler, bien en amont de leurs actes ! Il faut bloquer leurs revenus, leurs capitaux, bref leurs moyens !

Écoutant avec une attention qui ne laissait transparaître aucune réserve, tous les participants lui adressèrent un sourire approbateur et applaudirent solennellement cette harangue ; son enthousiasme était contagieux.

Le chef de l'État, en chef de guerre comme il semblait de plus en plus vouloir être depuis le Mali et les récents attentats de 2015, annonça alors la possibilité de confier cette organisation informelle à un homme, Jean-Hervé de la Buissonière, dont la famille avait été décimée dans l'attentat du Stade de France. Celui-ci, après le drame qui venait de le toucher, venait de décider de consacrer le reste de sa vie à traquer les terroristes de tout poil qui, lâchement, s'en prenaient à des innocents pour assouvir leurs pulsions criminelles et poursuivre des objectifs abjects. Cette offre propitiatoire ne pouvait mieux tomber.

Remarquablement introduit dans le domaine de la finance sur le plan mondial, il se proposait de constituer une équipe et de s'entourer de personnes compétentes aux endroits stratégiques afin de détecter, dès que possible, où et comment agir, et de briser toute volonté d'organisation mafieuse qui tenterait de s'immiscer dans les rouages de nos démocraties aux seules fins de leur nuire.

Simon Wiesenthal était décédé en septembre 2005 après avoir traqué toute sa vie des criminels nazis. Fort de sa devise « Justice et non vengeance », il avait débusqué plus de mille cent criminels de guerre...

Jean-Hervé de la Buissonnière, notre ex-grand industriel français devenu simple banquier d'affaires, fut plébiscité par l'ensemble des représentants des pays adhérents pour devenir le patron de cette nouvelle unité créée à l'initiative de la France. Mais cette organisation inédite devait rester secrète afin de faciliter le travail de ses membres, aucune communication ne serait donc effectuée.

Grand catholique pratiquant, Jean-Hervé de la Buissonnière supportait mal de voir l'Église et plus généralement l'Occident être victimes de persécutions islamistes à répétition, de faits de minorités extrémistes alors qu'il entretenait les meilleurs rapports avec tous les représentants de l'Islam en France et en Europe, notamment. Son ambition était de constituer, en collaboration avec ces derniers, une entité qui protégerait la conscience de l'humanité des dérives d'une minorité pour laquelle il n'avait pas de mots assez durs.

— Ces tristes événements montrent à quel point il serait irresponsable de laisser libre cours à l'intolérance religieuse... Cela risquerait d'être le tremplin de fanatismes qui ont toujours pour objectif d'asservir l'homme et il serait dangereux de ne pas s'en préoccuper car ceux qui revendiquent aujourd'hui « la pureté religieuse et leur lecture particulière du

Coran » nous rappellent ceux qui, hier, revendiquaient « la pureté de la race ».

Il lui revint à l'esprit que, lorsqu'il avait eu la chance de rencontrer Jean-Paul II, au Jubilé de l'an 2000, il s'était déjà engagé à ce que l'on honore la mémoire des martyrs du Christianisme, il ignorait alors que son destin le conduirait un jour au plus près de cette cause…

Dans les semaines suivantes, la structure de l'organisation se mit en place, en France ; il fit appel à Franck Waltersen dont l'état de santé n'avait pas empiré mais qui restait pour l'instant une énigme pour la médecine. Après la piste neurologique, la recherche se dirigeait vers l'aspect infectiologique qui pouvait parfois produire ces mêmes effets. Ces deux hypothèses subsistaient cependant… sans compter sur une autre, de type cardio-vasculaire également à l'étude.

Soulagé de ses lourdes fonctions, il était heureux de rejoindre Jean-Hervé de la Buissonnière auquel il pourrait apporter ses connaissances et ses compétences en assurant le lien entre lui et les structures policières de chaque pays. Il avait apprécié « l'homme » tout au long de l'enquête. Très touché par le drame qui l'avait frappé, plus que jamais, il se sentait solidaire de ce qu'il allait entreprendre car il savait que tout ce qu'ils feraient ensemble irait bien au-delà de toute raison professionnelle pour tendre vers un objectif qui dépasserait le déroulement de chaque enquête, trop de choses les reliaient désormais…

Notamment avec Pénélope Botz et ses équipes. En Angleterre, Charles Jones, aussi touché que

Jean-Hervé de la Buissonnière, et George Brown, proposèrent spontanément de se mettre en relation avec lui pour œuvrer dans le même sens, convaincus comme lui que par la finance et certaines manipulations financières, ils pourraient détecter toutes sortes de malversations et anticiper certaines actions afin d'y mettre un terme avant même que les événements n'aillent trop loin. Même chose en Allemagne, Espagne, Pays-Bas, Suède et Danemark… Seule la Belgique, empêtrée dans son contexte séparatiste particulier entre Flamands et Wallons, ne put rejoindre cette formation.

Jean-Hervé de la Buissonnière avait besoin d'un bras droit qui l'accompagnerait dans la plupart de ses missions, capable de l'épauler, qui possède à la fois la rigueur militaire et un fort sens des négociations commerciales. Il interrogea la DGSI, la DGSE, la DCPJ pour dénicher cet oiseau rare. Le résultat ne se fit pas attendre…

Ce fut Frédéric Arthon, alors sous le coup d'une procédure et incarcéré, qui répondait le mieux au profil[33].

La négociation fut brève, avait-il le choix? Toujours est-il que Frédéric Arthon, ayant divorcé, rejoignit l'équipe, accompagné de son amie, Fabienne Chauvé, et de leur fils. Ce défi lui offrait la possibilité de se réaliser totalement tel qu'il l'avait toujours souhaité au fond de lui-même et de tourner la page sur ses erreurs passées engendrées

---

33. Voir Saint ou démon à Saint-Brévin-les-Pins *du même auteur, aux éditions du Palémon. Cette enquête permet de découvrir le profil biographique de Frédéric Arthon (300 pages - 9 euros - parue en octobre 2014 en réédition avec une nouvelle couverture). Ouvrage portant le n° 19 d'une série policière aux personnages récurrents.*

par un utopisme aveugle. Cette fois son engagement était clair et répondait à ses attentes. Dès lors, sa détermination devenait sans limite.

Encadrée par quelques OPJ de haut niveau des pays membres, l'équipe ferait du nomadisme son mode de vie, car une telle action exigeait disponibilité et déplacements dans le monde entier, et ce en permanence, y compris du côté des paradis fiscaux, trop prompts à couvrir les actions occultes de leurs résidents. Fiable, efficace, méthodique, chaque membre rejoignait le groupe avec une maîtrise de l'analyse du renseignement et une capacité hors norme à déceler les transactions frauduleuses de sociétés nébuleuses et de comptes off shore ou extraterritoriaux. Ils faisaient tous autorité en matière de lutte contre les magouilles financières et le terrorisme, aussi bien en Europe que dans le monde.

Le travail pouvait démarrer… Les événements des trois années précédentes venaient démontrer que des personnes formées en Afghanistan et au Pakistan ainsi qu'en Syrie et Irak en lien avec la mouvance Daesh-État Islamique et tout ce qui s'y apparentait, pouvaient, de façon totalement imprévisible, commettre les pires actes…

De la même manière, certaines organisations s'engageaient parallèlement dans des coups de force pour prendre le pouvoir dans de nombreux pays, ce qui ne serait pas sans modifier certaines donnes géopolitiques…

D'un abord charmant, Jean-Hervé de la Buissonnière était un homme décidé et exigeant. Le plus souvent vêtu d'un costume sombre et d'une chemise d'une blancheur immaculée, il arborait généralement une cravate d'un rouge profond comme pour rappeler le sang qui avait coulé autour de lui. Homme d'affaires avisé, il faisait preuve d'un dynamisme qu'on ne pouvait qu'apprécier.

— Nous devons être des soldats de la justice, à la ténacité exemplaire. Si nous traînons des terroristes devant nos tribunaux, c'est pour qu'ils connaissent l'éternelle peur d'être confondus et que ceci rende notre monde meilleur ! déclara-t-il en préambule de son discours. Nous croyons au Bien et au Mal, deux forcent qui mènent le monde. Nous représentons un pouvoir que nous devons utiliser au service du Bien. Nous serons les combattants d'une guerre juste !

Il clamait sa foi en l'homme, affirmant qu'un jour, des sages conduiraient le monde au service du Bien. Tous les membres de l'organisation étaient des hommes de conviction, prêts à donner leur vie pour la réussite de leur mission avec pour seul objectif la sécurité nationale, même s'ils savaient qu'une unité nouvellement constituée comme la leur trébucherait un certain nombre de fois avant de progresser d'un pas assuré…

Il organisa son équipe, fixa ses objectifs, ses moyens d'action et les programmes de suivi de leur activité. Mais nul doute que les premiers résultats ne seraient pas immédiats ; cependant, le moment venu, chacun savait que le monde les reconnaîtrait…

Concarneau, juin 2015.

Fin ?

Non !

À suivre… car l'équipe va désormais œuvrer…

Le prochain volet de cette collection concernera la traque menée par l'unité de Jean-Hervé de la Buissonnière, Frédéric Arthon, Franck Waltersen, Charles Jones, George Brown et les autres, personnages récurrents de la nouvelle série *Menaces*.

Dans cet ouvrage, qui s'intitulera *Tel le Phénix,* nous retrouverons certains personnages découverts dans le premier tome, ainsi que des nouveaux…

Jean-Hervé de la Buissonnière sera le patron de l'Unité Spéciale Internationale[34], organisation informelle créée après les attentats de Paris, Copenhague, Tunis… Elle sera capable d'agir dans le monde entier avec l'aval des gouvernements de chaque pays concerné, aussi bien contre le terrorisme que toutes les mouvances mafieuses ou fondamentalistes religieuses qui peuvent se placer bien souvent en amont ou en aval des organisations terroristes. La famille de Jean-Hervé de la Buissonnière a été décimée par l'attentat évoqué dans le premier volet de la série. À l'instar de Simon Wiesenthal décédé en septembre 2005 après avoir traqué toute sa vie des criminels nazis, Jean-Hervé de la Buissonnière va consacrer aussi le reste de sa vie à cette lutte sans merci contre toutes les formes de terrorisme.

Franck Waltersen sera l'adjoint de Jean-Hervé de la Buissonnière. Il sera l'interlocuteur du patron de la DCPJ et du directeur de la DGSI, de la DGSE, la SDAT et de toutes les instances policières. Alsacien d'origine, atteint d'une maladie auto-immune, qui ne se montre pas trop invalidante pour l'instant et qu'il cachera, il sera totalement dévoué à Jean-Hervé

34. USI.

de la Buissonnière qu'il admire profondément. Divorcé, il est resté très proche de sa fille Amélie qui compte pour lui autant que la prunelle de ses yeux.

Frédéric Arthon va entrer en jeu. Toute sa biographie et son passé hors norme sont développés dans l'enquête intitulée *Saint ou démon à Saint-Brévin-les-Pins* du même auteur publiée également aux éditions du Palémon. Dans cette intrigue, il avait montré ses brillantes qualités alliant la rigueur militaire et un fort sens des négociations commerciales. Il va se donner corps et âme à sa mission et à Jean-Hervé de la Buissonnière qui l'a sorti d'un mauvais pas et d'une impasse… Divorcé, il vit avec sa compagne Fabienne Chauvé dont il a un fils.

Le juge Gérard de Kerbronnec de Silijou, issu d'une grande famille de l'ancienne noblesse bretonne, vit à Paris et est conseiller auprès des gouvernements successifs. Il sera la conscience juridique de l'USI, cette unité très spéciale, et travaillera en étroite collaboration avec le TGI[35] de Paris, la DCPJ, la DGSI et les différentes instances internationales comme Eurojust à La Haye, ainsi qu'avec le directeur du Centre Européen de sécurité et de renseignements Stratégiques.

Pénélope Botz, patronne des services de la sécurité intérieure et du contre espionnage à Londres, le MI5, siège à Thames House. Elle va entretenir de très bonnes relations avec Franck Waltersen et travailler en étroite collaboration avec lui sur des dossiers communs.

Charles Jones et George Brown, deux amis, outre leurs fonctions officielles, vont collaborer avec

35. Tribunal de Grande Instance.

Pénélope Botz dans le milieu secret de la lutte contre les nouvelles formes de terrorisme, qui les touche tout particulièrement puisque Charles Jones a perdu sa fille suite à l'attentat du Stade de France… Bien introduits dans le monde de la finance de la City londonienne, leur concours est précieux. Ils résident dans le centre ouest de Londres à Mayfair, une zone résidentielle et cossue de la capitale britannique. À l'instar de Tony Blair, ils aiment la France comme lieu de destination de leurs vacances.

D'autres interlocuteurs étrangers apparaîtront selon les besoins des enquêtes en cours que ce soit en Italie, Allemagne, Belgique, Espagne ou dans de nombreux pays du monde, comme en Égypte dans *Tel le phénix*.

Note : Le Phénix ou Phœnix est un oiseau légendaire grec qui a le pouvoir de renaître après s'être consumé sous l'effet de sa propre chaleur. Il symbolise aussi le cycle de mort et de résurrection.

Inscrivez-vous gratuitement,
et sans aucun engagement de votre part,
à notre bulletin d'information
en nous retournant le coupon ci-contre.

Vous serez averti(e) des parutions en exclusivité,
pourrez bénéficier d'offres spéciales,
de cadeaux, etc.

Chaque nouvel inscrit recevra
une petite surprise…

Rejoignez-nous vite !

Et n'hésitez pas à proposer l'inscription
à vos parents et amis…

Je désire m'abonner gratuitement
au bulletin d'information des Éditions du Palémon :
je serai averti(e) des parutions
des enquêtes de Firmin Le Bourhis et autres ouvrages,
ainsi que de l'actualité et des offres Palémon.

Nom : ....

Prénom : ....

Adresse : ....

....

....

Code Postal : .... Ville : ....

Pour encore plus d'offres et d'infos,
indiquez votre adresse e-mail :

E-mail : .... @ ....

Bon à compléter ou à recopier
et à retourner par courrier à l'adresse suivante :

ÉDITIONS DU PALÉMON
ZA de Troyalac'h
10 rue André Michelin
29170 SAINT-ÉVARZEC

FLBM01

Retrouvez les ouvrages de Firmin Le Bourhis
et tous les titres des Éditions du Palémon sur :

www.palemon.fr

ÉDITIONS DU PALÉMON
ZA de Troyalac'h - 10 rue André Michelin
29170 SAINT-ÉVARZEC
02 98 94 62 44
Dépôt légal 2e trimestre 2015

ISBN : 978-2-37260-005-7

Achevé d'imprimer
par l'Imprimerie Laballery (505108)
1er tirage
Imprimé en France